Une famille moderne

Collection *Regards croisés*

Ouvrage édité par Manon Viard

This translation has been published
with the financial support of
NORLA, Norwegian Literature Abroad.

NORLA
Norwegian
Literature Abroad

Titre original : *En moderne familie*

First published by H. Aschehoug & Co. (W. Nygaard) AS, 2017
Published in agreement with Oslo Literary Agency

www.editionsdelaube.com

ISBN 978-2-8159-4434-2

Helga Flatland

Une famille moderne

roman traduit du norvégien
par Dominique Kristensen

éditions de l'aube

Liv

Les cimes des Alpes ressemblent à des dents de requin : elles pointent à travers l'épaisse couverture nuageuse qui surplombe l'Europe centrale, dans une éternelle happée. Elles forcent le vent à prendre des directions différentes ; le vent tiraille l'avion de tous côtés, et nous sommes si petits, assis là ; les nuques tressautent en cadence devant moi. *Dans la région que nous survolons, plus de la moitié de la population pense qu'il est normal de frapper ses enfants*, me dis-je, et pendant un instant je cherche du regard mes propres enfants, mais ils sont cachés derrière les dossiers, quatre rangées devant moi. À côté d'eux, la tête d'Olaf s'appuie à moitié sur la cloison de la cabine, à moitié sur le siège. Devant lui émerge la chevelure blonde d'Ellen, et entre les sièges, je vois que maman dort sur son épaule. Papa arrive, descendant l'allée centrale, avec ses nouveaux écouteurs Bose autour du cou : est-ce qu'il les a emportés aux toilettes ? Je lui souris dans une bouffée de tendresse, mais il ne me voit pas. Il s'assied à côté de Håkon ; je vois seulement des parties de son visage, les hautes pommettes et le bout de son nez, faiblement bleuté par la lumière du PC qu'il a devant lui.

Ce pourrait être n'importe qui. Nous pourrions être n'importe qui.

À Rome, il pleut. Nous y sommes tous préparés, nous avons consulté la météo tous les jours durant trois semaines, nous en avons parlé par téléphone et par texto, sur notre groupe Facebook, et nous avons dit que ça n'avait pas d'importance ; on est en avril, le temps est imprévisible, de toute façon il fait plus chaud qu'en Norvège. Et puis, ce n'est pas pour le climat que nous y allons. Mais l'atmosphère à Gardermoen, sous un soleil printanier et par presque vingt degrés, était sensiblement meilleure qu'à l'aéroport de Fiumicino par treize degrés et pluie ! C'est peut-être aussi l'effet d'une sorte de désenchantement précipité : la nervosité et la bonne volonté dont nous avons fait preuve lorsque nous nous sommes retrouvés à Gardermoen ont décliné au cours du vol ; la première étape est franchie, tout le monde a relâché la tension.

Ici, même à l'aéroport, la présence des autres semble envahissante : j'essaie de capter le regard d'Olaf, afin d'obtenir la confirmation qu'il ressent la même chose que moi ; Rome et tout ce qui est autour, tout ce qui est en rapport avec Rome nous appartient. C'est tout à fait différent de traverser le hall d'arrivée maintenant : je ne respire pas de la même façon que quand nous sommes seuls, Olaf et moi, ce n'est pas le même frémissement. Mais Olaf est occupé à acheter des billets de train pour nous tous et je me sens contrariée par mon ingratitude, par mon égocentrisme. Je me rachète en soulevant Hedda sur un bras, en l'embrassant sur le nez et en lui demandant si elle a eu peur des secousses dans l'avion. Elle se tortille pour m'échapper, certainement dopée au sucre à cause des biscuits et du chocolat qu'Olaf ne devait utiliser qu'en cas de crise.

Nous allons rester deux jours à Rome avant de partir pour la maison que le frère d'Olaf nous a prêtée, située dans un petit village proche de la côte. Je pense maintenant que deux jours, c'est à la fois trop peu et trop long, tout en contemplant d'un regard neuf ma propre petite famille – celle que j'ai créée avec Olaf, et celle dont je viens.

*

Papa va avoir soixante-dix ans dans quatre jours. L'an dernier, il a fait tinter son verre lors de son anniversaire et annoncé que son cadeau de l'année suivante, pour lui-même et pour l'ensemble de la famille, serait un voyage pour tous, qu'il offrirait. « N'importe où », a-t-il dit à haute voix. Il s'est retourné vers Hedda, qui à cette époque n'avait que quatre ans, et a ajouté : « Peut-être que nous irons jusqu'en Afrique ! »

L'idée en elle-même, mais aussi la façon dont il l'avait proclamée, et son humeur presque exaltée dans les mois précédant ses soixante-neuf ans, lui ressemblaient si peu qu'après cela, Ellen m'a envoyé quotidiennement des listes de symptômes de tumeur au cerveau. « C'est certainement une simple réaction à l'approche de ses soixante-dix ans », avait dit Olaf, mais Ellen et moi avions protesté : il n'est pas du genre à réagir à l'âge qui le rattrape, il s'est toujours moqué des gens qui connaissent de prétendues crises au moment des anniversaires et qui compensent par une attitude extravagante – « *C'est juste une excuse pour répondre à d'autres besoins* », disait-il. Mais papa n'avait pas l'air malade, ni spécialement en crise, et de toute façon notre inquiétude ne l'a pas emporté sur l'envie d'un voyage tous frais payés, si bien qu'Ellen et moi avions laissé tomber.

Nous n'étions pas partis en voyage ensemble depuis vingt ans sans doute, depuis le temps où le concept de « famille » englobait seulement Ellen, Håkon, moi, maman et papa. Il est arrivé que nous fassions volontairement chevaucher nos dates de séjour au chalet ; que maman, papa et Håkon, et peut-être Ellen, restent quelques jours de plus, avant qu'Olaf, les enfants et moi ne leur succédions ; mais un voyage de ce type, un voyage à la « *maintenant-nous-allons-partir-en-vacances* », prévu bien à l'avance, nous n'en avions plus fait depuis l'époque où je m'étais assise à l'arrière d'une voiture de location en Provence, à vingt ans et des poussières, avec Håkon et Ellen à côté de moi.

Je ne parviens pas à me rappeler avoir eu alors, comme aujourd'hui, le sentiment que nous étions des étrangers les uns pour les autres. Le changement par rapport à Oslo et à la maison de Tåsen, par rapport aux cadres habituels, aux schémas des discussions, des rencontres, aux places attitrées autour de la table, modifie la dynamique. Maintenant, personne ne sait plus comment se comporter, s'adapter, quel rôle jouer. Peut-être que c'est aussi parce que nous sommes trois enfants adultes en voyage avec leurs parents.

L'idée de l'Afrique a été vite écartée – par tous sauf Hedda –, et c'est en fait Olaf qui a proposé d'aller en Italie : nous pourrions emprunter la maison de son frère. Olaf s'arrange pour ne jamais rien devoir à quiconque, et l'idée que mon père paie le voyage pour lui et ses enfants lui est vite devenue insupportable. « Tu ne peux pas lui proposer de l'argent, lui ai-je expliqué quand il a proposé que nous payions notre propre voyage, c'est trop condescendant. » Le compromis trouvé a été que papa offre les billets d'avion et l'hôtel à Rome, et que le reste du séjour, nous vivions gratuitement dans la maison du frère d'Olaf.

Nous sommes beaucoup trop grands pour l'Italie. Grands, blancs et blonds, nous avons à peine assez de place autour de la table du restaurant. L'ameublement et les aménagements sont conçus pour des Italiens petits et soignés, pas pour papa ni Håkon avec leurs cent quatre-vingt-quinze centimètres, pas pour des bras et des jambes si longs, pas pour nous. Nous nous tassons sur les chaises ; coudes, genoux, beaucoup trop de membres se cognent les uns contre les autres. Ellen et Håkon se disputent un peu pour avoir de la place, brusquement redevenus adolescents ; je me souviens que sur la banquette arrière de la voiture, il y avait des coutures apparentes entre les sièges et que nous les utilisions comme frontières : on n'avait pas le droit de faire dépasser ne serait-ce qu'un bout de veste au-delà du trait ! Même l'air qui nous entourait était défini par les coutures. Håkon n'avait que trois ans mais grandissait avec des sœurs et des traits de séparation, dans la voiture comme sous la tente, ou à table – et de façon générale dans la vie –, qui avaient force de règles définies.

À côté de nous est attablée une famille italienne ; ils sont encore plus nombreux que nous et ils dégustent les plats les uns après les autres, comme Olaf et moi l'avions fait la première fois que nous étions à Rome. Nous avions alors dit au serveur que nous voulions exactement la même chose que la famille installée à la table voisine. En ce temps-là, j'avais vu plusieurs fois ces grandes familles italiennes qui, chaque soir, s'asseyaient pour manger durant plusieurs heures avec enfants et grands-parents, parlant fort et gesticulant comme dans les films, et ma propre famille me manquait, même si j'avais déjà compris que ce n'aurait pas été pareil s'ils avaient été là. Ici. Et maintenant ils sont ici, maintenant nous sommes ici, autour de la table : maman, papa, Ellen, son compagnon Simen, Agnar et Hedda, Olaf et moi, et Håkon.

Je regarde papa : il est assis en bout de table, et je suis frappée de constater que nous sommes placés exactement comme chez nous, dans la maison de maman et papa. Papa s'assoit toujours en bout de table : maman est à sa gauche, je suis à côté d'elle, Håkon est en face d'elle, avec Ellen à côté de lui. Ceux qui sont venus après, les amoureux, Olaf, Agnar et Hedda, ont dû se disposer par rapport à nos places : je ne crois pas que nous y ayons pensé sciemment. Le seul qui ait manifesté une calme sédition est Simen qui, les rares fois où il participe aux réunions de famille, se rue à côté d'Ellen, place un bras autour de son dossier et y reste ostensiblement cramponné jusqu'à ce que tous se soient assis.

Papa a les cheveux gris et épais ; les cheveux noirs qu'on voit sur les photos de mon enfance, je m'en souviens à peine : dans mes souvenirs, il a toujours eu les mêmes cheveux gris qu'aujourd'hui. Il croise mon regard et me sourit ; je me demande à quoi il pense, s'il est content, si c'est ce qu'il avait imaginé. Peut-être qu'il n'avait rien imaginé – ce n'est pas son habitude, mais il a toujours commenté ma tendance à le faire : « *Tu dois essayer d'accepter les choses comme elles sont, Liv* », disait-il quand j'étais petite et que je pleurais de désespoir à cause des vacances, des matchs de handball ou des rédactions qui ne s'étaient pas passés comme je l'avais prévu. Impossible d'expliquer à papa à quel point il était primordial que tout se déroule exactement comme je l'avais envisagé, car tous les événements, petits ou grands, les performances, devaient suivre un cours prévisible afin d'éviter le chaos et l'incertitude. « *Mais la vie ne peut jamais être planifiée dans les détails,* disait papa, *tu es obligée d'accepter de ne pas pouvoir tout contrôler en permanence.* »

À présent, il se penche vers maman – il entend un peu moins bien de l'oreille gauche, celle qui est toujours tournée vers elle à table –, et maman lève la main pour protéger ses paroles du bruit du restaurant, ou l'inverse. Papa ne la regarde pas, il sourit et hoche la tête.

« Alors, vous vous êtes décidés ? » demande-t-il à voix haute, et il agite le menu en s'adressant à nous, avant que maman n'ait reposé la main.

Il y a à peine deux minutes qu'on a reçu les cartes, et lui-même n'a pas encore ouvert le sien.

« On pourrait d'abord commander un peu de vin », suggère maman.

Papa ne répond pas cette fois non plus. Il étudie le menu attentivement. Elle se penche vers l'oreille de papa qui entend mal et répète en élevant la voix : il hoche de nouveau la tête sans un mot, les yeux baissés. Maman sourit, mais pas à lui, ni à personne d'entre nous. Elle ouvre la carte des vins.

*

« Nous ne sommes absolument pas obligés d'être tout le temps ensemble », a dit maman quand nous avons planifié les deux jours à Rome, et que personne à part elle n'a éprouvé le besoin d'aller au musée Maxxi, comme a dit Håkon. « Le besoin, répéta-t-elle, ce n'est pas un besoin que j'ai. Vous en parlez comme si c'était quelque chose du même ordre que manger ; j'en ai seulement envie, je pense que ça fait partie d'un tout », a-t-elle dit, et bien que Håkon et Ellen soient présents eux aussi, j'ai eu l'impression que ses paroles étaient comme toujours dirigées contre moi – un message qui, dans ce cas précis, critiquait implicitement le fait qu'Olaf et moi ayons à plusieurs reprises passé des vacances à Rome sans mettre les pieds dans un seul musée d'art. C'était en fait une attaque contre toute notre manière de passer nos vacances, d'éduquer nos enfants, de vivre : ça frappe au même endroit à chaque fois, c'est si étudié que je ne parviens pas à former des pensées concrètes : c'est juste la morsure d'une émotion logée dans ma mémoire contre laquelle je dois me défendre. « Rome tout entière est un musée, ai-je rapidement répondu, il y a tellement à voir que ça me semble un peu inutile. » Elle a souri avec indulgence, comme à chaque fois qu'elle perce à jour ma défense, ou que je dis quelque chose qu'elle qualifie encore maintenant de propos d'enfant précoce. Elle m'assène : « *Ne fais pas ton enfant précoce* », et j'en oublie à chaque fois que j'ai plus de quarante ans. « Bien sûr, nous ne sommes absolument pas obligés d'être tout le temps ensemble », a-t-elle répondu, et elle nous a regardés pour mesurer l'impact de ses paroles ; et maintenant, alors que nous sommes emprisonnés dans la foule d'un groupe de touristes japonais à l'extérieur du Colisée, je suis certaine qu'Ellen et Håkon sont aussi d'avis que nous aurions mieux fait d'aller au musée avec maman.

Papa est allé tout seul au Vatican ; il n'a pas demandé si quelqu'un d'autre voulait l'accompagner, il a simplement annoncé au petit déjeuner que c'était ce qu'il avait envisagé de faire ce jour-là. « Mais il y a quelque chose d'étrange dans toute cette affaire, ai-je dit à Olaf après le petit déjeuner ; ils sont bizarres. Toi aussi, tu le remarques », ai-je insisté, mais je ne savais pas ce que j'avais moi-même remarqué : d'un côté, ils étaient beaucoup plus agréables l'un envers l'autre qu'ils ne l'avaient été depuis longtemps : ils se taquinaient, riaient de bon cœur des histoires de chacun et s'engageaient sincèrement dans les discussions lancées par l'autre à table, comme si les points de vue et les avis étaient nouveaux, ou comme s'ils les écoutaient avec une attention nouvelle. Et par ailleurs, il y avait une sorte de distance autour d'eux et entre eux, peut-être même un manque de confiance.

Olaf a dit que je ne devais pas me soucier autant d'eux : « Nous sommes aussi en vacances, tu sais, a-t-il ajouté, et en plus, je doute que ça s'améliore si tu scrutes et interprètes le moindre geste et le moindre regard.
— Ce n'est pas ce que je fais », ai-je rétorqué, et Olaf a ri.

*

Agnar insiste pour se placer dans la queue devant le Colisée. Nous ne pouvons pas voir où elle commence ni où elle finit, et ça va prendre plusieurs heures. Ellen et Håkon rient et secouent la tête : ils préfèrent, nous disent-ils, aller s'asseoir au café en surplomb devant lequel nous sommes passés. Je regarde Olaf, il écarte les bras.

« Je peux y aller tout seul, déclare Agnar.
— Non ! Tu es fou ou quoi ? » dis-je presque automatiquement.

Agnar regarde Olaf.

« En réalité, rien ne s'y oppose, constate Olaf.

— Tout s'y oppose, Olaf », dis-je.

Agnar vient d'avoir quatorze ans, et j'estime qu'il est un peu immature pour son âge. Olaf pense qu'il est exactement comme il faut. Mais Agnar envisage toujours la plupart des situations dans l'attente enfantine que tout finira par s'arranger, sans penser aux conséquences, dirigé par le seul principe de plaisir. Il regrette toujours après coup ; il est malade de désespoir lorsqu'il comprend qu'Olaf et moi nous nous sommes inquiétés alors qu'il a disparu de la maison plus d'une heure sans prendre son téléphone par exemple – mais ensuite la situation se reproduit, de façon tout à fait identique, quelques jours après seulement. Nous lui avons dit qu'il était égoïste, qu'il devait s'améliorer, que nous avions besoin de pouvoir lui faire confiance, mais en même temps, je sais que ce n'est pas une question de confiance – ce n'est pas exprès ; comme il le dit lui-même : « *Je ne pense plus à rien quand je fais quelque chose.* » Il oublie absolument tout le reste – je le sais et je le comprends –, et Olaf et moi tâtonnons pour gérer la situation. De plus, Olaf se reconnaît en lui à l'excès, et estime que le mieux que nous puissions faire, c'est de lui accorder une plus grande liberté, pas de la réduire. J'étais prête à tenter cette approche quatre jours avant le départ, chez nous, à Oslo, alors que nous étions installés à la table du petit déjeuner avec un Agnar aux Regrets, comme Olaf s'était mis à l'appeler les jours suivant ce type de confrontation : ces jours-là, Agnar n'a aucune idée de ce qu'il pourrait encore bien faire pour nous ; il prépare le café, le petit déjeuner, il propose de garder Hedda et ainsi de suite à l'infini.

Mais pas ici, pas à Rome.

Allez, Olaf, lui dis-je avec les yeux.

« J'ai mon téléphone, dit Agnar.

— Que tu n'utilises que quand ça t'arrange. Je vais plutôt y aller avec toi, dans ce cas. »

Je ne peux pas lui refuser d'entrer au Colisée alors que ça l'intéresse à ce point ; ces dernières années, il s'est montré incroyablement passionné par l'histoire et l'architecture, et lorsque j'ai dit que nous allions partir à Rome, ses yeux se sont illuminés.

« Non, ce n'est pas nécessaire, je veux y aller seul », dit Agnar. Il trépigne d'impatience, tripote nerveusement son oreille gauche, comme Håkon le fait toujours, lui aussi, dans les situations stressantes.

« La question, ce n'est pas que tu le veuilles, mais que tu ne le puisses pas », fais-je.

Hedda me tire par la main : elle veut s'asseoir sur l'asphalte plutôt sale ; je la relève, elle se met à pleurnicher, elle se pend comme un singe à mon bras, et mon épaule me fait mal.

« Il peut y aller tout seul. Écoute, voilà ce que nous allons faire », dit Olaf, et il prend Agnar par les deux épaules, le maintient bien en face de lui et le regarde droit dans les yeux. « Tu as deux heures devant toi. Donc jusqu'à trois heures. Ça veut dire que si tu n'as pas réussi à entrer à cette heure-là, tu dois ressortir de la queue. À trois heures, on se retrouve dans ce café là-haut », déclare Olaf en montrant du doigt le café que Håkon et Ellen sont en train de rejoindre.

Agnar acquiesce, comme frappé de paralysie : il n'ose même pas regarder dans ma direction de peur que je fasse tout échouer avec mes objections. Mais Olaf et moi avons une convention tacite, quasi intangible, être d'accord devant les enfants, être conséquents et coordonnés dans l'éducation, les règles, les limites : je ne peux donc qu'approuver d'un hochement de tête. Et puis, je suis fière de lui, qui s'intéresse tellement à des choses dont les autres garçons de quatorze ans ne se soucieraient jamais – j'aurais bien aimé que maman soit ici et l'entende !

Olaf vérifie que la batterie du téléphone d'Agnar est bien chargée, lui donne de l'argent à garder dans sa poche sans le sortir avant de payer, et lui enjoint de regarder l'heure toutes les dix minutes ; il ajoute que c'est un test, et qu'il vaut mieux qu'il le réussisse s'il veut obtenir la liberté qu'il a demandée. Est-ce qu'Agnar a compris ?

« Toutes les dix minutes. Trois heures. L'argent. Le café. C'est compris ! » dit Agnar, et il sourit de son délicieux sourire, dans un doux visage qui respire la confiance – un rêve pour le premier kidnappeur ou pédophile venu, j'en ai mal au cœur d'anxiété ! –, puis il disparaît dans la foule.

*

Olaf emmène Hedda dans une aire de jeux des environs tandis que je monte vers le café ; je me retourne tous les dix pas pour vérifier si Agnar est bien dans la queue. Je ne me rappelle pas comment j'étais à quatorze ans, mais je suis bien certaine que je n'aurais jamais proposé de me promener seule dans une ville étrangère.

Håkon et Ellen sont installés à l'extérieur, sur une terrasse qui donne sur le Colisée. Simen a décidé de faire la grasse matinée, il nous rejoindra plutôt pour le déjeuner. Pour nous autres de la famille, lorsque nous sommes en vacances, c'est une attitude inconcevable : ne pas se lever, ne pas sortir, ne pas faire quelque chose. « Pour moi, les vacances, c'est pouvoir dormir le matin », a prévenu Simen au repas d'hier. Papa a esquissé un sourire forcé. Je m'imagine que Simen est aussi du genre à pouvoir sans problème rester assis à regarder la télé à l'intérieur un jour férié alors qu'il fait beau, ce qui, physiquement, est totalement impossible pour Håkon, Ellen ou moi. Même adulte, j'ai mauvaise conscience si je fais autre chose que profiter du beau temps, comme papa nous l'a inculqué à la façon d'une règle de vie, chaque samedi ou dimanche ensoleillé depuis que nous sommes nés.

Håkon a commandé une bouteille de vin rouge, et je demande un verre au serveur. Ellen recouvre son verre de sa main lorsque Håkon veut lui verser du vin.

« Je suis de nouveau en pleine cure de pénicilline », dit-elle.

Ces derniers temps, elle souffre d'infections urinaires à répétition.

« Toi, tu dois contribuer largement à la résistance mondiale aux antibiotiques, tu en consommes tellement souvent ! Peut-être que tu devrais boire un peu plus de jus de canneberge, dit Håkon.

— Intéressant de constater que tu es expert en infections urinaires, en plus de tout le reste ! Håkon, y a-t-il quoi que ce soit en ce monde que tu ne saches pas ? Un sujet sur lequel tu n'aies pas d'opinion ? » rétorque Ellen, et elle lève les yeux au ciel, tout en souriant quand même.

Je me détends grâce à leurs petites chamailleries, mais je sens que mon cœur bat fort et que mon regard scrute la masse des touristes en contrebas, où Agnar tourne certainement en rond sans trouver son chemin.

Je prends une grande gorgée de vin, je ferme les yeux et je l'avale. J'envie à cet instant Ellen et Håkon, attablés ici, sans responsabilité, libres, ne guettant rien de plus que le soleil sur le point de percer le fin manteau nuageux au-dessus de nous.

Il est rare que nous soyons ensemble, rien que nous trois. Mais depuis que Håkon est adulte, nous nous retrouvons parfois à l'extérieur pour prendre une bière ou déjeuner, toujours à mon initiative ou à celle d'Ellen.

Ellen a deux ans de moins que moi, et Håkon huit ans de moins qu'elle : il a eu trente ans il y a quelques semaines. Ces dernières années, il s'est mis à nous contacter de son propre chef, l'écart entre nous est devenu moins perceptible que lorsqu'il avait dix ans et moi vingt, et nous nous sommes découverts différemment en tant qu'adultes – même si la hiérarchie reste bien établie. Je crois qu'Ellen et lui ont une tout autre relation, qu'ils sont plus souvent ensemble et ont plus de contacts ; ils se sentent certainement plus semblables, et ils se ressemblent plus : ils tiennent l'un et l'autre de maman, ils ont ses cheveux blonds et ses grands yeux. Ellen a aussi ses rondeurs et sa silhouette – elle est douce et pleine –, sur un mode gracieux et accueillant, tout à fait à l'opposé de moi qui ai toujours été mince, presque anguleuse.

J'aurais volontiers échangé, j'aurais aimé avoir le corps d'Ellen ! Je me souviens encore à quel point c'était horrible, lorsque j'avais seize ans, qu'elle, qui avait deux ans de moins que moi, ait plus de formes et de plus gros seins que moi ! Que les garçons de ma classe téléphonent à la maison et demandent à parler à Ellen ! J'étais furieuse contre elle à cette époque ; je lis dans mes journaux intimes que j'assurais la détester, et que je trouvais des centaines de raisons différentes pour cela : elle était si capricieuse, une enfant pourrie et collante ! Quand par-dessus le marché elle a eu un petit ami avant moi, qui restait à table avec nous et tripotait ses cheveux, j'ai dit à maman que je voulais aller vivre ailleurs. J'ai tout donné comme arguments, sauf Ellen ; mais rétrospectivement, je me rends compte que maman m'avait démasquée. J'ai écrit dans mon journal que maman m'emmenait à des excursions et des activités, que nous rendions visite toutes les deux à grand-mère et grand-père, que nous déjeunions dehors, allions au cinéma, qu'elle passait beaucoup de temps avec moi sans Ellen. Mais ça, je l'ai juste mentionné en incise, peut-être ajouté à un commentaire ou à la critique d'un film que nous avions vu. Je ne peux pas avoir envisagé ni compris les efforts tout à fait évidents de maman… ou peut-être que c'était trop gênant, même face à mon journal intime, d'être l'objet de compassion parce que j'avais une petite sœur qui réussissait mieux que moi dans tous les domaines.

Je peux encore ressentir par petits éclairs cette jalousie honteuse et accablante, elle peut s'embraser en moi lorsque je vois les regards sur elle tandis que nous marchons ensemble dans la rue ou que nous sommes assises dans un café, lorsque je vois des photos de nous plus jeunes, ou pire encore lorsque je vois de quelle manière elle parle parfois avec Olaf – non, c'est l'inverse, lorsque je vois de quelle manière il parle avec elle.

Je ne lui ai jamais posé la question, même si les questions les plus banales s'imposent avec une force enfantine : « *Est-ce que tu la trouves plus jolie que moi ? La choisirais-tu si tu le pouvais ?* » Même dans les pires disputes avec lui, quand je sais à peine ce que je fais ou ce que je dis. J'ai eu envie de le hurler, surtout au début, mais je me suis arrêtée à temps ; je m'en suis plutôt prise à l'une de ses amies ou de ses collègues : « Tu ne crois pas que je vois comment tu la regardes, ai-je crié, de quelle façon tu te tournes vers elle, tout épanoui ? Tu crois vraiment que tu as une chance, tu penses vraiment qu'elle est intéressée par toi ? » C'est si mesquin, si honteux… mais mieux que l'alternative !

Ellen et moi sommes devenues des amies proches à vingt ans et quelque. Quand j'ai rencontré Olaf, Ellen a endossé un nouveau rôle pour moi. Elle est tout à coup devenue celle à qui je pouvais me confier – un être humain, une sœur, quelqu'un de proche, et pas seulement l'incarnation de ce que je voulais être et n'étais pas. J'étudiais le journalisme, je vivais dans un appartement avec une amie à Majorstua, alors qu'Ellen habitait encore à la maison. Je ne crois pas que nous nous soyons rencontrées en d'autres occasions que familiales l'année suivant mon déménagement ; je me souviens simplement que c'était merveilleux de vivre seule, sans Ellen pour me renvoyer mon reflet le matin, de rencontrer des amis qui ne savaient pas qui elle était. Et puis j'ai rencontré Olaf, et mes sentiments ambivalents envers Ellen m'ont soudain paru exagérés et enfantins ; elle et moi nous sommes progressivement rapprochées, et après que j'ai eu Agnar et Hedda, les sentiments anciens n'ont plus surgi que par bouffées, me rappelant la situation d'autrefois.

*

Après deux verres et demi de vin et assez de soleil pour sentir le picotement d'un coup de soleil sur le bout de mon nez, je suis plus calme. Je suis heureuse qu'Olaf ait pris le contrôle, heureuse qu'Agnar puisse voir le Colisée, tout en ayant des parents qui lui offrent une liberté responsable. Heureuse d'être installée avec mes frère et sœur dans un café touristique à Rome, tandis que notre mère se penche sur l'art contemporain italien et que notre père se promène au Vatican.

Je n'ose pas parler davantage de mon inquiétude pour Agnar – pas après qu'Ellen et Håkon m'ont regardée, pleins d'incompréhension, quand j'ai confié à quel point j'étais stressée, avant même d'avoir pris le temps de m'asseoir. Nous avions eu de longues discussions à ce sujet auparavant; je sais que Håkon pense que je suis trop protectrice, que j'ai trop de règles concernant les enfants, et de ce fait trop de soucis. Ellen est fascinée par notre façon de nous occuper des enfants, comme elle l'a déjà dit ironiquement à plusieurs reprises; l'année dernière, elle n'a même pas eu le courage de faire des remarques – elle s'est simplement retirée quand nous avons commencé à parler de l'éducation des enfants. Même si je comprends ce qu'elle veut dire, à savoir que nous faisons partie intégrante d'une tendance, je ne vois pas comment je pourrais agir autrement. Si je me rebelle contre cet accompagnement intense, encouragé de toutes les façons possibles et partout, ça retombera sur Agnar et Hedda : ils seront déphasés.

« Il est maintenant quatorze heures trente, dit Ellen, interrompant les réflexions de Håkon sur nos représentations des grandes familles italiennes alors qu'en moyenne, aujourd'hui, les Italiennes ne donnent naissance qu'à un peu plus d'un enfant chacune.

— Hormis le fait que cela témoigne d'une période de récession et d'une mauvaise politique de la famille, ce n'est pas catastrophique en soi. Ce ne doit pas être un objectif, que les gens aient plusieurs enfants. Au contraire, dit-il. Le monde est surpeuplé. »

Ellen couvre de sa voix les derniers mots de la phrase de Håkon, parle fort et parodie maman, qui regarde toujours sa montre et annonce l'heure qu'il est, qu'on le lui ait demandé ou non.

Nous la taquinons à ce sujet depuis longtemps, c'est devenu une blague interne entre Håkon, Ellen et moi, et même avec Olaf et Agnar. En même temps, cela comporte un aspect rassurant : c'est neutre, ça informe. Bien que nous le disions toujours sur le ton de maman afin de montrer que nous plaisantons, Håkon, Ellen et moi nous sommes mis à indiquer l'heure qu'il est, entre nous ou aux autres, comme quelque chose à dire quand le silence s'installe, pour interrompre divers moments de convivialité ou juste pour informer.

Je ris : Ellen imite mieux que quiconque de ma connaissance ; cela tient à la façon dont elle observe et fait ressortir les moindres mouvements, les mimiques, un petit coup de tête ou un regard… et elle se transforme brusquement en maman, en grand-mère, en une amie, en homme politique ou autre acteur connu.

« Merci, dis-je.

— Bon Dieu, détends-toi, il a quatorze ans quand même », dit Håkon.

Nous avons tout de suite compris qu'avec son quatorze heures trente, Ellen tentait de me rassurer : des associations communes, des références communes. Je me demande pour combien y sont les gènes, si nous sommes programmés de la même manière, si c'est pour cela que nous nous comprenons toujours intuitivement ou si c'est juste une façon de penser, de parler, d'associer et de tirer des conclusions que nous avons acquise. En tout cas, Ellen, Håkon et moi avons ces connexions, tacites et constantes, indépendamment de l'espace et du temps.

Quand j'étais journaliste nouvellement diplômée et que je travaillais en free-lance dans un magazine féminin, j'ai dû un jour préparer un sujet sur un couple de jumeaux séparés à la naissance. Mais à l'inverse des autres histoires-de-jumeaux-séparés-à-la-naissance, celle-ci portait sur des jumeaux du même œuf qui se ressemblaient parfaitement, parlaient de la même façon, faisaient les mêmes gestes, mais qui vivaient une vie totalement différente ; ils avaient fait des choix différents et avaient des valeurs différentes – l'un votait très à gauche et l'autre très à droite, ils n'avaient pas d'intérêts communs et n'aimaient ni la même nourriture, ni la même musique, ni les mêmes films : au sens strict, ils n'avaient aucune ressemblance en dehors de leur aspect extérieur. Ils n'avaient pas le sentiment d'être la moitié d'un tout, ils ne ressentaient pas le manque d'un frère dont ils n'avaient jamais soupçonné l'existence en grandissant, comme j'avais pu le lire à propos de situations similaires, et n'avaient en aucun cas la faculté de pressentir ce que l'autre pensait, ni de terminer les phrases l'un de l'autre.

Ma rédactrice n'a pas voulu traiter ce sujet ; elle pensait qu'il n'y avait rien de sensationnel ni de fascinant dans cette histoire. Elle aurait préféré que ce soit le contraire : il aurait été plus intéressant, plus excitant qu'ils aient en réalité fait les mêmes choix, aimé la même nourriture et complété les pensées et les phrases l'un de l'autre ! Je crois qu'elle était fille unique.

*

Agnar arrive tranquillement à trois heures dix, et je dois me contenir pour ne pas rugir tout ce qui s'est déroulé dans ma tête les dernières dix minutes, car Olaf pose son bras sur ses épaules et ne tarit pas d'éloges :

« Comme il s'est bien débrouillé, n'est-ce pas, Liv ? »

Et Agnar a grandi d'environ vingt centimètres sous l'effet de l'expérience : il est si fier et si adulte que ses épaules et son dos sont droits comme une règle ; je le prends dans mes bras, je l'embrasse sur le front et je presse son visage dans mes mains ouvertes – il a encore des joues d'enfant, souples et rondes. Seuls quelques boutons autour de son nez signalent que la transition de l'enfant à l'adulte a commencé.

« C'est la pure vérité, dis-je, et je souris – tu t'es vraiment bien débrouillé. C'était intéressant ? »

Je regrette ma question quand Agnar se lance dans un exposé détaillé sur le Colisée, mais il prend en charge la conversation tout au long du retour à l'hôtel ; aussi je peux appuyer ma tête contre la vitre du taxi, sentir Olaf serrer ma main lorsque nous passons devant l'hôtel où nous avons séjourné plusieurs fois auparavant. Je serre sa main à mon tour, je la caresse avec mon pouce, soudain heureuse à l'idée de partir plus loin, en dehors de Rome, d'être simplement allongée sur un bain de soleil, Olaf lisant à mes côtés, de regarder Hedda et Agnar se baigner dans la piscine alors que le reste de la famille bourdonne autour de moi – comme je l'avais imaginé dans mon bureau à Oslo, impatiente que cela arrive. Pour une fois, j'ai réussi à me dire que s'il se passait seulement la moitié de ce que j'attendais, je serais satisfaite.

*

Nous nous sommes répartis en trois voitures et nous quittons Rome en nous suivant : Olaf, les enfants et moi dans la première voiture, Simen et Ellen dans la deuxième, maman, papa et Håkon dans la troisième. Bien qu'Olaf conduise avec une lenteur imprudente au milieu du trépidant trafic italien, maman ne réussit pas à nous suivre dans un rond-point : elle prend la mauvaise sortie et je vois leur voiture disparaître dans la cohue des voitures derrière nous.

Je dis à Olaf qu'il faut faire demi-tour ou s'arrêter, mais nous roulons sur une route à trois voies, avec des voitures de tous les côtés, et nous devons continuer tout droit ; je téléphone à papa.

« Allô ? Sverre à l'appareil », dit papa de la manière dont il a toujours répondu au téléphone – même depuis qu'il a un téléphone portable et peut voir qui l'appelle. Je lui ai fait remarquer à plusieurs reprises la bizarrerie de répondre toujours de cette façon, maintenant qu'il peut voir que c'est moi ou un autre proche qui appelle – quant à nous, nous pouvons être à peu près sûrs de qui va répondre ! –, mais il estime malgré tout que dire son nom en prenant un appel fait partie d'un protocole usuel au téléphone.

« Salut, vous vous êtes trompés de route, dis-je.

— Ce n'est pas vous que je vois devant moi ?

— Non, vous vous êtes trompés au rond-point.

— Ah bon, et où êtes-vous alors ?, demande papa calmement.

— Où nous sommes ? Je n'en ai pas la moindre idée, papa : nous roulons vers la sortie de Rome. Il faut que tu dises à maman de faire demi-tour et d'aller jusqu'au rond-point, puis de prendre la troisième sortie. Et ensuite vous devrez suivre le GPS.

— Il ne marche pas, dit papa. Liv dit que nous devons faire demi-tour », déclare-t-il à maman.

Je n'entends pas ce qu'elle répond. Je réplique :

« Si, Olaf l'a réglé avant que nous partions. Tu ne peux pas le passer à Håkon pour qu'il le paramètre à nouveau ?

— Il dort », réplique papa. Et on klaxonne tellement autour de leur voiture que je dois écarter le téléphone de mon oreille ; maman crie quelque chose.

« Mais bon sang réveille-le !, dis-je. Il faut que vous utilisiez le GPS : nous vous attendrons plus loin quand nous trouverons un endroit où nous arrêter. Appelle-moi quand vous serez sortis du grand rond-point.

— Le GPS ne fonctionne pas, comme je l'ai déjà dit : mais je vais trouver comment sortir de là », déclare papa, et il ne va pas réveiller Håkon. C'est d'abord une question de fierté – il refuse de demander de l'aide en général, et en particulier sur des questions techniques – et ensuite de sollicitude : Håkon doit pouvoir dormir s'il est fatigué.

Maman et lui ont un cœur en plus pour Håkon, comme maman aime à le dire, car Håkon est né avec une malformation cardiaque et ils étaient persuadés qu'il allait mourir dans les premières semaines après sa naissance. Je m'en souviens bien : son petit corps dans la couveuse, tous les tuyaux, on aurait dit une sorte d'extraterrestre.

Après la naissance d'Agnar, lorsque j'étais à la maternité, j'ai beaucoup pensé à maman, à ce qu'elle avait dû vivre, allongée comme je l'étais mais sans enfant à côté d'elle, sachant qu'il était seul, ailleurs, dans le dédale de ce grand hôpital avec un tout petit cœur troué.

Ellen et moi étions chez notre grand-mère quand Håkon est né, et papa est venu le lendemain : il s'est assis à la table de la cuisine et il a pleuré ; il n'a quasiment pas remarqué Ellen et moi qui le regardions en silence. « Je ne savais plus que faire de moi-même, a-t-il dit à grand-mère qui lui tenait la main comme à un petit enfant ; tu ne peux pas comprendre, j'ai couru toute la nuit de la salle d'accouchement à l'unité de soins intensifs. »

Maman et lui se sont relayés pour rester à l'hôpital durant les mois qui ont suivi. Håkon a été opéré, il a changé de couleur et a commencé à crier : maman et papa se montraient tellement reconnaissants d'entendre ces cris qu'Ellen et moi nous sentions frustrées. « Tu ne pourrais pas le faire taire ? » me suis-je écriée une nuit après leur retour à la maison avec le bébé – Håkon criait, criait pendant que papa le portait dans les bras, tout autour du salon, une expression bienheureuse sur le visage, juste au-dessous de ma chambre – ; je me souviens que papa m'a répondu qu'à cet instant, ce son était le plus beau qu'il connût.

La peur que Håkon meure s'est transformée en certitude qu'il était un peu différent, un peu plus fragile, un peu plus important peut-être que tout le monde. Maman et papa l'ont suivi d'une façon complètement différente de ce qu'ils ont fait avec Ellen et moi. Ils ont été avertis par les médecins qu'il serait peut-être un peu en retard dans son développement, qu'il pourrait rencontrer des difficultés d'apprentissage ou divers troubles du comportement – bien que Håkon, dès la maternelle, ait mesuré une tête de plus que ses camarades de classe et qu'il ait eu des épaules deux fois plus larges qu'eux ; bien qu'il ait su lire, écrire et compter avant de commencer le CP. Bien que sa personnalité ait presque été trop empathique, maman s'inquiétait pour lui en permanence : elle refusait d'admettre qu'il était en réalité tout à fait normal.

C'est plutôt Ellen qui s'est révélée souffrir de dyslexie : on l'a découverte bien trop tard, ce qu'elle reproche encore à maman et à papa – « *Car ils ne voyaient que Håkon*, dit-elle à tous ceux qui veulent bien l'écouter, *et tout le monde croyait que j'étais bête !* » Ce n'est pas vrai, personne ne croyait qu'Ellen était bête ; c'est un témoignage sur les dyslexiques qu'elle a lu quelque part et repris à son compte, mais il est vrai qu'il a fallu longtemps pour qu'elle soit diagnostiquée, surtout parce qu'Ellen était en fait tellement maligne qu'elle avait développé son propre système de compréhension des mots et elle a lu très correctement, à sa manière, tout au long de l'école primaire.

Håkon était un petit dernier profondément espéré. Maman et papa avaient tenté d'avoir un troisième enfant depuis les deux ans d'Ellen ; même si tous deux avaient assuré à Ellen et à moi, tout au long de la grossesse, qu'ils seraient également heureux quel que soit le sexe du bébé, je suis convaincue qu'ils souhaitaient avoir un garçon. Il n'y a rien d'étrange à cela ; il est plus étrange qu'ils aient tous deux maintenu – et sans doute aussi l'un vis-à-vis de l'autre – qu'ils seraient tout aussi heureux si c'était encore une fille.

Quand je suis tombée enceinte de Hedda, j'espérais que ce serait une fille, et j'étais franche à ce sujet envers ceux qui me le demandaient. « Tu ne peux pas dire ça, Liv, a affirmé maman. — Pourquoi, lui ai-je demandé, il n'y a que des personnes bornées pour ne pas pouvoir comprendre que j'aimerai l'enfant de toute façon. Mais je serais encore plus heureuse si c'est une fille cette fois-ci, je ne comprends pas le problème. — En tout cas, je suis contente que tu n'aies pas eu un garçon qui aurait entendu dire après coup que tu voulais un autre enfant », a dit maman quand il s'est avéré que je portais une fille. J'ai répondu que j'espérais ne jamais avoir d'enfants aussi peu sûrs d'eux, aussi superficiels, indépendamment du sexe.

Personne ne sait pourquoi maman et papa ont eu tant de mal à avoir Håkon, pourquoi il a fallu tant d'années et de fausses couches ; mais une clinique privée que maman avait contactée pour recevoir de l'aide a supposé que ça venait d'un traumatisme lors de l'accouchement d'Ellen. « *Un accouchement abominable*, comme le dit toujours maman, au grand agacement d'Ellen. — *Tu veux dire que je devrais t'en être reconnaissante ou quoi ?* » demande alors Ellen, et elles se mettent à se chamailler, exactement de la même façon à chaque fois ; elles sont identiques, et tout aussi têtues – on dirait parfois qu'elles sont en compétition pour quelque chose que personne ne comprend vraiment.

En tout cas, Håkon a été un enfant fort désiré, et il l'est toujours. Il se comporte encore comme un petit enfant dans l'environnement familial ; il assume le rôle du plus jeune, de l'empoté, il s'allonge sur le canapé quand nous autres préparons le repas, il sort de table sans débarrasser son assiette, il s'installe avec les écouteurs de son téléphone, un Mac sur les genoux, au beau milieu du salon, et il y a peu de temps qu'il a arrêté d'apporter son linge sale à la maison, à maman et papa – en fait seulement depuis que sa dernière copine lui a fait des remarques à ce sujet. Quand Ellen, Håkon et moi sommes seulement à trois, il est tout à fait différent : c'est alors un adulte, qui participe à des conversations d'adulte et qui rencontre des problèmes d'adulte.

Mais maintenant qu'il est couché sur la banquette arrière, derrière maman et papa, et qu'il voyage en voiture à travers l'Italie, *Il a le droit de dormir*, pense papa, et je mets fin à la conversation sans parler davantage du GPS.

*

La maison du frère d'Olaf est située sur une petite colline au-dessus d'une ville balnéaire de taille moyenne de la Riviera. Nous roulons en partie le long de la Méditerranée dont les reflets sont turquoise au soleil, et en partie un peu plus haut, parmi les montagnes arides, brun-olivier, passant par de petits villages qui donnent l'impression que le temps s'est arrêté – bien qu'Olaf prétende que je me montre pleine de préjugés avec cette remarque.

« Qu'est-ce que tu en sais ?, interroge-t-il. Tu ne sais rien d'elle, par exemple, ni de sa vie », poursuit-il en montrant une vieille dame vêtue de noir, assise sur un tabouret devant sa maison, apparemment sans rien faire. Je ne réponds pas. Je me retourne vers Hedda et Agnar qui sont assis à l'arrière et regardent par la fenêtre, chacun de son côté.

« Pensez-y, leur dis-je, des gens vivent ici. »

Maman le disait toujours, avant, pendant les voyages en voiture, alors que nous roulions en Norvège ou dans d'autres pays, quand nous passions dans des secteurs qui nous semblaient abandonnés ou inhabitables. Je me souviens particulièrement d'un endroit au Portugal : nous avions loué une voiture et nous étions montés dans les montagnes surplombant la côte de l'Algarve. J'avais peut-être quatorze ans : nous avions roulé une éternité sur de petites routes pleines de tournants, et il faisait tellement chaud que l'air vibrait sur la route devant nous ; Ellen et moi avons été stupéfaites quand papa a dit tout à fait sérieusement qu'on pourrait faire cuire des œufs sur l'asphalte. Nous avons traversé un petit village, constitué de dix ou douze maisons, d'une petite place et d'une station-service où papa s'est arrêté pour prendre de l'essence. La station ressemblait plutôt à un hangar : les panneaux et les pompes étaient d'un brun rougeâtre à cause de la rouille. À l'extérieur, à l'ombre d'un petit parasol, un homme était assis : il s'est levé à notre arrivée. Il souriait, et Ellen a prétendu plus tard qu'il n'avait qu'une dent. C'est lui qui a rempli le réservoir de papa, ce que papa aurait préféré faire lui-même, et lorsque nous sommes repartis, il est resté immobile et nous a suivis du regard. Ellen et moi nous sommes retournées et l'avons regardé devenir de plus en plus petit par la vitre arrière. « *Pensez-y, des gens vivent ici* », a déclaré maman comme d'habitude, et j'ai soudain compris ce qu'elle voulait dire. J'ai ressenti une violente empathie pour cet homme qui devait rester là, au milieu d'une contrée déserte quelque part au Portugal, dans une station-service : que ce soit cela, en fait, sa vie. Je n'ai pas réussi à l'oublier de tout le reste des vacances : une impression de mauvaise conscience me poursuivait. De retour à l'hôtel, quelques jours après, j'ai demandé à maman si elle croyait qu'il avait une famille. Elle ne s'est pas souvenue de lui tout de suite et je me suis mise à pleurer en expliquant de qui je parlais, de lui, l'homme solitaire édenté à la station-service, qui restait sans doute assis là-bas des jours et des jours entiers, sans famille, ni amis, ni argent, ni la moindre vie. « Ah oui, lui. Mais ma chère Liv, a dit maman et elle m'a souri, il trouverait probablement notre vie à Oslo stressante, agitée, insupportable. Avoir pitié de tous ceux qui ne vivent pas exactement comme nous n'est pas une nécessité. »

Agnar et Hedda ne semblent guère réagir à cette phrase. Agnar cherche surtout à nous éclairer sur l'algue qui donne à la Méditerranée sa couleur azur, et Hedda a les yeux qui clignent : elle est en train de s'endormir, et je me demande si je vais avoir le courage de faire tous les efforts nécessaires pour qu'elle reste éveillée jusqu'à l'heure d'aller au lit, afin qu'elle ne perturbe pas la soirée tranquille à laquelle je m'attends, qu'elle ne la décale pas, ou si je vais simplement la laisser dormir. Elle s'endort avant que je réussisse à me décider ; je ne dis rien à Olaf, plus préoccupé que moi par l'hygiène de sommeil des enfants.

*

Après quatre heures de voiture, Olaf s'engage dans un parking pavé, un peu plus haut sur le flanc de la montagne : le soleil est bas dans le ciel au-dessus de la mer. Je ne vois pas la maison à cause de la végétation plantée autour du parking, mais j'aperçois un petit escalier au milieu de la verdure. Hedda et Agnar se défoulent en courant après ce long trajet en voiture et disparaissent en haut de l'escalier. Olaf me sourit, plein d'attente et sûr de lui. Je les suis, j'arrive sur une terrasse exposée au sud, donnant sur toute la petite ville et le vaste horizon de la mer au-delà. Agnar et Hedda poussent des cris de joie devant la piscine qui se trouve sur une petite plate-forme, et je ressens moi aussi une bouffée d'enthousiasme enfantin devant l'eau chlorée bleu ciel, même si la Méditerranée accueillante s'étend paisiblement juste au-dessous de nous.

Les autres nous rejoignent sur la terrasse. Olaf ouvre la double porte vitrée de la maison, nous entrons dans une grande cuisine avec des carreaux de terre cuite rouges et des placards sans porte, puis tout le monde se disperse ; chacun découvre la grande maison qu'Olaf n'a jamais mentionnée que comme une petite maison de vacances, dont il a laissé son frère hériter quand ses deux parents sont morts, il y a plusieurs années – j'entends le hurlement de joie d'Ellen et le murmure approbateur de mon père. Maman entre derrière moi dans la grande chambre, qui est orientée au sud-ouest et décorée d'une fresque au plafond : ça sent l'assouplissant et la mer. Elle se tient devant la fenêtre, ses cheveux semblent lumineux à la lumière rouge du soleil : elle ne dit rien, et j'ai peur un instant qu'elle ne trouve ça trop ordinaire, trop luxueux et vulgaire, mais elle me sourit.

« Sacré endroit, dit-elle, et je crois qu'elle l'entend de façon positive : elle laisse courir sa main le long du large châssis de fenêtre.

— Oui, je ne me doutais pas que c'était si grand, fais-je. Se dire qu'Olaf l'a cédé est presque un peu amer.

— Ça n'avait pas exactement le même aspect quand son frère l'a repris : j'ai compris qu'il avait passé plusieurs années à l'agrandir et à le rénover », dit maman.

Je me demande quand Olaf et elle en ont parlé ; il n'a jamais particulièrement évoqué cet endroit avec moi.

« Oui, mais quand même.

— Je crois que tu devrais être contente de ne pas en être propriétaire, pense à l'entretien », remarque maman, qui voit toujours de l'entretien partout, dans toutes les maisons ou les chalets qu'Ellen et moi avons un jour désirés – « *Non, non, pensez à l'entretien !* » –, accablée par la conscience de tout ce qu'elle aurait dû faire dans le chalet dont elle a hérité à Lillesand.

« Je suis surtout heureuse qu'Olaf ait accepté que son frère reprenne la maison et qu'il n'y ait rien eu de moche dans le règlement de la succession, dis-je – et je le pense.

— Oui, non, c'est incompréhensible », reprend maman, et la réponse appartient en fait à une autre conversation que nous avons eue plusieurs fois, elle et moi, et toute la famille, à propos des conflits d'héritage allant si loin qu'on ne se parle plus, sur la façon dont les choses matérielles peuvent déchirer les liens émotionnels, triompher de tous les souvenirs, des gènes et du sentiment d'appartenance.

Au moment où ces conversations se tenaient, Olaf, qui se trouvait en plein partage des biens laissés par ses parents, faisait valoir que c'était loin d'être aussi simple, que les choses matérielles pouvaient être une métaphore des sentiments refoulés, des injustices, des différences de traitement mis au jour pour la première fois au cours de ce type de règlement. Je ne sais pas si c'est ce qu'il a ressenti vis-à-vis de son petit frère, je ne crois pas ; je crois qu'il a cédé la maison en Italie au prix de l'estimation d'une part parce qu'il ne voulait pas la garder, d'autre part parce qu'il a toujours eu une attitude protectrice, exagérée et même parfois inutile, envers son frère, et enfin, comme d'habitude, parce qu'Olaf ne voulait rien lui devoir, pas même à long terme. « En plus, nous avons assez d'argent », a-t-il ajouté, et c'est vrai, nous avons assez d'argent.

Mais son frère en a clairement assez lui aussi, me dis-je maintenant, et je suis honteuse de cette piqûre de jalousie, comme je le suis toujours – dans notre famille, nous ne nous préoccupons pas de choses matérielles, en tout cas pas d'argent.

J'ai toujours pensé que lorsque nous réglerions la succession de maman et de papa, Ellen, Håkon et moi serions élégamment d'accord pour tout partager en trois, et que ce qui ne peut pas se partager, nous le répartirions équitablement, nous serions généreux les uns envers les autres. Olaf m'a défiée : « Que se passera-t-il si Håkon veut le chalet de Lillesand ? — Il ne veut pas le chalet de Lillesand », ai-je répondu, et je sais que c'est exact, il préférerait celui de grand-mère et de grand-père à Vindeggen. — Oui, mais si ? » insiste Olaf, et je réponds que dans ce cas, nous devrons trouver une solution, mais je sens bien qu'il n'y en aura qu'une seule : que je le reprenne. Il est tout à fait impensable de le céder à Håkon ou à Ellen – et je le sens aussi maintenant, à mesure que maman et papa vieillissent : il est inconcevable qu'en fin de compte l'un d'eux reçoive plus que moi, qu'ils s'en sortent mieux que moi.

« Je suis tellement heureuse qu'on fasse ce voyage », dit soudain maman alors que nous sommes sur le point de sortir de la pièce, mais elle s'est arrêtée avant d'atteindre la porte, elle s'immobilise juste devant moi et me regarde gravement.

Je lui souris.

« Tant mieux. Moi aussi. »

Elle me prend dans ses bras et m'embrasse : nous faisons exactement la même taille, mais elle a un corps beaucoup plus doux, plus plantureux et plus chaud que moi, ce qui a toujours fait de ses câlins ce qu'il y a de plus tendre et de plus consolateur que je connaisse.

« Tu ne vas pas mourir au moins ? » fais-je dans ses cheveux, comme nous le disons souvent, à mi-chemin entre la plaisanterie et le sérieux, lorsque l'un de nous devient sentimental.

Maman rit et me relâche.

« Non, je ne vais pas mourir. »

Agnar et Hedda sont autorisés à se baigner dans la piscine avant d'aller se coucher. Papa va avec eux. Je suis assise sur la terrasse et je les regarde jouer : je crois que papa s'amuse au moins autant qu'Agnar et Hedda ; je me rappelle qu'il a toujours joué avec nous pour de vrai, qu'il prenait le jeu au sérieux. Quand nous étions petits, lorsque nous rendions visite à grand-mère et à grand-père dans leur ferme, nous construisions toujours des hameaux de petites cabanes avec les balles de paille dans le champ, après le battage. Tous les enfants du village y participaient, et nous avions des accords très précis sur la façon dont le jeu se déroulerait – où se trouvaient la cuisine, le salon, le canapé ; qui étaient le chef, les esclaves, les bandits. Papa est venu un soir, et tout le monde était certain qu'il venait nous chercher pour nous faire rentrer ; mais au contraire, il a demandé s'il pouvait se joindre à nous. J'avais honte et j'étais fière en même temps, mais j'ai vite oublié que c'était papa, car il s'impliquait tellement dans le jeu et n'essayait pas le moins du monde de laisser gagner les autres !

Håkon sort et s'assoit à côté de moi. Je pense souvent que nos enfances ont été bien différentes, et je me demande en quoi cela nous a affectés. Ellen et moi avons les mêmes souvenirs, les mêmes références, les mêmes règles. Håkon a dû faire face à des conditions très différentes : il a eu une autre façon de grandir, presque seul, dans une autre décennie.

Maman, Ellen, Simen et Olaf parlent ensemble dans la cuisine : je ne distingue pas ce qu'ils disent, mais j'entends Ellen rire fort. Elle sort un peu plus tard avec un plat d'olives, de jambon et de fromage, quelques bouteilles de vin, elle dispose le tout sur la table et s'assoit avec nous. Simen arrive et la prend dans ses bras par-derrière, il l'embrasse plusieurs fois sur la nuque et émet une sorte de grognement ; je suis toujours lamentablement troublée de leur intimité physique devant les autres, mais à cet instant précis, ça ne me dérange pas.

Olaf appelle les enfants. Il désigne sa montre avec de grands gestes éloquents.

« On s'était mis d'accord, Agnar, crie-t-il.

— Ne l'écoute pas », dit papa, à la grande jubilation d'Agnar et Hedda.

Je me retourne et je cherche maman du regard, elle n'est plus dans la cuisine. Je demande :

« Où est maman ?

— Elle voulait se reposer un peu, répond Olaf.

— Non, elle est allée faire un tour, dit Håkon.

— Toute seule ? »

Ma question est inutile puisque tous les autres sont ici, mais je suis déconcertée : c'est tellement typique d'elle de devoir manifester sa différence quand tout le monde fait quelque chose en commun.

Personne ne répond, et personne n'a l'air de s'inquiéter, alors je décide de ne plus y penser. J'essaie de suivre le conseil d'Olaf : ne pas passer mon temps à surveiller constamment tout le monde, à identifier l'humeur de chacun, à guetter qui ressent quoi et quand ; cela n'améliore rien et il a raison, bien sûr. C'est une habitude difficile à abandonner car je surveille toujours maman, je connais les moindres mouvements de son visage : à une ride du coin de sa bouche, je peux voir si elle est dépitée ou résignée, à un petit mouvement du front, si elle est contrariée, à ses yeux, si elle est heureuse. J'ai souvent pensé que je serais la seule à pouvoir communiquer avec elle, à la comprendre, si elle avait une attaque et perdait la faculté de parler, car mon interprétation est si travaillée, si automatique que j'ai à peine besoin de la voir pour ressentir son humeur dans la pièce où elle se trouve.

Elle revient une demi-heure après, tandis que je couche Hedda : elle entre pour lui dire bonne nuit. On dirait qu'elle a pleuré, et il faut vraiment que je recoure à toutes mes forces intérieures pour ne pas poser de questions, pour ne pas m'interroger. Je me concentre sur *Les aventures de Pettson et Picpus*, le livre que Hedda a choisi d'emporter.

*

Le lendemain, le chant intense des cigales me réveille, et je me rappelle ce qu'Agnar m'a expliqué : ce n'est pas un chant, mais le bruit caractéristique qui se produit quand les mâles frottent leurs ailes l'une contre l'autre pour attirer les femelles afin de s'accoupler. Je regarde Olaf : il est allongé sur le dos avec les mains croisées sous la tête, comme s'il posait. Je me tourne vers lui et je mets la main sur sa poitrine, le bout de mes doigts contre la peau fine du creux de sa gorge qui tremble légèrement sous les battements de son pouls… J'ai toujours trouvé que ressentir le rythme de la respiration ou du pouls donnait une impression de sécurité.

Il ne se réveille pas quand je le touche ; je me demande si je vais le réveiller pour de bon pour que nous fassions l'amour avant que Hedda ne se réveille, comme je l'avais imaginé à Oslo – ces longues matinées où l'on a du temps, la brise et le soleil qui vacillent et jouent dans les rideaux blancs, Olaf et moi, et puis je me rappelle maman et papa : c'est le jour des soixante-dix ans de papa. Au lieu de cela, je l'embrasse légèrement dans le cou, il se réveille et secoue un peu son bras qui doit être ankylosé, il le passe autour de moi et m'attire à lui.

« J'envisageais de te réveiller pour faire l'amour avec toi, dis-je, mais je me suis rappelé que c'était l'anniversaire de papa. »

Olaf ouvre les yeux, me regarde et rit.

« Et alors tu m'as réveillé pour le rappeler, plutôt ? » demande-t-il.

Je hoche la tête, je souris. Il m'a fallu plusieurs années pour pouvoir faire l'amour avec Olaf quand maman et papa se trouvaient dans la même maison, le même chalet, voire le même hôtel – même s'ils dormaient à une chambre de distance. Le sentiment de leur présence est tout aussi fort, il est indépendant de la quantité de mètres de béton ou de murs entre nous. J'ai dû m'y résigner après quelques années en couple, après avoir passé avec eux toutes les vacances d'été au chalet. Mais je continue à trouver cela désagréable, je ne parviens pas à me détendre ou à arrêter de penser à eux – et il est pire encore de se dire qu'eux pensent certainement que nous couchons ensemble. Olaf ne comprend pas pourquoi – « *Nous sommes adultes, nous sommes mariés*, dit-il, *et nous avons eu deux enfants ensemble.* » Je n'arrive pas à l'expliquer, mais il me semble intrusif et désagréable qu'ils pensent à moi et me voient ainsi.

« Oui, oui. Alors nous allons célébrer ton père d'une autre façon », dit Olaf.

*

Pour une fois, papa reste au lit le matin : je sais combien ça lui coûte de rester couché afin que Hedda et Agnar aient la joie de le réveiller avec une chanson d'anniversaire, et je lui en suis reconnaissante.

Il a l'habitude de se lever à six heures tous les matins pour courir ; il prétend que s'il ne peut pas courir le matin, toute sa journée s'en ressent. Il a maintenant des problèmes au genou gauche parce qu'il a trop couru sur l'asphalte, pendant des années. Il s'est indigné plus que de raison lorsque le médecin lui a dit qu'il devrait peut-être se faire opérer ; il en a parlé pendant plusieurs semaines, il a refusé d'arrêter de courir et il a boité en descendant les terrains du Voldsløkka avant d'accepter de faire une pause de quinze jours. Il court à présent avec une genouillère sous ses collants de sport, refuse de retourner chez le médecin même quand son genou est enflé comme un ballon de football, et nous avons renoncé à le harceler. « S'il veut détruire son genou, qu'il le fasse », dit maman, mais elle aussi semble étrangement peu motivée pour lui faire admettre qu'il doit arrêter de courir ou se faire opérer le genou – et très probablement les deux.

Maman est dans la cuisine et fouette la pâte à crêpes lorsque j'arrive : on dirait qu'elle est réveillée depuis longtemps – elle a acheté les baies, le café et le jus de fruits posés sur le plan de travail. Nous mangeons toujours des crêpes les matins d'anniversaire, c'est une tradition de maman que j'ai perpétuée dans ma propre famille. Je ne me souviens pas avoir demandé à Olaf ce qu'il avait coutume de faire pour les anniversaires, je le réalise maintenant en voyant maman s'affairer au-dessus de la pâte à crêpes comme elle l'a fait chaque matin d'anniversaire depuis que je suis née, et peut-être même avant. Encore aujourd'hui, papa et elle mangent des crêpes au petit déjeuner pour les anniversaires d'Ellen, Håkon et moi, même dix ans après que le dernier d'entre nous est parti de la maison.

Elle semble heureuse, ou du moins en forme ; l'humeur sombre d'hier a disparu, je suis soulagée.

« Le grand jour est arrivé, félicitations, dis-je.

— Également, répond-elle, et elle me sourit. Tu ne voudrais pas préparer les myrtilles ?

— Non, je le fais, dit Ellen qui arrive derrière moi. Liv a développé une phobie du sucre depuis qu'elle a des enfants. »

J'essaie de rire, mais seul l'air fuse du nez. Ellen me sourit brièvement, verse le sucre dans un saladier, écrase les baies avec une fourchette, mélange le tout.

« Tiens, regarde, tu veux goûter, Hedda ? » demande-t-elle à Hedda qui est assise à la table de la cuisine et dessine, sans me regarder.

Hedda fait oui de la tête. Ellen s'approche d'elle et verse un peu de confiture dans une coupelle, donne une cuillère à Hedda sans mot dire, ni à elle ni à moi. Hedda porte la coupelle à sa bouche et aspire la confiture bleu-rouge. Je peux entendre le sucre crisser entre ses petites dents. Je ne dis rien : il est garanti que cela tournerait en discussion générale sur l'éducation qu'Olaf et moi donnons aux enfants, et dont Ellen se moque souvent, en toute bienveillance, avec maman. « Est-ce qu'Agnar a pensé à aller aux toilettes aujourd'hui ? » a par exemple demandé Ellen un soir, il y a quelques semaines, alors que nous étions en plein repas du dimanche à la maison, chez maman et papa. Nous allions rentrer chez nous et je criais à Agnar qu'il devait se rappeler qu'il avait entraînement de football le lendemain, afin de l'arracher de son jeu avec papa. À la remarque d'Ellen, Maman a éclaté de rire. « Oh, Liv, ça ne part pas d'un mauvais sentiment, a-t-elle dit quand elle a vu que je ne riais pas. Mais tu dois reconnaître qu'Ellen marque un point. Vous avez un tel contrôle sur vos enfants ! Ce n'est pas forcément mauvais, mais c'est si différent de l'époque où tu as grandi – vous étiez tellement plus autonomes, je n'aurais jamais envisagé de vous aider et de vous surveiller comme Olaf et toi le faites. » Je me suis mordu la langue pour ne pas répondre que c'était peut-être parce qu'elle se souciait surtout d'elle-même, et à la place, je lui ai fait un signe de tête. Je savais ce qui allait venir : l'enfant a de nos jours un tout autre statut que pour la génération passée, aujourd'hui ce sont leurs besoins qui sont en ligne de mire, ils sont comme de petits consommateurs avec de grandes exigences. Et les parents se mettent à leur disposition pour les rendre heureux à l'âge de trois ans, terrorisés par les conséquences du moindre faux pas. « Je ne crois pas m'être demandé une seule fois si vous étiez heureux quand vous étiez petits, a poursuivi maman, mais vous vous en êtes quand même sortis. »

*

Ellen et moi partons en ville pour acheter ce qu'il faut pour le repas : nous avons avec nous une liste des courses écrite par maman. Ellen a ri quand maman est arrivée avec : « Mais franchement, a-t-elle dit, nous avons parlé de ce déjeuner tout le mois, je crois que Liv et moi réussirons à faire les courses toutes seules. »

Maman s'est vexée et a demandé si quelque chose clochait dans le fait de se soucier des détails alors que celui qui avait été son mari au cours des quarante dernières années fêtait ses soixante-dix ans et avait par-dessus le marché offert un voyage à toute la famille. Ellen a répondu qu'elle était tout aussi soucieuse des détails pour l'anniversaire de celui qui avait été son père au cours des trente-huit dernières années, mais je l'ai entraînée avec moi avant que ça ne dégénère en vraie dispute – j'ai pris la liste des courses de maman et l'ai mise dans ma poche.

Tandis que j'attends Ellen partie acheter un sac qu'elle a vu de la voiture dans une vitrine, je m'installe sur une petite place et je commande un expresso. Je m'accorde la première des quinze cigarettes programmées pour les vacances. Je sors la liste de maman : son écriture est caractéristique, elle ressemble à des notes, avec de longs traits et de petites boucles, et quelque chose remonte à ma mémoire. Il y a longtemps que je n'ai pas vu son écriture et elle me fait penser à son journal intime, que j'avais lu en cachette quand j'avais dix-sept ou dix-huit ans. Ce devait être un journal parmi d'autres, il n'y avait ni début ni fin, mais il était rangé tout seul dans le tiroir de sa table de nuit. Il datait de plusieurs années et je ne sais pas pourquoi il se trouvait là – peut-être qu'elle le lisait elle-même le soir ; je me dis maintenant qu'elle devait y chercher quelque chose. À ce moment-là, je me suis totalement immergée dans sa lecture et j'ai fait la connaissance de maman d'une manière toute nouvelle – je ne regrette toujours pas de l'avoir lu. Car même si à dix-sept ans, je comprenais bien sûr que maman et papa avaient eu une vie avant moi, avant Ellen et Håkon, avant ce qui est devenu la constante en matière de nous, c'était bien différent de le lire. Ce que j'ai lu portait sur la période d'avant, pendant et après sa rencontre avec papa : j'avais l'impression de lire un roman. J'ai été frappée de voir – ça m'a durablement marquée – à quel point elle était mûre et nuancée pour ses dix-neuf ans. Moi j'avais dix-sept ans quand je lisais son journal, et je me disais qu'elle avait l'air bien plus âgée que moi ; et maintenant qu'à quarante-deux ans, sur une petite place en Italie, je me souviens des atmosphères et des formulations précises, je continue à penser qu'elle a l'air plus âgée et plus intelligente que moi aujourd'hui. Comme si elle avait eu une meilleure vue d'ensemble, plus de contrôle.

*

Papa et elle se sont rencontrés lors d'un événement, – je crois que c'était un débat politique –, alors qu'ils étaient tous les deux à l'université. Dans son journal, maman raconte longuement et en détail comment leur couple s'est formé ; chaque jour constitue une petite nouvelle avec une entrée en matière, un point culminant et une fin. Elle décrit papa qui arrive, tellement grand qu'il doit se courber pour entrer dans sa cuisine, la façon qu'il a de marcher, de se tenir debout, sa voix, son rire. Je me souviens que je le trouvais assez ressemblant, mais aussi transformé par ses analyses et ses appréciations. Elle dépeint aussi l'un et l'autre comme beaucoup trop réfléchis et pondérés pour leur âge : je doute que l'un d'eux ait pensé et parlé comme elle le décrit – à la manière de deux adultes accomplis qui se rencontrent et prennent quasiment la décision de former un couple. Dans ce cas, c'est maman qui doit avoir pris la décision, sans que je comprenne pourquoi c'était si important pour elle – elle était jolie, élégante, forte et douée, papa l'a dit à plusieurs reprises. « *Diamétralement opposée à moi*, affirme-t-il. — *Il fait le joli cœur* », répond maman joyeusement quand il le dit, et elle ajoute chaque fois que des filles traînaient en permanence autour de lui. « *Ça, c'est juste parce que j'avais une guitare* », explique papa.

Au commencement, maman n'écrit rien de leurs différences, mais relève plutôt à quel point ils vont bien ensemble. Ils ont les mêmes pensées, les mêmes jugements, des ambitions et des valeurs identiques ; indécis politiquement, comme elle l'écrit – ce qui ne provient probablement que d'une difficulté à se décider dont j'ai hérité –, à part qu'ils sont tous les deux tout à fait d'accord dans leur engagement contre la guerre américaine au Viêt-nam. Dans les pages suivantes, elle s'entraîne à argumenter, peut-être pour lui, ou de façon générale : elle insère des collages d'articles sur la guerre et le FNL, elle souligne et encercle. Ensuite, il est surtout question de ce qu'ils sont, et elle remplit pratiquement le journal avant d'en venir au point où ils s'entendent pour former un couple, bien que cela ne prenne que deux semaines.

Elle ment aussi très ouvertement à son journal, comme s'il était écrit pour quelqu'un d'autre – de petits mensonges triviaux, par exemple, MOI QUI AI FAIT TANT DE SKI ET QUI AIME TELLEMENT LA NATURE, J'AI ÉTÉ HEUREUSE QUE SVERRE PROPOSE QUE NOUS NOUS PROMENIONS À SKI DIMANCHE PROCHAIN. Maman déteste faire du ski, elle a toujours détesté ça, elle l'a proclamé à chaque occasion, bonne ou mauvaise, comme une sorte de contestation que personne n'a entièrement comprise. Je peux compter sur les doigts d'une main le nombre de randonnées à ski auxquelles elle nous a accompagnés, mais d'un autre côté elle a toujours été très fière des capacités de papa en ski : elle s'en vante souvent en public, garde en tête le nombre de *mils*[1] qu'il a parcourus, ou le dernier équipement qu'il a acheté.

Vers la fin, maman mentionne leurs différences, mais comme un fait exclusivement positif : elle a besoin que quelqu'un la tire vers le haut, illumine son humeur, RIT QUAND ELLE PLEURE, ET CRIE QUAND ELLE MURMURE. Je n'ai guère entendu ma mère murmurer, elle parle plus fort que la moyenne, mais c'est l'une de ses nombreuses métaphores – *Elle s'efforce d'être littéraire*, ai-je pensé depuis : tout le contraire de mes journaux intimes, désordonnés, furieux, amoureux

---

1. Un *mil* norvégien correspond à dix kilomètres.

et maladroits, utilisés seulement comme soupape et comme exutoire. C'est le seul domaine où je me permets d'être sans contrôle. Son journal semble écrit pour les yeux d'une autre personne, peut-être papa, peut-être les miens, mais elle est la moins reconnaissable des deux, et je me demande encore aujourd'hui si c'est à cause d'une conscience de soi insuffisante, ou si je la connais plus mal que je ne crois.

Elle remplit de lui et d'eux un livre entier, sur tout ce qu'ils font, ce dont ils parlent, et juste à la fin, tout en bas d'une page, après une soirée où papa a apparemment tenu un long monologue sur *My Generation* de The Who – retranscrit en détail dans le journal de maman –, elle a écrit : Je suis subjuguée. Je me souviens que c'était effrayant et étrange, mais en même temps rassurant de lire ces mots.

*

Nous regagnons la maison avec quatre sacs remplis de nourriture. Maman les regarde d'un air étonné, presque désapprobateur, comme si elle soupçonnait que nous avons acheté beaucoup plus que ce qui figurait sur sa liste. Et c'est ce que nous avons fait, car Ellen et moi savons que maman prévoit toujours trop peu de nourriture. « *C'est mieux que de jeter*, dit-elle toujours, *et vous aurez assez à manger. — Non, il faut toujours qu'il en reste un peu dans la marmite,* a répondu Ellen. — *Pense aux enfants en Afrique* », a plaisanté Håkon, et maman l'a pris comme une sincère déclaration de soutien. « *Vive la génération ironique !* » ajoute-t-il alors.

Maman a décidé du menu d'après l'avis de papa : il fallait quelque chose d'authentiquement italien, nous allons donc préparer une *bruschetta*, des spaghettis *vongole*, des *saltimbocca* et un *tiramisù* ; Ellen et moi discutons de la façon d'organiser les plats pour qu'aucun de nous ne doive rester à la cuisine pendant que les autres mangent, tout en commençant à couper les oignons et à nettoyer les coquillages. Maman nous arrête et dit qu'elle n'a plus besoin d'aide.

« D'aide ? demande Ellen.

— Pour le repas, répond maman.

— Mais nous allons le préparer ensemble, dit Ellen.

— Non, ce n'est pas nécessaire, assure maman ; en fait, je préférerais le préparer toute seule. Mais vous pouvez dresser une jolie table. »

Je ne sais pas quoi dire, je ne sais pas pourquoi maman s'est brusquement décidée à préparer toute seule le repas que nous avions planifié ensemble. J'essaie d'interpréter son regard mais elle m'est inaccessible – pas fâchée, seulement efficace, et elle a toujours l'air heureuse, ou du moins amicale : on ne dirait pas qu'il y a autre chose derrière ses paroles.

« Mais sérieusement, maman, il est déjà presque cinq heures ! En réalité tu n'as pas le temps de préparer tout ça seule.

— Ellen et moi pouvons au moins faire le *tiramisù*, dis-je, surtout pour soutenir Ellen qui se mord les lèvres d'agacement.

— Je ne peux pas avoir tout bonnement le droit de préparer ce repas pour Sverre ? » demande maman. Elle ne l'appelle pas papa comme elle le fait d'habitude.

Ellen fait un geste résigné des bras. Elle va retrouver Håkon et Olaf qui lisent, chacun sur sa chaise longue. « Comme tu veux », dit-elle en partant.

Je regarde maman d'un air interrogateur, prête pour une explication approfondie maintenant qu'Ellen est partie, mais elle ne me regarde pas ; elle pose les filets de veau sur une planche de bois qu'Ellen a trouvée, elle les recouvre d'une feuille de plastique et les aplatit en les frappant de coups rudes, avec une grande concentration.

Il fait assez chaud pour que nous dressions la grande table de chêne dehors, sur la terrasse. Agnar arrive et demande s'il peut faire quelque chose pour aider : je suis heureuse de sa prise d'initiative et lui donne la responsabilité de plier les serviettes et de décorer la table. Je le regrette lorsqu'il revient avec une quantité démesurée de rameaux coupés au bougainvillier qui pousse derrière la maison, celui dont le frère d'Olaf se vante toujours : il les répand en larges mouvements sur la nappe de lin blanche. Je m'imagine les nuages de pollen invisible et de petites larves qui s'éparpillent sur le service mais je ne dis rien, car Agnar me regarde comme s'il lisait dans mes pensées – ou parce qu'il est tellement habitué à ce que je commente et corrige tout ce qu'il fait –, et je souris.

« Que c'est beau, tout ce violet sur le blanc ! »

J'approuve de la tête, bloquant mes bras derrière mon dos pour ne pas arranger les serviettes qu'il a pliées d'après un tutoriel sur YouTube, qui n'est certainement pas exécuté correctement, mais sur lequel il vient de passer une heure.

Je sais que je dois m'abstenir de commenter tout ce qu'il fait à longueur de temps, m'abstenir « *De le surveiller en permanence du coin de l'œil* », comme dit Olaf, et je m'y efforce ; mais en général je ne suis pas d'accord pour limiter les remarques, sinon il passe à côté de beaucoup de choses qu'il serait bon qu'il apprenne. J'explique à Olaf : « Je ne sais pas comment trouver cet équilibre, car je dois avoir l'occasion de lui enseigner ce que je peux. — Mais il doit aussi apprendre par lui-même, dit Olaf, et faire des découvertes tout seul. » Et en cela, Olaf a toujours été bien meilleur que moi, restant en retrait tout en observant Agnar qui, malgré les mises en garde, essaie de réparer le pneu d'un vélo avec du ruban adhésif, tient en équilibre une pile invraisemblable d'assiettes et de verres pour éviter de faire deux voyages, ou dépense tout son argent de poche pour un gadget absurde et inutilisable qui tombe en morceaux au bout de deux jours. « Il apprend grâce aux conséquences, c'est le meilleur enseignement, assure Olaf, et dans une certaine mesure, je suis d'accord, mais c'est une épreuve de patience que je supporte rarement. — Cela provient de ce que maman a toujours fait des remarques sur tout, dis-je à Olaf; elle ne peut pas s'en empêcher, et contrairement à elle, j'ai au moins une certaine conscience de moi-même. Elle me critique parce que je contrôle trop mes enfants, mais elle ne comprend pas que ses remarques ont été, et sont encore, au moins aussi directives. » Il est vrai que maman fait beaucoup de réflexions, mais elle le fait autrement: elle est beaucoup plus subtile, évidemment, que moi, et estime que pour cette raison, c'est différent. Elle ne comprend pas que le côté subtil de ses commentaires, justement, rend le tout encore pire, que les possibilités d'interprétation sont élargies et peuvent facilement me conduire à croire – à tort ou à raison – qu'une remarque sur ma chemise est en réalité une remarque sur toute ma personnalité et sur tous mes choix.

« Je ne serai jamais comme ça avec mes enfants, crie souvent Agnar à Olaf et à moi quand il est en colère, jamais je ne serai aussi injuste. J'essaierai de comprendre mes enfants ! » Ça fait mal quand il le dit, surtout parce que je sais que je pensais ainsi à son âge, et plus tard aussi, maintenant peut-être encore, et parce que cela se révèle tellement impossible à réaliser. J'en ai parlé avec Olaf : peut-être qu'il est plus difficile d'ajuster de petits détails qu'on s'est promis de ne pas répéter. D'une certaine manière, il semble plus facile de ne pas suivre les traces de ses parents si l'on a été exposé à quelque chose de plus traumatisant, si l'on a été victime d'une plus grande trahison. « On ne découvre les petites erreurs, dis-je, que très longtemps après et intégrées à un ensemble. » Je ne sais pas comment changer ça. Je ne veux pas me comporter comme maman et papa se sont comportés avec moi ; je ne veux pas être aussi critique vis-à-vis d'Agnar et Hedda, je ne veux pas qu'ils aient l'impression que le monde vacille si j'ai mal, je ne veux pas diriger leur monde affectif depuis le mien. Olaf pense que j'exagère, que je devrais être reconnaissante envers mes parents, que c'est un problème de luxe d'avoir une mère trop attentive. Il a toujours aimé ma famille, maman et papa, Ellen et Håkon, avec qui il a eu une relation bien plus étroite qu'avec sa propre famille au cours de ces dernières années. Contrairement à moi, il pense que maman est directe, ce qui est libérateur, que papa est modeste et sans chichis, qu'il y a chez nous une ambiance qui lui a toujours manqué dans sa propre famille – « de la liberté et de la tolérance », comme il a dit l'une des premières fois où il est venu chez nous. J'étais heureuse, je les regardais d'une nouvelle façon à travers Olaf, et je comprenais très clairement ce qu'il avait perçu. C'est toujours le cas : je peux être totalement submergée de gratitude quand je pense à eux, à nous, avant d'être à nouveau agacée ou troublée par une pensée ou un sentiment, face à l'un d'eux. « Mais tout ça, dit Olaf, ce sont des problèmes de rien du tout et il y en a dans toutes les familles, comme dit ta mère. »

*

Je fais tinter mon verre et je me lève. Je souris, je m'éclaircis la gorge, mes joues sont en feu. Il est toujours gênant de devoir être solennel quand il n'y a que la famille, c'est un changement de scène et de rôle qui sonne faux, trop lisible. Je remarque que mes mains tremblent, je recours à un ancien conseil d'Ellen : étirer la feuille du discours de chaque côté pour solliciter les muscles tout en rendant le papier plus rigide. Je balaie du regard tout le monde autour de la table avant de le laisser reposer sur papa. Je commence :

« Cher papa », et les yeux de papa se mettent aussitôt à briller.

Il y a plusieurs mois, Håkon, Ellen et moi avons décidé que ce serait moi qui prononcerais le discours, en tant qu'aînée des enfants, et qu'ils apporteraient leur contribution. Aucun d'eux n'a rien ajouté de plus que quelques points à mes propositions ; ils comptaient, comme d'habitude, que j'en assume la responsabilité pour pouvoir se détendre en sachant que ce serait fait. Cette fois, en réalité, ça me convient, j'ai envie de faire mon propre discours pour papa, avec mes mots seulement, sans qu'on s'en mêle trop. J'y ai travaillé beaucoup ces derniers mois, ce qui m'a obligée à réfléchir à ma relation avec papa. Au début, j'avais tant de pensées, d'idées et de formulations que je pensais devoir me limiter, extraire l'essentiel, suivre un fil directeur. Lorsque je me suis assise pour écrire le discours, il n'y avait plus d'idées, de pensées ni de mots adéquats, rien n'était à la hauteur de ce que je voulais lui dire, c'était plat et banal sur le papier, mes mots étaient caricaturaux – j'étais embarrassée quand j'essayais de le lire à haute voix. En plus, la voix de maman est intervenue dès que j'ai écrit le premier mot, et là où j'avais imaginé, au simple stade de la pensée, son regard approbateur, je voyais ses sourcils haussés, les petits tics nerveux autour de sa bouche – comme un mélange entre un étonnement feint devant ce qui se révèle aussi mauvais et l'effort qu'elle doit faire pour se retenir de rire.

« Tu penses trop à toi, a assuré Ellen lorsque je lui ai finalement demandé conseil. Ce qu'il y a de pire, à mon avis, ce sont les gens qui se focalisent sur eux-mêmes quand ils prononcent un discours, qui se demandent de quoi ils ont l'air, ce que les autres vont penser d'eux, a-t-elle continué. Ta mission est de te concentrer sur papa, sur la façon dont tu le présentes, sur ce que tu veux que les autres pensent de lui. C'est ce qui doit constituer ton point de départ. — C'était bien ça mon point de départ, ai-je répondu, mais il s'est peut-être perdu en chemin. — Il s'est perdu en toi-même », a dit Ellen, et elle a ri. Elle est conseillère et rédactrice de discours, et maintenant que je me trouve devant elle et les autres, il paraît évident que c'est elle qui aurait dû prononcer le discours.

Je poursuis, en gardant le regard posé sur papa :

« Bon anniversaire ! Lorsqu'il y a quelques semaines, j'ai annoncé à Hedda que nous allions fêter ton anniversaire, elle m'a demandé quel âge tu aurais. Je lui ai dit que tu aurais soixante-dix ans. "*Est-ce que c'est moins que cent ans ?* a-t-elle demandé. — *Oui*", ai-je répondu. Elle a réfléchi un petit moment et ajouté, un peu déçue : "*Alors, il n'est pas vieux du tout*" », fais-je, et papa rit joyeusement.

« Même si le raisonnement qui conduit à la conclusion diffère un peu pour moi, je suis d'accord avec elle. Pour moi, tu n'as pas d'âge du tout, tu es le papa que tu étais il y a vingt ans, il y a trente ans – celui que tu es aujourd'hui –, une stature constante dans ma vie. »

Je fais une petite pause. Tout le monde me regarde, sauf maman, elle a les yeux fixés sur la table et hoche la tête. Ellen sourit et lève le pouce, je respire. Nous sommes à table depuis une heure, nous avons mangé la *bruschetta* et les pâtes, le soleil vient de se coucher, le crépuscule persiste un petit quart d'heure. Les visages d'Ellen, de Håkon et d'Olaf, assis dos à la mer et au coucher de soleil, ont la peau dorée par la lumière des bougies qu'Agnar a disposées plus ou moins en forme de cœur au milieu de la table tandis que maman, Simen, Agnar et papa, face au soleil, ont les joues et le front rougeâtres, sous l'effet d'un coup de soleil ou du ciel rouge. Une odeur de viande et d'ail provient des portes ouvertes de la cuisine, celles de la pinède et de la lavande emplissent l'air autour de nous.

Je dis à papa des choses que je ne lui ai jamais confiées – sur lui, sur ma façon de le voir, celle dont je pense à lui et moi, sur nous. Je parle de sa présence exceptionnelle quand Ellen et moi étions petites, du sentiment d'être prise au sérieux quoi que je lui raconte, en tant qu'enfant ou qu'adulte, malgré la manière dont il écoute – à première vue sans le moindre intérêt, lointain, tripotant souvent ses lunettes, son canif ou tout ce qu'il a sous la main – il n'y a personne qui soit plus réceptif que lui, à ce qui est dit comme à ce qui reste sous-entendu, et personne ne répond avec plus de profondeur.

J'explique sa façon de gérer Håkon qui, à quatre ans, était bien plus curieux que la moyenne : il demandait pourquoi ceci ou pourquoi cela, au point que tout le monde, y compris maman, était poussé à bout, prêt à exploser. Papa, au contraire, prenait presque toutes ses questions au sérieux, il cherchait dans l'encyclopédie et décortiquait les émissions de radio.

Je regarde à peine Ellen en disant ces mots : je sais qu'elle pense très certainement que cela n'a rien à voir avec la personnalité de papa, que Håkon a surtout été bien plus gâté qu'elle et moi, obtenant davantage de temps, d'attention ou de choses matérielles ; je ne suis pas d'accord : la manière dont papa nous a écoutés, répondu, pris au sérieux a été la même pour tous les trois.

Je m'assure d'inclure maman.

« Il est difficile, voire impossible, de parler de papa sans te nommer, maman, dis-je en la regardant. Vous avez beau être deux individus différents, vous formez quand même une unité pour nous, et l'un pour l'autre. Vous vous complétez, vous vous épaulez, vous vous témoignez du respect et de l'amour – en vous accordant mutuellement l'espace vital nécessaire – d'une façon que j'ai toujours recherchée au cours de mon propre mariage », fais-je, et Olaf rit.

« D'aucuns pensent peut-être que je m'y suis un peu trop efforcée, dis-je en improvisant, et je souris à Olaf. Mais vous demeurez cependant pour moi un exemple à suivre de premier ordre. On dit que les femmes choisissent des hommes qui ressemblent à leur père, on l'affirme souvent avec une certaine ironie, mais je peux assurer en toute honnêteté que j'ai cherché – et trouvé – un homme qui te ressemble, papa, car tu représentes pour moi ce qu'il y a de meilleur en matière d'humanité. »

Papa sourit, touché, maman regarde dans son assiette, j'élève la voix et continue à lire, je termine avec un poème de Halldis Moren Vesaas que maman désapprouve certainement.

« *Skål*, papa, dis-je pour terminer. Bon anniversaire. »

*

Une fois que nous avons mangé les *saltimbocca* et que papa a déclaré que c'était le meilleur repas de ses soixante-dix ans de vie, un silence plein d'expectative s'installe. Tout le monde attend que maman fasse tinter son verre, et personne n'ose le faire avant elle. Je sais qu'Olaf a l'intention de s'adresser à papa, « Ce ne sera pas un long discours, a-t-il annoncé avant que nous partions, mais je sens qu'il est correct de ma part de dire quelque chose. » C'est une impulsion qu'il refrène rarement, il adore les discours, surtout les prononcer : ce n'est pas qu'il se prenne au sérieux, je crois que cela tient à la possibilité de dire – particulièrement dans le cas d'Olaf – ce qu'on ne peut pas exprimer d'ordinaire. Une occasion de faire des compliments et des portraits difficiles à introduire dans une simple conversation ou à accompagner d'une tape sur l'épaule. Je sais qu'Olaf saisit chaque occasion de prononcer un discours pour ses employés, que ce soit pour leur départ ou leur anniversaire – et en particulier dans la période de Noël : ce sont des discours sur lesquels il s'exerce à la maison, de plus en plus longs au fil des années. Mais il y excelle à faire pâlir d'envie, et pour mes quarante ans, il a porté un toast plus touchant, comme l'a dit une de mes amies, que le discours du prince Haakon à Mette-Marit pour leur mariage. Ellen a même demandé plus tard si elle pouvait en reprendre des passages pour son travail. Ce qui n'a pas vraiment modéré l'appétit des discours chez Olaf.

Personne ne se lève pour débarrasser les assiettes, nous parlons de tout et de rien. Olaf me regarde, l'air de dire que maman doit prendre la parole en premier – il ne peut pas parler avant elle, tout doit se dérouler dans le bon ordre –, je hausse les épaules. Papa est en fait le seul qui ne semble pas affecté par l'ambiance : il est en pleine discussion avec Agnar au sujet de Pokémon Go, ils ont chassé avec passion les Pokémon ces derniers mois, et ils ont apparemment tous les deux ajouté de précieux trophées à leur collection en parcourant divers sites touristiques de Rome. Je suis soudain prise d'un doute sur la motivation cachée derrière la visite de papa au Vatican, et celle d'Agnar au Colisée, mais je n'ai pas le temps d'y penser davantage, car maman toussote.

« Sverre le sait déjà, mais je peux vous le dire aussi, au cas où vous vous poseriez la question : je garde mon discours pour la fête de Sverre à Oslo, quand nous rentrerons », dit-elle.

Papa touche une tache de vin rouge sur sa chemise et hoche la tête. Le silence se fait pendant quelques secondes. Olaf s'apprête à approcher sa fourchette de son verre, mais Ellen le devance.

« Pourquoi ça ?, demande-t-elle.

— Qu'est-ce que tu veux dire par pourquoi ça ?, interroge maman.

— Pourquoi ne veux-tu pas faire ton discours maintenant ?

— Je dis que je le ferai à la fête, quand nous rentrerons à la maison, dit maman.

— Tu ne pourrais pas prononcer le discours aux deux endroits, alors ? » questionne Ellen.

Elle soutient le regard de maman un temps anormalement long, je vois ce qu'il lui en coûte de concentration et de force pour ne pas baisser le regard. Je comprends que je ne suis évidemment pas la seule à avoir réagi à l'atmosphère entre maman et papa : Ellen aussi l'a ressentie. Il ne m'était pas venu à l'esprit qu'elle avait pu, elle aussi, découvrir les regards, les mots, ce qu'il y a d'inexplicable dans leur transformation. Je suis presque déçue, et en même temps soulagée, de ne pas être seule face à ça.

Simen, le seul à ne pas être rodé au système des relations dans la famille, qui ne parvient pas encore à distinguer la plaisanterie du sérieux, qui ne perçoit pas les nuances dans les expressions, dans les voix, rit de ce qu'il croit être un trait d'esprit – dans ce cas bien plat – d'Ellen, sur le fait de tenir un discours à deux endroits. Il a l'habitude que nous blaguions haut et fort, que nous soyons directs et enclins à la confrontation sans nous disputer, que nous nous mettions à rire d'une toute petite référence commune au beau milieu d'une conversation animée. Bien qu'ils vivent ensemble depuis plus d'un an, il est trop novice pour savoir que la voix d'Ellen est maintenant différente, toute à décoder. Pleine de défi, de colère, peut-être de peur.

« Pas de blagues, Ellen, dit maman assez justement, mais son regard révèle qu'elle a bien compris qu'Ellen ne plaisantait pas.

— Plus tôt dans la journée, tu insistais pour dire que c'était ta fête d'anniversaire pour papa : c'est donc une étape naturelle que tu dises quelques mots à ton mari au cours des quarante dernières années », dit Ellen en parodiant la voix de maman dans la fin de la phrase. Simen continue à rire, j'ai envie de le frapper.

« Ça suffit, maintenant, dit maman. Je ferai un discours à Oslo. »

Elle se lève et commence à empiler les assiettes. Je souhaite et je redoute que la conversation s'achève là, qu'Ellen renonce.

« Qu'est-ce qui se passe au juste ? » demande Ellen.

Maman s'arrête, pose sur la table les assiettes qu'elle a dans les mains avec un geste brusque. Elles tintent dangereusement, et Olaf regarde avec inquiétude du côté des assiettes de son frère, mais elles paraissent mieux résister à la situation que maman.

« C'est bizarre à ce point que je ne prononce pas de discours pour Sverre ce soir ? Que je ne choisisse pas de rester debout devant vous à répéter des choses que vous avez entendues lors de chaque anniversaire dans le passé, au lieu de faire un bon discours devant ses collègues et ses amis lors d'une grande fête, dans une semaine seulement ?

— C'est bizarre que toi, qui fais des discours à chaque anniversaire sans exception, tu choisisses de ne rien dire à papa pour cet anniversaire en particulier, oui », affirme Ellen.

Maman ne prononce pas obligatoirement un discours, mais dit toujours quelques mots lors de nos anniversaires. Pour Ellen, Håkon et moi, ce sont surtout des histoires autour de notre naissance, de petites particularités : que je suis née par exemple avec une courbure d'oreille plate du côté gauche, que papa a passé des heures à rouler pour qu'elle prenne forme. Comment nous nous comportions quand nous étions bébés – je criais beaucoup, Ellen était d'un calme inquiétant, Håkon avait une malformation cardiaque, et c'est tout. De quelle manière nous avons empli la famille, chacun à sa place naturelle, comme si c'était précisément nous qu'ils avaient toujours attendus. D'année en année, il y a de petits changements dans ce que maman raconte, et elle ajoute toujours quelque chose de nouveau par rapport à l'année précédente. Si nous ne fêtons pas l'anniversaire ensemble, elle envoie la même histoire par texto. Pour papa, elle raconte chaque année comment ils se sont rencontrés – c'est une version très littéraire de ce que j'ai lu dans son journal, bien plus romantique.

« Tu t'es comportée de façon vraiment théâtrale depuis le début de ces vacances, ajoute Ellen avant que maman ait eu le temps de répliquer. Maintenant, tu ferais mieux de répondre en disant ce qui ne va pas, au lieu d'y faire des allusions aussi flagrantes tout le temps. »

Je retiens mon souffle. Je ne le remarque que lorsque mon cœur cogne dans ma poitrine.

Maman s'apprête plusieurs fois à ouvrir la bouche. Elle se tourne finalement vers papa.

« Tu veux peut-être en dire deux mots, Sverre ? » demande-t-elle.

Ils se fixent du regard durant de longues secondes. Je ne parviens pas à interpréter l'expression de leurs visages. Papa baisse le regard le premier, il regarde Ellen, Håkon et moi, arrange un peu la nappe de chaque côté de l'assiette qui est devant lui, hésite un moment puis place ses deux mains à plat sur la table, les épaules tombantes.

« Nous avons décidé de divorcer », dit papa.

Maman sursaute, comme s'il l'avait frappée : de toute évidence, ce n'est pas ce qu'elle pensait qu'il dirait.

Sur le moment, je réagis plus à la réaction de maman qu'à ses mots : elle semble tout à coup si petite et effrayée. Je regarde Ellen et Håkon, je ressens immédiatement le besoin de les protéger, je voudrais qu'ils sortent de table, de cette conversation, je voudrais dire que je vais arranger tout ça. Mais je reste à ma place, totalement silencieuse. Maman se rassoit.

« Oui, c'est sûrement aussi bien que tu l'aies dit, déclare-t-elle à papa. Mais ce n'est pas aussi dramatique que ça en a l'air, dit-elle, et elle me regarde.

— Comment ça peut être moins dramatique que ce qu'il dit ? Vous n'allez pas divorcer ? » demande Ellen avant que j'aie pu dire quoi que ce soit. Elle a soudain l'air d'une adolescente butée.

Maman tourne les mains vers papa, comme pour dire *À toi l'honneur*.

« Si, nous allons divorcer. Mais c'est difficile à expliquer. Nous allons faire du tri, analyser les choses ensemble et chacun de son côté, les démêler. Ça n'a vraiment pas été une décision facile. »

Ellen me regarde. Elle cherche à rendre quelqu'un responsable.

« C'est un choix bien réfléchi. Nous ressentons tous deux un grand vide maintenant, nous avons puisé tout ce que nous pouvions l'un dans l'autre, et dans ce mariage, continue papa. Nous ne voyons plus d'avenir à notre couple.

— Tu le savais ?, me questionne Ellen.

— Non, dis-je en regardant maman.

— Nous en avons parlé et reparlé, nous avons essayé de trouver une autre solution, mais nous nous sommes tout simplement éloignés l'un de l'autre », dit-elle.

J'essaie de capter le regard de Håkon, mais il fixe seulement la nappe. Agnar a été autorisé à quitter la table, il est assis sur une chaise longue avec ses écouteurs, quelques mètres plus bas, il n'entend pas ce qui se passe. Heureusement, Hedda s'est couchée il y a plusieurs heures.

« Nous allons tâcher de tirer les choses au clair par nous-mêmes, ça ne s'est pas passé comme il faudrait depuis des années, tout ça. J'ai essayé d'en parler avec vous de temps en temps, dit papa.

— Pas avec moi », répond Håkon.

Pas avec moi non plus, pour autant que je me souvienne. Le silence se fait. Maman et papa ressemblent à deux enfants honteux, j'en ai mal pour eux, je prends automatiquement la main de papa et je la serre, mais je la lâche aussitôt quand je vois le regard que maman nous porte, et sa main nerveuse et solitaire qui lisse la nappe. Je ne contrôle plus mes pensées, elles sautent de scène en scène : je l'annonce à Agnar et à Hedda, papa emporte des cartons de déménagement, ou peut-être que c'est maman qui va déménager, la maison de Tåsen sans le fauteuil de maman dans le coin du salon, qui allons-nous inviter pour Noël, je deviens une enfant.

Ellen se met brusquement à rire. Son rire semble sincère.

« Éloignés l'un de l'autre ? Un avenir ? Sérieusement, vous avez soixante-dix ans ! »

Ellen

La viande est saignante, le liquide rouge perle entre les fibres du filet de veau quand je pique la fourchette dans la croûte braisée. Je m'efforce de ne pas le comparer au sang dans lequel je me suis réveillée ce matin, de grandes taches rouges sur les draps, sur mes sous-vêtements et mes cuisses. « Mon corps veut se manifester », ai-je confié à Simen tandis que je m'arrachais des draps alors qu'il était encore au lit. « *N'essaie même pas*, me dit mon corps, *je vais te montrer que plus tu espères, plus fort sera le non que je t'opposerai.* » « Merde, non », ai-je murmuré rapidement. Je n'ai pas pleuré comme je l'avais fait un mois auparavant.

*

Le mois dernier, il y a exactement vingt-neuf jours, nous nous étions réveillés, fait aggravant, au milieu de nuages bas et d'une pluie froide sur Oslo.

Les rayons du soleil qui m'atteignaient à travers la fenêtre pendant que je me douchais ce matin, l'odeur de la mer, le parfum épicé de la nature autour de nous en Italie ont permis de gérer plus simplement cet échec. « Après tout, c'est l'anniversaire de papa », ai-je dit à Simen, une fois débarrassée sous la douche du sang et de ma première réaction. De toute façon, je dois faire comme si de rien n'était, alors autant que je refoule ça. Il a acquiescé et répondu que nous n'avions qu'à tirer le meilleur parti de la journée, il m'a longuement tenue dans ses bras, et j'ai eu l'impression de sentir sa déception dans sa nuque courbée.

Je suis sortie de ses bras et de la chambre sans le regarder, je suis montée à la cuisine où Hedda a été la première à croiser mon regard. J'ai essayé d'éviter de la regarder, de ne pas perdre contenance parce qu'elle me rappelait ce qui manquait ; depuis un an, il m'arrive d'être tellement furieuse envers Hedda que je ne sais plus que faire de moi-même, à cause de trois fois rien : c'est soudain, explosif, et je dois passer mon chemin. C'est tout à fait inacceptable, je ne l'ai même pas dit à Simen ; je sais à quel point c'est injuste, petit et honteux. Ce jour-là, j'ai préféré lui préparer de la confiture, avant tout comme une pique dirigée contre Liv : j'y ai exagéré la quantité de sucre, ce dont Liv et Olaf semblent être effrayés plus que de n'importe quoi d'autre au monde. J'ai été réconfortée, pour une fois, en me rapprochant d'elle, en caressant les cheveux lisses de Hedda, sa peau douce, en voyant qu'elle se régalait de si bon cœur de la confiture que j'avais spécialement préparée pour elle, sucrée à en être immangeable.

*

J'ai aussi été réconfortée en achetant un sac à main à cinq mille couronnes, en occupant ma conscience autrement. J'ai été réconfortée en laissant Simen seul à la maison avec ma famille ; il a passé la matinée à jouer avec Agnar et Hedda dans la piscine – c'est la solution la plus simple, mais quand même. J'ai été réconfortée en me promenant au marché et dans la vieille-ville, en achetant de la viande et des légumes avec Liv. J'ai été réconfortée en parlant d'autres sujets, du repas, du fait que papa a soixante-dix ans pour de bon. « Je me rappelle que quand j'étais petite, je me demandais à quoi il ressemblerait quand il serait vieux, a dit Liv; comment il serait quand il aurait atteint soixante-dix ans, c'est-à-dire quand il serait un vieillard. Peut-être que je n'avais même pas envisagé qu'il vive si longtemps, a-t-elle continué. Et pourtant il est resté exactement le même. »

Je ne suis pas d'accord avec cette idée que papa est resté exactement le même : il est devenu une réplique de soi exacerbée, une sorte de caricature, comme j'avais essayé de l'expliquer à Simen avant que nous partions pour l'Italie. « C'est ce qui se passe pour la plupart des gens, avait répondu Simen, on devient une parodie de soi-même à la fin, qu'on le veuille ou non. — Je me demande d'où ça vient, ai-je reparti, si c'est parce qu'ils vont bientôt mourir et qu'ils doivent laisser, en quelque sorte, une empreinte d'eux-mêmes avant de partir ; si c'est pour que nous nous souvenions mieux d'eux, nous qui restons. » Simen a ri. « Je n'ose imaginer comment tu seras à soixante-dix ans, a-t-il dit, toi qui es déjà une caricature de toi-même ! Mais on devient aussi plus préoccupé de soi-même en vieillissant, alors peut-être que je ne le remarquerai même pas », a-t-il ajouté.

Simen et moi sommes ensemble depuis plus d'un an, et je suis toujours aussi pathétiquement soulagée chaque fois qu'il évoque un futur éloigné qui m'inclut, qui nous inclut. Il est le seul à avoir réussi à éveiller en moi la peur d'être quittée : dans mes précédentes relations de couple, une part de moi-même avait toujours espéré que celui avec qui j'étais en aurait assez avant moi ; je souhaitais plus d'insécurité, je ne voulais ni une dépendance ni un manque d'autonomie de chiot. Maintenant, j'aimerais être plus sûre de Simen, être certaine qu'il veut rester avec moi bien que mon corps saborde actuellement notre relation, mais Simen ne donne aucune garantie.

J'ai été étonnée qu'il accepte si volontiers de venir en Italie avec ma famille. Je n'ai jamais vraiment compris s'il l'aimait ; il a toujours l'air nerveux et mal à l'aise, il surcompense, il devient vaniteux et maladivement possessif quand nous sommes en sa compagnie – en particulier si papa est présent. J'ai essayé d'en plaisanter, j'ai dit qu'il n'avait pas besoin de rivaliser avec papa, si c'est ce qu'il entendait faire, mais c'est l'un des sujets qui ne font pas rire Simen : apparemment, il ne parvient pas à en plaisanter. « Alors, je n'ai pas le droit de te toucher devant ta famille ? » a-t-il questionné. En général, il a d'autres projets quand je lui demande s'il veut venir chez papa et maman pour déjeuner, ou pour des activités qui supposent de passer du temps avec ma famille. Au début, je pensais que c'était bizarre, mes anciens amoureux s'étaient toujours montrés presque plus emballés que moi à l'idée d'être avec eux, puis j'ai compris qu'il était probablement comme moi : j'aime la famille de Simen, mais je préfère la mienne.

*

Mais maintenant, il est ici. Avec eux et moi, en Italie, pour fêter les soixante-dix ans de papa. Durant tout le voyage et jusqu'à maintenant, j'ai été à l'écoute de changements dans mon corps, j'ai senti quelque chose se fixer en moi et commencer à grandir, ainsi que des douleurs aux seins, des nausées, la perte de l'envie de café, une envie de faire pipi permanente – tous les symptômes, je l'avais lu, qui se présentent dans les premières semaines de grossesse. J'en étais si certaine cette fois-ci, peut-être surtout pour convaincre Simen – qui avait commencé à se décourager – que je m'en suis convaincue moi-même. « Touche ici, lui ai-je dit – et j'ai posé sa main sur l'un de mes seins –, tu sens bien qu'il a grossi, comme s'il se tendait un peu. » J'ai ensuite posé sa main sur la partie inférieure de mon ventre, qui avait gargouillé de façon encourageante pendant plusieurs jours.

Il est toujours aussi exaltant d'attendre chaque mois. Des six derniers mois, je n'ai pratiquement pas d'autre souvenir que l'attente. Je sais que j'ai fait plein d'autres choses, par exemple que j'ai écrit cette année l'un des discours les plus importants du ministre, un discours qui a probablement donné des résultats tangibles dans les sondages de la semaine suivante, que Simen et moi avons fêté Noël ensemble pour la première fois, que nous avons réveillonné à New York – j'ai été tellement touchée quand, à minuit, Simen a sorti de sa poche de poitrine un champagne sans alcool miniature –, je sais que j'ai discuté, fait des visites, ri avec maman, avec papa, mes frère et sœur, mes amis, que la vie a suivi son cours habituel, mais lorsque je regarde en arrière, tout s'écoule dans tout, paraît sans importance, je ne me souviens clairement que de l'attente et de la déception. Plus tard s'y sont mêlées la peur qu'il y ait un problème, l'impossibilité totale que ce soit moi, l'image de Simen et moi assis dans une salle blanche où un médecin en blouse blanche nous informerait que le problème, c'est moi.

« Vous avez malheureusement un corps qui n'est pas compatible avec la création d'une nouvelle vie, donc superflu sur terre, défectueux. »

Cette image surgit régulièrement sur ma rétine, plus fréquemment ces deux derniers mois, bien que Simen fasse de son mieux pour me réconforter – il dit que ça va arriver, que nous ne devons pas nous stresser, qu'il est normal d'essayer encore plus longtemps que nous ne l'avons fait. En même temps, je remarque qu'il a googlé « *Problèmes de fertilité* », et la dernière fois que j'ai eu mes règles, j'ai vu que le lendemain il avait cherché « *Enceinte à la ménopause* ». Simen a trois ans de moins que moi : j'ai trente-huit ans, cela ajoute une pression supplémentaire, implicite, sur nous, sur moi. Nous devons vite former une famille, avant qu'il ne soit trop tard.

Je sais cependant que je ne dois pas me stresser ; s'il y a bien une chose qui est répétée sur tous les forums et les sites internet, c'est qu'il est moins probable de tomber enceinte quand le corps subit un stress. J'ai parcouru les forums de mamans dont je me moquais avant, et j'ai intégré l'expérience selon laquelle on tombe enceinte quand on s'y attend le moins : *C'est justement au moment où nous avons laissé tomber, où nous nous sommes détendus que je suis tombée enceinte*, et ainsi de suite. Je suis gênée à l'idée de tous les autres conseils que j'ai engrangés l'année passée, de tout ce que j'ai absorbé et des positions bizarres dans lesquelles j'ai dormi – tout en sachant bien que c'était absurde. Simen s'est moqué de moi et j'ai dit que ça ne pouvait pas faire de mal d'essayer –, mais je lui ai promis d'aller voir le médecin si ça ne marchait pas cette fois-ci non plus.

*

C'est l'anniversaire de papa, et j'ai repoussé la vérité toute la journée, j'ai évité de faire face à mes pensées, je les ai maintenues à distance, mais après avoir avalé les deux premiers verres de vin alcoolisé de ces vacances, les premiers depuis plusieurs mois, sous le regard indifférent de Simen, je ne parviens plus à contenir ma rage ni mon chagrin. Je n'ai pas suivi la conversation autour de la table, je ne sais pas de quoi ils ont parlé, j'ai écouté d'une oreille distraite le discours de Liv à papa, un peu trop circonstancié et comportant bien trop de clichés – elle le termine à présent et elle me regarde d'un air si incertain, elle s'est donné tellement de mal que je n'ai pas le cœur de réprimer un sourire d'approbation, bien que ce soit contraire à mon principe absolu : ne jamais accorder de louanges ni de reconnaissance imméritées. J'essaie de me reprendre, je bois de grandes gorgées d'eau, je regarde Simen qui a bu plus de vin que moi et qui est d'une bonne humeur exagérée, je jette un coup d'œil à maman qui a surtout l'air agitée : elle a cette expression d'attente qu'elle montre toujours quand d'autres reçoivent de l'attention. Je canalise ma rage dans cette direction ; elle n'a pas le droit d'être préoccupée d'elle-même aujourd'hui, et lorsque j'entends qu'elle n'a pas l'intention de prononcer un discours pour papa, certainement parce qu'elle pense que le discours de Liv était trop centré sur lui, et pas assez sur elle, la fureur embrase ma poitrine.

« Pourquoi ça ? » dis-je, en maîtrisant ma voix comme j'ai appris à le faire à d'innombrables hommes politiques.

Maman me fixe du regard, un regard par lequel je pouvais être terrifiée auparavant – condescendant et moralisateur, presque dédaigneux. J'ai pensé que je ne pourrais jamais regarder mes enfants de cette façon, comme si je les méprisais vraiment. Il ne me fait plus peur depuis longtemps, c'est simplement une stratégie de domination, et je sais que maman ne me méprise pas – ça ne me concerne même pas nécessairement.

« Pourquoi ça ?, répète-t-elle. Je ferai, comme je l'ai dit, mon discours à Oslo.

— Toi qui aimes tant prendre la parole dans les grandes occasions, tu pourrais le faire à deux endroits, non ?, fais-je de la même voix maîtrisée. Ce n'est pas trop en demander quand il s'agit de *Ton mari au cours des quarante dernières années* », dis-je en imitant la voix de maman, une astuce trop facile, mais je m'en fiche.

Simen rit, comme il rit toujours lorsque l'ambiance est chargée. C'est d'ailleurs un moyen étonnamment efficace, ça désamorce la situation dans la plupart des cas, mais pas maintenant, pas pour maman ni pour moi. Pas pour Liv, qui est devenue blême, certainement furieuse que je gâche à présent l'anniversaire de papa, et j'envisage un instant de déclarer forfait, de laisser tomber. Mais je croise le regard de papa : il a l'air si peiné que je peux ancrer ma colère en lui, et c'est pour lui que je laisse la fureur grandir.

« Maintenant il faut vraiment que tu arrêtes, Ellen, feule maman. Qu'est-ce que tu as ?

— Ce que j'ai ? Qu'est-ce que tu as, toi ? »

Maman me fixe du regard. À plusieurs reprises, on dirait qu'elle va parler, mais elle finit par reposer avec fracas les assiettes qu'elle avait commencé à empiler sur la table.

Olaf et Simen sursautent. Liv semble se retenir de pleurer. Comme d'habitude, Håkon se tait et regarde la nappe.

« Si tu as tellement envie d'un discours, tu peux en prononcer un toi-même, ce n'est pas ce dont tu vis ? » demande maman d'une voix forte.

Puis elle semble se rendre compte qu'il y a d'autres personnes autour de la table, elle les regarde d'un regard plus doux, et ajoute :

« Je ne veux simplement pas utiliser toutes mes idées dans un discours que je souhaite faire devant les amis et les collègues de Sverre à Oslo, d'autant que vous les avez tous entendues mille fois. »

Le fait que maman appelle soudain papa Sverre est aussi criant que si je l'avais appelée Torill à la place de maman. Je lève les yeux au ciel pour lui montrer qu'on voit clair dans sa rhétorique dérisoire.

« C'est vraiment spécial que tu ne croies pas papa capable de supporter t'entendre tenir des propos agréables deux fois de suite ! À moins qu'il y ait une autre raison ? »

Maman ne répond pas, elle a de nouveau fixé son regard sur moi, elle me regarde comme si je provoquais le destin en défiant son égocentrisme ; d'une certaine façon, je suis encore plus agacée de la voir recevoir maintenant toute l'attention qu'elle veut obtenir.

« Tu t'es comportée de façon théâtrale depuis le début de ces vacances, dis-je sans parvenir à m'arrêter. Qu'est-ce qui se passe ? »

Je n'ai aucune idée de la manière dont maman s'est comportée, j'ai à peine fait attention à elle avant cet instant. Ni à aucun des autres d'ailleurs : j'étais tellement absorbée dans mes attentes et mes espoirs. Mais je suppose que j'ai raison, et ça me suffit.

« Je crois que je vais laisser Sverre répondre, dit maman, soudain calme, et elle se tourne vers papa. Tu veux leur dire ce qui se passe, Sverre ?

— Nous avons décidé de divorcer », dit papa, l'interrompant presque, comme si, impatient, il n'avait attendu qu'une occasion pour prononcer cette phrase.

Tout le monde se tait. Simen me regarde : pour une fois il est placé de l'autre côté de la table, et au moment où je croise son regard, je me dis que c'était moi qui aurais dû annoncer une grande nouvelle au cours du repas. *Je suis enceinte. Nous allons avoir un enfant. Oui, merci beaucoup. Non, on ne voulait rien dire avant d'être certains, ça a été un peu difficile. Mais félicitations, papa, tu vas être de nouveau grand-père.*

« Ce n'est pas aussi dramatique que ça en a l'air », dit maman ; elle s'est rassise à sa place et j'ai encore des élans de fureur envers elle, envers papa et envers la profonde injustice de cette situation : ils se prennent pour qui ?

« Ce n'est pas dramatique que vous divorciez ?, dis-je.

— Nous avons tout essayé, Ellen, il faut que vous le sachiez, mais nous n'avons pas trouvé d'autre solution. »

Vous ne savez rien de ce qu'essayer veut dire, ai-je envie de lui crier, même si je sais que ce n'est pas vrai. Je regarde papa, m'attendant à ce qu'il révèle d'un instant à l'autre qu'ils plaisantent, ou que ce n'est pas si grave, qu'ils vont au moins continuer à vivre ensemble. Il ne dit rien de tout ça. Au contraire :

« Il n'y a plus rien qui tienne dans ce mariage, ni pour l'un ni pour l'autre. Aucun avenir.

— Tu le savais ? »

Je m'adresse à Liv, elle a l'air qu'elle prenait petite, quand elle avait peur d'avoir fait une bêtise : de grands yeux désespérés et la bouche à demi ouverte, elle a des milliers de variantes de cette expression, quelque chose en elle crie toujours *Pardonne-moi !* alors qu'elle n'a rien fait de mal.

Liv secoue la tête avec désespoir, elle se demande sûrement qui parmi nous elle sauvera en premier.

« Non, répond-elle seulement.

— Ça ne fait pas longtemps que nous le savons nous-mêmes, dit maman. Nous nous sommes tout simplement éloignés l'un de l'autre.

— Ça ne marche plus entre nous depuis plusieurs années », ajoute papa, et je me demande ce qui peut bien fonctionner en fait dans un mariage quand on a soixante-dix ans, à part regarder derrière soi ce qu'on a créé ensemble, ce que maman et papa devraient pouvoir faire avec une certaine satisfaction dans la plupart des domaines de la vie. « Nous en avons déjà parlé à plusieurs reprises. »

Il me regarde. Je me demande s'il a en tête notre conversation pendant une randonnée à ski, un peu plus tôt cet hiver, quand il m'a dit que maman voulait qu'il se mette complètement à la retraite, alors qu'il aurait préféré continuer à travailler deux jours par semaine, tant que ses collègues voudraient bien de lui. Papa a exploité les possibilités d'internet très précocement, comme il aime à le dire ; je crois que nous avons été parmi les premiers dans le pays à avoir internet à la maison, juste par curiosité. Il est mathématicien de formation et il a travaillé plusieurs années à la banque DnB, mais vers la fin des années quatre-vingt-dix, avec un collègue plus jeune, ils ont créé un outil d'analyse, acheté par l'un des plus grands groupes internationaux, pour être développé. Papa et son collègue ont obtenu un capital suffisant pour lancer leur propre entreprise : depuis, elle a développé plusieurs outils d'analyse, de recherche et d'optimisation des moteurs de recherche à destination de différentes entreprises. Maintenant, je pense que papa est relativement dépassé : il ne l'admettrait jamais lui-même, en tout cas pas devant quelqu'un d'autre, mais il représente l'histoire de l'entreprise. « *L'expérience personnelle ne peut jamais être remplacée par un robot* », a-t-il coutume de dire – un point sur lequel Håkon est en profond désaccord, mais pour le moment du moins, aucun robot n'a pu se charger du rôle de papa et il continue à travailler comme consultant deux fois par semaine, ce qui, avec son activité sportive, donne un sens à sa vie. D'après lui, maman devrait être assez généreuse pour le comprendre. En gros, j'étais d'accord. « Qu'est-ce qu'elle voudrait, alors ?, ai-je demandé. — C'est ça le problème, a dit papa, je ne sais pas ce qu'elle veut. Elle ne peut pas non plus envisager qu'on tourne en rond à la maison, ou qu'on parte pour des vacances sans intérêt à n'importe quel moment de l'année. — Mais qu'est-ce qu'elle répond quand tu dis ça ?, lui ai-je demandé. — Je ne l'ai pas dit, a-t-il répondu. — Alors, tu devrais lui demander ce qu'elle en pense, pourquoi c'est si important pour elle que tu prennes complètement ta retraite. — Elle répondrait que c'est pour les petits-enfants, a-t-il rétorqué, pour qu'on passe plus de temps avec eux ; qu'actuellement, on en a trop peu pour être présents comme on le voudrait. » Je n'ai rien ajouté, malgré le caractère manifestement déraisonnable que maman définisse toute seule leur point de vue commun.

« Pas avec moi », dit Håkon, interrompant le cours de mes pensées.

Je les observe les uns après les autres autour de la table – papa, maman, Liv, Olaf, Simen, Håkon. Simen est le seul à croiser mon regard, hésitant, avant d'esquisser une petite grimace de la bouche et des sourcils qui résume toute la situation, et je ne peux que rire. Je ris fort, avec colère. Je regarde maman et papa.

« Éloignés l'un de l'autre ? Tirer les choses au clair ? Sérieusement, vous avez soixante-dix ans. »

Aucun d'eux ne répond. Je regarde les assiettes que maman a laissées au milieu de la table, je comprends que nous n'avons pas mangé le dessert, je la défie du regard, je regarde papa, je me demande comment ils comptent se débrouiller maintenant, pour le reste de l'anniversaire. Je ne vais pas les aider, je croise les bras sur ma poitrine et mon ventre, je m'adosse contre le dossier de ma chaise. Liv toussote, elle veut visiblement dire quelque chose, mais elle n'a jamais été bonne en résolution de conflits, et je secoue la tête dans sa direction, *Ne les aide pas*.

Agnar leur sauve la mise : il s'approche de la table après avoir joué une heure aux jeux vidéo avec ses écouteurs, ne s'aperçoit pas de l'atmosphère – il ressemble à Olaf –, et il demande si le gâteau arrive bientôt.

« Absolument ! On passe au gâteau », dit maman d'une voix exagérément résolue ; elle se lève et emporte les assiettes dans la cuisine.

Agnar s'assied à sa place à côté de papa, papa étend son bras autour de son dossier, maman et lui se cramponnent à Agnar comme à une bouée de sauvetage tout le reste du repas.

*

Des crampes dans le ventre me réveillent, la douleur frappe en bas à droite. Je n'ai pas eu de douleurs menstruelles avant d'avoir largement passé le cap de la trentaine ; la première fois, j'ai cru que j'avais une crise d'appendicite. J'ai alors appelé les urgences médicales en pleine nuit et j'ai pu parler avec un médecin très aimable qui a constaté, après deux ou trois questions, que c'étaient juste des crampes. J'étais tellement gênée que je n'avais une seule envie, raccrocher. Mais il avait apparemment tout son temps : il m'a demandé si j'avais mal comme ça chaque mois. J'ai répondu que dans ce cas, je n'aurais pas appelé les urgences maintenant, et j'ai essayé de rire, mais il a dit que ça pouvait être assez sérieux, que beaucoup de femmes avaient mal au point d'être malades. Lorsqu'il m'a demandé si j'avais des enfants et que j'ai répondu non, il m'a expliqué qu'après trente ans, les femmes qui n'avaient pas eu d'enfant ressentaient souvent des douleurs plus fortes qu'avant. À ce moment-là, je l'ai remercié pour son aide et je n'y ai plus pensé. Mais depuis un an, les douleurs sont un rappel de plus de ce que j'ai reporté et considéré comme un dû, un rappel de l'insouciance stupide dans laquelle j'ai vécu, et je les perçois comme une punition méritée.

Je me lève, je vais dans la salle de bains, j'avale deux cachets de paracétamol et je prends une douche – j'utilise les jets chauds de la pomme de douche pour me masser le ventre en petits cercles. Je m'appuie contre le mur carrelé et je pleure sans retenue sur toute la situation. « Ce repas ressemblait à une scène tirée d'un film scandinave bien sombre, un drame vu et revu », a dit Simen en riant quand nous nous sommes couchés hier. J'ai hoché la tête. « À part le manque de révélations, ai-je ajouté. Sinon que maman et papa se sont dévoilés : deux vieux qui ont décidé que la vie avait davantage à leur offrir, et qui sacrifient toute la famille pour se trouver enfin, ai-je poursuivi. — Peut-être que les révélations vont venir, a dit Simen, nous ne savons pas ce qui s'est passé entre eux. — Il ne s'est rien passé, ai-je dit – et j'en étais absolument certaine –, il ne s'est rien passé, sauf que d'un côté, ils parlent de prendre leur retraite, et de l'autre, ils refusent d'admettre leur âge. »

Maman a pris sa retraite d'éditrice à soixante-sept ans, et au bout de quatre jours elle le regrettait déjà, selon ses propres paroles, comme si vieillir dépendait d'elle. Elle travaille toujours un peu comme consultante pour eux, et pour quelques auteurs qui refusent de la lâcher, comme elle le dit souvent avec une fierté mal dissimulée – ce qui est manifestement vrai, puisqu'ils continuent à téléphoner à tout propos, en égocentriques qu'ils sont. Pendant que je suis sous la douche, je me demande si c'est pour ça, si maman a tout simplement trop de temps, si elle s'ennuie et cherche quelque chose pour occuper ses journées ; si papa ne lui suffit pas – si la confiance en elle, la reconnaissance et l'attention qu'elle obtenait dans le travail lui manquent à présent, s'il n'y a pas de compensation suffisante à trouver chez papa ou chez nous. Il me vient à l'esprit que la sensation de s'investir lui manque peut-être, et qu'elle recherche à présent quelque chose qui ait plus de sens qu'être une retraitée mariée avec papa. Je l'aurais peut-être mieux compris il y a seulement deux ans, mais maintenant il me paraît incompréhensible, presque injuste qu'après avoir eu trois enfants et des petits-enfants, elle perçoive l'existence comme vide. Cela vaut aussi pour papa, mais je ne peux pas imaginer qu'il soit à l'origine de la rupture ; je ne crois pas qu'ils aient les mêmes désirs, il continue à travailler, et il a largement de quoi remplir sa vie. *Et même un peu trop*, pense maman de toute évidence, et je me demande pourquoi elle a tellement voulu qu'il prenne sa retraite, lui aussi.

Après le repas, ils sont allés tous les deux se coucher – dans la même chambre –, je me demande de quoi ils ont parlé quand ils se sont retrouvés seuls, et s'ils ont parlé tout court. Lorsque Agnar en a eu assez de rester à table, que Liv a remarqué – à sa grande horreur, exagérée et calculée – qu'il était en retard de deux heures sur l'horaire normal pour aller se coucher et qu'elle l'a envoyé au lit, la fête s'est dissoute. Comme d'habitude, Liv s'est mise à ranger : quand il y a une difficulté, son premier réflexe est de ranger ou de coller à la routine, comme à l'heure du coucher d'Agnar. Ça prend une telle importance qu'elle en est complètement obsédée : on en plaisante souvent, Håkon et moi, mais pas aujourd'hui. Simen et Olaf l'ont aidée à ranger, et Håkon et moi sommes restés à table. J'étais encore plus en colère à la pensée que maman et papa étaient simplement partis se coucher en nous laissant tout le reste, et que nous devions réagir à leur décision sans qu'ils soient présents. « Ça va, sinon ? » ai-je fini par demander à Håkon : je ne savais pas quoi dire. Il a ri tout bas, il a haussé les épaules. Puis Olaf et Simen sont ressortis et ils ont discuté tous les trois des équipes de football italiennes, tandis que j'ai rejoint Liv dans la cuisine. Elle pleurait au-dessus d'un saladier, je n'ai pas pu m'empêcher de rire. « Allez, Liv », ai-je dit, et je lui ai passé un bras autour des épaules.

Liv a toujours été plus dépendante de maman et de papa que moi, dépendante de leur approbation et de leur accord pour tout ce qu'elle fait, même depuis qu'elle est adulte. Je me rappelle que Liv a quasiment demandé l'autorisation de se marier avec Olaf, qu'elle était anxieuse et m'a téléphoné presque chaque jour avant de réussir à leur dire qu'Olaf et elle envisageaient de se marier à l'église, comme si c'était ce qu'elle pouvait leur faire de pire. « Liv, lui ai-je dit, tu ne fais pas ça pour ou contre maman et papa, tu le fais exclusivement pour toi et Olaf. Éventuellement contre, ai-je ajouté en riant. — C'est tellement facile pour toi, a-t-elle répliqué, tu ne sais pas ce que c'est. — Ce que c'est, qu'est-ce que tu veux dire par là ?, ai-je questionné. — Ils ont des attentes si fortes, des avis sur tout ce que je fais. — Ce n'est pas vrai, ai-je répondu, toi aussi, tu participes à créer ces attentes, tu t'attends à ce qu'ils aient des attentes, c'est un cercle vicieux. » J'avais alors vingt-six ans, et je ne savais pas que douze ans après, je penserais autant à la famille ni qu'elle aurait une telle importance.

Et si je ne peux jamais avoir d'enfant ?, me dis-je maintenant en prenant ma douche. *Alors la seule famille que j'ai, c'est celle-là.*

*

En juin, Simen et moi achetons notre premier appartement ensemble.

Lorsque nous sommes rentrés d'Italie, avec une grossesse imaginaire et deux parents mariés en moins, je me suis tout de suite jetée sur les annonces d'appartements. J'étais persuadée que Simen allait me quitter n'importe quand, que tout était plus fragile qu'avant. En rentrant d'Italie, dans l'avion, j'étais assise à côté de papa, j'ai essayé de lui faire approfondir ce qui s'était passé avec maman. « Il ne s'est rien passé de spécial, a-t-il constaté. Tu crois toujours que tout part d'un événement, d'un fait concret, c'est beaucoup plus insidieux et lent. Je ne sais même pas quand ça a commencé. » J'ai insisté : « Mais vous avez aussi passé du bon temps ensemble. — Bien sûr, a-t-il dit. Mais il est certain que la plupart du temps, le devoir l'a emporté sur le désir : je pensais que ça devait se passer de cette façon. » Je me suis retournée pour regarder Liv, assise à quelques sièges de distance derrière moi : elle dirait que c'est la vérité, que c'est la façon dont ça doit se passer, la vie est ainsi faite. J'aurais bien aimé pouvoir en dire autant à papa, l'en convaincre, mais je suis restée muette. « Je ne sais pas, a-t-il poursuivi, les gens passent toutes sortes de contrats dans différentes situations, mais les contrats ne sont pas tous faits pour être respectés à vie, si les prémisses changent. » J'ai demandé : « Quelles prémisses ? — Nous avons changé, Torill et moi, nous ne sommes plus les mêmes que quand nous nous sommes rencontrés, il n'est pas dit qu'on puisse toujours s'entendre. »

« Ils n'ont jamais été faits l'un pour l'autre », ai-je confié plus tard à Simen. Et j'y avais déjà pensé avant : ils abordent et perçoivent le monde d'une manière totalement différente. Elle n'a pas peur de la confrontation, elle est intense et sensuelle, alors que lui reste à distance, il est logique, sensible dans d'autres domaines qu'elle. « Ils n'ont pas non plus d'intérêts communs en dehors de nous, ai-je expliqué. Comme papa l'a dit, ils ont passé un contrat au sens propre du terme, et ils s'y sont tenus. Tu crois qu'ils ont été amoureux, un jour ? » ai-je demandé à Simen en sachant qu'il ne pourrait pas répondre, mais la question était en partie rhétorique, pour qu'il comprenne la différence qu'il y a entre eux et nous. « Je crois dans les relations de couple et dans la famille quand, à la base, deux personnes s'aiment, mais pas quand elles se choisissent pour des raisons matérielles, par peur, ou quoi que ce soit de ce genre », ai-je poursuivi pour le rassurer.

Simen attache une grande importance à la famille, à ses cadres, à des rapports carrés. Tout doit être aussi normal que possible, clair et ordonné. Il déteste ce qui est trouble, comme il dit — je ne sais pas trop ce qu'il entend par « trouble », mais je suis convaincue qu'un divorce entre deux parents de soixante-dix ans entre facilement dans cette catégorie.

*

Jusqu'à maintenant, nous habitions dans l'appartement qu'il avait acheté avec son ancienne copine, il y a plusieurs années. J'avais changé l'ameublement et repeint les murs, accroché mes photos, rempli les tiroirs et les placards de mes tasses et de mes vêtements, mais ça restait tout de même les pièces de l'appartement de sa copine, ses clous dans le mur, les portes coulissantes de son dressing, ses placards de cuisine. Être jalouse, c'était nouveau pour moi : j'ai presque été contente quand j'ai découvert que cette envie mesquine de possession, ce besoin d'affirmation de soi venaient de là – je l'ai dit à Simen, non sans une certaine fierté dans la voix, « Tu comprends bien que je sois jalouse, en vivant dans l'appartement que vous avez acheté ensemble ; vous avez tant de souvenirs ici, je ne sais pas ce que vous y avez fait, ni où ». Bien que Simen ait compris ce que je voulais dire, nous y avons encore passé une année entière. « Nous ne pouvons pas avoir d'enfant ici, ai-je dit il y a six mois. — Non », a reconnu Simen. C'est moi qui ai commencé à regarder les annonces immobilières, un peu à contrecœur, car en dépit des circonstances, j'ai horreur de déménager.

Le nouvel appartement se trouve à St. Hanshaugen, au quatrième étage avec ascenseur : il donne sur le parc où les mères font du jogging avec leurs poussettes, il a quatre pièces et un balcon. Il a quasiment dépassé d'un million le prix fixé lors de l'estimation, et même si Simen et moi gagnons bien notre vie, nous avons dû emprunter un montant vraiment excessif, tellement élevé qu'on dirait un acte de rébellion contre papa – lui qui a toujours parlé à Liv, à Håkon et à moi de finances saines.

L'achat de l'appartement a pris possession de mes pensées ; les attentes, les espérances, les déceptions : j'ai évacué tous mes sentiments dans les annonces, les visites, les offres d'achat, les déboires, le prêt revu à la hausse, de nouvelles visites, de nouvelles offres, la victoire grisante en fin de compte, et maintenant nous y sommes, Simen et moi. Dans notre nouvel appartement, près de notre table de cuisine neuve – nous avons dû acheter de nouveaux meubles adaptés à l'appartement –, et nous partageons une bouteille de vin. Après être rentrés d'Italie, Simen n'a plus mis autant de pression pour qu'on ne boive pas d'alcool, et même si en soi ça m'inquiète, boire donne une sensation de détente tellement agréable que je n'ai pas le courage d'arrêter. En plus, il est absurde, comme je l'ai dit à Simen au début, de se priver de boire un mois entier alors que je sais que je ne suis pas enceinte. « Je peux arrêter dans la dernière partie du cycle, ai-je suggéré, il n'y aura toujours pas de souci à se faire. » Il a demandé si nous ne pourrions pas tout simplement arrêter l'alcool : ce n'était pas la peine de prendre ce risque, pourquoi voulais-je le faire, c'était quand même mieux d'être sûre que j'aie tout fait correctement. « Pour l'enfant, je veux dire », a-t-il ajouté, et il était difficile d'argumenter contre ce qu'il y avait de mieux pour l'enfant. Comme s'il y avait déjà un enfant, nous avons parlé ainsi tout au long de la période où nous avons essayé : l'Enfant avec un grand « E ». Simen ne buvait pas non plus, par solidarité avec moi, il ne mangeait plus son fromage favori, ni de charcuterie à Noël, ce qui ne faisait qu'augmenter la pression qui pesait sur moi. « Mange et bois, ai-je fini par lui dire à la quatrième tentative infructueuse, prends-toi un bon morceau de brie, je ne supporte plus qu'à cause de moi, tu ne puisses pas te faire plaisir, toi non plus. — Mais c'est notre un projet commun », a répondu Simen, qui restait solidaire sans comprendre.

C'est une petite désillusion : je ne réussis pas à profiter de l'appartement, de la table, du vin ou de Simen comme je l'avais imaginé. L'atmosphère est trop chargée, il faudrait donner de l'air, discuter, mais un changement a eu lieu en moi – je n'ai plus l'énergie de relever les combats. De formuler les mots. Je ne pense même plus que ça peut servir, comme à l'époque où je croyais dur comme fer qu'il est bon d'exprimer, d'examiner les problèmes parce qu'ils s'en trouvent désamorcés. Liv a toujours estimé que je suis trop prompte à la confrontation, qu'il n'est pas nécessaire de parler de tout, et elle a peut-être raison, car parler avec Simen de l'Enfant – du non-enfant – ou avec maman et papa, semble plus risqué que rassurant.

« On sort sur le balcon ? » propose Simen.

Il pleut, comme il a plu sans arrêt depuis que nous sommes rentrés : l'air est humide, le sol est mouillé, Oslo n'a plus de couleurs, on dirait un pays du bloc de l'Est.

Alors que nous sommes assis dehors contre le mur, protégés de la pluie par le balcon du dessus, je demande à Simen :

« Tu crois qu'il n'y aura pas d'été du tout cette année ? »

Simen soupire, il croit certainement que c'est une métaphore. Il n'aime pas les métaphores, il les évite autant que possible dans tout ce qu'il dit ou écrit. Il gagne beaucoup d'argent pour enseigner l'art de bien écrire aux acteurs du monde des affaires, et il est catégorique : dans la langue professionnelle, la formulation la plus simple est toujours la meilleure. « *Les métaphores obscurcissent le propos*, affirme-t-il. — *Ça peut aussi l'enrichir*, dis-je. — *Oui, si tu écris de la fiction*, réplique-t-il, *mais pas si tu cherches à formuler un message clair et distinct. Il y a eu une inflation de métaphores* », dit Simen. J'ai fait remarquer que c'était justement une métaphore, qu'il était impossible de les éviter, même pour lui.

J'ajoute :

« Je le pense vraiment, en fait. J'ai vu une analyse de ce que sera probablement le climat dans quelques années, et en Norvège nous n'aurons plus ni étés ni hivers.

— Nous aurons des étés et des hivers, même s'il n'y a pas autant de neige ni de chaleur, dit Simen. Les saisons ne dépendent pas uniquement du temps qu'il fait. »

Il appuie la tête contre le mur derrière nous. Il regarde le parc. J'essaie de trouver quelque chose à ajouter, un sujet de conversation, mais c'est le vide. Je n'ai jamais été douée pour le bavardage, et la plus grande défaite que je puisse imaginer, c'est de devoir parler de tout et de rien pour combler un silence qui en dit long, surtout avec son compagnon. « *Faites des pauses, utilisez les temps de silence*, conseillais-je aux politiciens que j'ai formés, *ce n'est pas dangereux, c'est souvent une arme plus puissante que les mots.* » Je n'ai aucun contrôle sur le silence qui s'installe entre Simen et moi, il est récent et gagne du terrain.

*

Début juillet, maman m'envoie un texto, elle demande si je compte aller au chalet pendant l'été. Si tu comptes, écrit-elle – elle éprouve brusquement le besoin de souligner qu'on est tous des individus indépendants. Je réponds : Simen et moi irons à la fin du mois. Je ne lui retourne pas la question, mais elle répond quand même. Je vais aller à la montagne, écrit-elle. Sa sœur a un chalet dans le comté de Telemark, il n'est pas situé bien haut au-dessus du niveau de la mer, mais dans ce domaine, la famille de maman a des formulations étonnamment imprécises, et appelle « montagne » tout ce qui n'est pas le bord de mer. Je ne réponds pas, j'ai l'impression que tout ce que papa et elle entreprennent en ce moment est affecté. Qu'ils veulent prouver qu'il y a un changement. Aucune tradition, aucune habitude ne doit être perpétuée. « Je ne crois pas qu'ils le fassent pour prouver quelque chose, a dit Håkon quand je lui ai téléphoné ces jours-ci. Comment pourraient-ils faire autrement ? Le fait est que ce sera différent, a-t-il dit. — Je ne sais pas, ai-je répondu, j'ai juste l'impression qu'ils ressassent tout le temps, ils ne font pas attention au reste. — À toi ?, a demandé Håkon. — À nous », ai-je dit. Personne ne sait que Simen et moi essayons d'avoir un enfant, et j'ai conscience que c'est donc injuste et puéril, mais je suis quand même saisie par le sentiment que tout le monde devrait en tenir compte et avoir des égards pour moi. Par moments, je considère comme profondément déplacé de la part de maman et papa de divorcer juste maintenant : devaient-ils vraiment le faire au moment où je me donne tant de mal, en me chargeant d'un fardeau supplémentaire ? Un fort sentiment d'injustice prend souvent le relais : mes proches rejettent avec fracas leur famille sous mes yeux, alors que j'essaie désespérément d'en former une. Juste après ces crises d'égoïsme, je suis submergée par la honte, mais le ressentiment est en moi, quels que soient mes efforts pour me raisonner.

AS-TU PARLÉ AVEC LIV ?, demande maman par texto dix minutes plus tard car je ne réponds pas. Je lève les yeux au ciel devant le téléphone : je comprends que c'est ce que maman voulait en fait savoir. Je réponds non, et je lui conseille de téléphoner elle-même à Liv. Maman est terrifiée à l'idée *d'envahir* Liv, comme elle dit, parce que Liv est facilement influençable. D'aussi loin que je me souvienne, elle a toujours été prudente envers Liv ; elle n'a jamais été aussi directive avec Liv qu'avec moi, car elle a tacitement admis que j'avais besoin de cadres plus perceptibles.

Après l'Italie, je n'ai plus beaucoup parlé avec Liv ni avec Håkon, à part la petite conversation que j'ai eue l'autre jour avec Håkon ; à vrai dire, je n'ai presque parlé à personne, le silence s'est emparé de moi tout entière. Pour la première fois, je constate que rien de ce que je dis ne peut changer quoi que ce soit. DES MOTS QUI RIMENT À QUELQUE CHOSE !, est-il inscrit sous une caricature de moi, encadrée au-dessus de mon bureau, au travail. Je l'ai reçue pour mes trente ans d'un ami illustrateur, il m'a dessinée avec un long bras gesticulant, un doigt pointé, la bouche ouverte et le regard sévère. *Voilà comment mes amis me voient*, ai-je pensé, étonnée.

Pour quelqu'un qui évalue les autres quotidiennement, j'ai fait preuve d'un sens de l'autoévaluation lamentable, à un âge aussi avancé. Je n'avais pas compris que je n'extériorisais que de rares aspects de ma personnalité, tout en imaginant que les autres percevaient ma fragilité comme je la ressentais moi-même. « C'est parce que tu ressembles à tes actes, personne ne peut croire que tu es faible, a dit une fois mon ex. Ce n'est pas ce que je voulais dire, a-t-il corrigé quand il a vu que j'étais en colère ; c'est juste que tu ne te donnes pas la peine de compenser – de sourire, de rire ou de prendre des précautions oratoires dans les situations où les autres le font. » Il ne comprenait pas que j'avais compensé mon apparence extérieure depuis l'adolescence, que j'avais lutté pour être prise au sérieux, dépensé des milliers de couronnes en vêtements qui ne mettent pas les formes en valeur, foncé mes cheveux, que j'avais été fiable, sérieuse, réfléchie, et que j'avais de surcroît travaillé deux fois plus que la plupart des gens, pour qu'ils ne puissent pas dire que j'avais tout obtenu gratuitement. « *Nous devons faire attention à ne pas être considérées comme vulgaires* », disait maman alors que j'avais quatorze ans, et des seins déjà assez volumineux. Elle le disait pour mon bien, j'en suis consciente maintenant, mais elle n'a pas idée du temps et de l'énergie que j'ai employés à avoir peur de la vulgarité, peur de jouer sur mon apparence, peur de ne pas être prise au sérieux.

Je devrais certainement téléphoner à Liv, me dis-je après un nouveau texto de maman. Il est presque impossible de venir à bout d'un échange de textos avec papa ou elle : ils n'ont aucune compréhension naturelle du média SMS, et ils sont stressés dès qu'on ne suit pas le cours d'une conversation orale. AU REVOIR, écrit maman dans un message à part, elle veut qu'il y ait une conclusion. Je sais qu'elle attend maintenant que j'écrive à mon tour au revoir mais il faut bien qu'elle apprenne ça, elle qui se comporte comme si elle avait quarante ans.

Je ne téléphone pas à Liv : je sais qu'elle s'attend à ce que je mette des mots sur ce qu'elle ressent, pour qu'elle puisse à son tour me consoler. C'est le mécanisme de nos relations, et en général, ça marche. En tout cas, ça a bien fonctionné jusqu'à ce que Simen et moi commencions à essayer d'avoir un enfant ; ensuite, il est devenu plus difficile de parler avec Liv, quel que soit le sujet. Au début, je n'ai pas dit qu'on essayait d'en avoir, ni à elle, ni à personne d'autre, parce que j'imaginais le moment où je dirais à tout le monde que j'étais enceinte après deux ou trois mois de grossesse, je voulais étonner Liv qui insistait pour devenir tante depuis plusieurs années. « *Je veux aussi être tante* », disait-elle, je ne comprenais pas ce besoin d'être tante, chez elle qui était déjà mère. Mes joies de tante consistaient avant tout à accéder à des enfants qui devenaient en quelque sorte un peu les miens, sans en avoir la responsabilité. Sans oublier que ça me donnait l'occasion d'être bien plus cool et décontractée que Liv aux yeux d'Agnar, de lui autoriser des choses qu'elle ne lui aurait jamais permises, et dont elle doit subir les conséquences après coup.

Liv était de ceux qui clamaient le plus fort que je devais avoir des enfants avant qu'il ne soit trop tard, elle m'a prévenue dès mes trente ans : il ne fallait pas attendre trop longtemps. Il s'avère maintenant plus difficile que je ne croyais de tomber enceinte, et en parler avec elle me paraît impossible. Elle a un agenda politique – il ne s'agit pas que de moi : elle pense que si beaucoup de femmes attendent trop longtemps pour avoir des enfants, c'est à cause d'une évolution malsaine de la société. Elle a écrit beaucoup d'articles à ce sujet, elle a interviewé des quadragénaires désespérées pour qui « *Vivre avait été la priorité* », comme dit Liv. « C'est ce qu'elles répondent toutes, a dit Liv après avoir écrit un de ces articles ; elles veulent vivre avant d'avoir des enfants, mais lorsque je demande ce qu'elles entendent par "vivre", aucune d'elles ne peut vraiment répondre ;

elles ont de vagues rêves, comme voyager et travailler davantage, faire plus souvent la fête, mais en réalité elles ont peur juste de prendre des responsabilités, peur de devenir adultes. » Il y a maintenant un bon moment qu'elle m'a prévenue, mais quelques mois après ma rencontre avec Simen, elle m'a demandé si je pouvais envisager d'avoir des enfants avec lui. À ce moment-là, j'avais été contrariée, car c'était manifestement la seule unité de mesure dont plusieurs de mes amies et elle tenaient compte – *Est-ce que tu veux des enfants avec lui, peux-tu l'imaginer comme père*, et ainsi de suite – et je l'avais repoussée, « Il est bien trop tôt pour y penser », avais-je répondu, mais seulement deux mois après, Simen s'est mis à parler de faire un enfant, du fait qu'il voulait des enfants, et qu'il avait toujours souhaité en avoir beaucoup. « Ma famille estime que je m'y prends tard », a-t-il expliqué, et il a ajouté que son frère cadet en avait déjà deux. Et pour la première fois, j'ai pensé à avoir des enfants tout de suite, ça n'a plus été une simple notion de ce qui arriverait un jour dans le futur.

Il est impossible de discuter avec Liv parce qu'elle est aussi un vivant rappel de ce que je n'ai pas, et elle parle tout le temps de ses enfants. Elle a beau être journaliste, constamment à la pointe de l'actualité dans la plupart des domaines, Agnar et Hedda sont toujours ses références. Ce qu'ils ont fait ou dit, ou le plus souvent – ce qui est incompréhensible pour moi –, son inquiétude pour eux. « Tu ne sais pas ce que c'est », répond Liv quand je m'oppose à elle à ce propos, et elle répète l'argument que les parents d'enfants en bas âge emploient toujours face à ceux qui n'ont pas d'enfants : « Attends d'avoir des enfants, tu verras les choses autrement. »

J'envoie un message à Liv, je leur souhaite un bon séjour au chalet dans le Sørlandet, je lui dis qu'on est heureux d'y aller fin juillet, je termine par ON S'APPELLE, comme ça c'est elle qui décide.

*

Quelques semaines plus tard, il se trouve que Simen ne veut plus aller au chalet. Il a accepté d'être consultant dans le public pour un grand projet linguistique qui sera lancé en août : pour ses congés, il n'aura que la dernière semaine de juillet.

« Mais c'est toi qui as fait ce choix », lui dis-je quand il s'en sert comme prétexte.

Nous sommes allongés dans notre nouveau lit, c'est le soir, une semaine et demie avant le départ prévu pour le chalet. Nous avons fait l'amour, presque sans nous toucher, sans passion et sans romantisme. Aucun de nous deux n'a la force de faire comme si c'était plus qu'un acte purement technique, nous ne disons rien, n'approuvons pas, ne rions pas, nous ne nous rassurons pas. Nous sommes silencieux et concentrés. Demain, il ne restera plus qu'une semaine, et il y aura un an que nous avons commencé nos tentatives pour faire un enfant : je me souviens de ce soir-là dans notre ancien appartement, dans notre vieux lit, le désir violent et la joie qui émanaient du souhait même qui les tue à présent.

« Nous avons déjà passé plus d'une semaine de vacances avec ta famille cette année, a dit Simen. Nous avons bien vu comment ça a tourné. »

Je ne parviens même pas à me sentir vexée.

« Facile », dis-je seulement.

J'entends à sa respiration qu'il est en colère. Je pense : *C'est incroyable que deux personnes qui travaillent dans la communication puissent avoir autant de mal à parler ensemble.* Comme sur commande, Simen se ressaisit.

« Mais sérieusement, Ellen, dit-il d'une voix plus douce. Ce n'est pas que je ne me sente pas bien dans votre chalet. Il me semble seulement que nous avons besoin de quelques jours de vacances ensemble, nous deux, après tout ce qui est arrivé, tu n'es pas d'accord ? » demande-t-il avec son inflexion de voix la plus pédagogique.

Tout ce qui est arrivé est d'une imprécision provocante ; de plus j'ai envie de répondre qu'en juin, mon argument était justement de passer un peu de temps à deux, lorsque j'avais appris qu'il projetait de travailler tout l'été sans en avoir discuté avec moi. Il avait répondu que nous passions ensemble chaque soirée et chaque week-end, ce qui n'était pas vrai, car nous travaillions presque tout le temps. Mais sa voix était tellement cassante que je n'avais plus osé insister. C'est bizarre qu'il ne comprenne pas que c'est un revers pour moi de devoir m'adapter à sa décision, y compris pour la seule semaine de vacances qu'il a prise ; il y a de l'arrogance dans le fait de proposer autre chose que ce que nous avions décidé quelques semaines auparavant.

« Nous aurons l'annexe entière pour nous, ce n'est pas comme si nous devions rester tout le temps avec Liv et Olaf », dis-je, à voix basse et du bout des lèvres. Je comprends que j'ai perdu, que de toute façon je ne peux pas forcer Simen à aller au chalet avec moi, et surtout pas après avoir refusé, il y a quelques semaines, tout un week-end avec ses frères, ses belles-sœurs et leurs mille bébés dans leur chalet familial.

*

Ce n'est pas que je n'ai pas envie de partir en vacances avec Simen. En fait, je ne brûle pas vraiment d'un désir de vacances avec lui dans l'état actuel de nos relations, toujours mutiques et tendues, mais je comprends que ce serait sans doute une bonne idée, peut-être une occasion de nous détendre et de revenir un peu à ce que nous étions il y a un an seulement. C'est surtout que j'éprouve un fort besoin d'aller au chalet, d'y rester, de me raccrocher à cette tradition qui n'a pourtant pas été très importante pour moi ces dix dernières années. Chaque été de notre enfance, Liv, Håkon et moi y avons passé au moins quinze jours, jusqu'à ce que nous soyons tous assez grands pour décider nous-mêmes de nos vacances. Maintenant, Liv, en gros, a repris la maison : sa famille et elle adoptent la même formule – au moins quinze jours chaque été. La reprise s'est faite progressivement, tandis que d'année en année Olaf abattait plus de bois, agrandissait la terrasse, peignait l'annexe, changeait les fenêtres du premier étage et ainsi de suite. Ces dernières années, maman et papa ont plus souvent rendu visite à Liv et à Olaf que l'inverse, et papa l'a vécu de manière ambivalente, bien qu'il ait été le premier au départ à vouloir que Liv prenne plus de responsabilités au chalet – il rivalise tranquillement, puérilement, avec Olaf pour les tondeuses à gazon, les tronçonneuses, la réparation des moteurs de bateau, une grande partie du temps qu'ils passent là-bas. Mais ils viennent chaque année, ils perpétuent la tradition. Cette année, c'est la première fois qu'aucun d'eux n'y va : je me demande quel échange Liv a eu avec eux, si elle a refusé qu'ils viennent, ou s'ils trouvaient en fait plutôt agréable de passer leur tour. Peut-être les deux.

Tout l'été, j'avais attendu le séjour dans le Sud, je me faisais une joie de retrouver le chalet dans toute son immuabilité, ses habitudes fixes, le mode d'existence qui lui est propre et les souvenirs sécurisants.

« J'ai simplement une incroyable envie d'un peu d'été véritable et de soleil », dit maintenant Simen. Il ne répond pas quand je dis que nous n'avons pas besoin de rester collés à Liv et à Olaf tout le temps. « Nous pouvons aller où tu veux », ajoute-t-il.

J'imagine Liv, elle me manque brusquement, je me demande pourquoi elle n'appelle pas, ce qu'elle va dire quand elle saura que nous ne descendons pas dans le Sud ; peut-être que ça ne la dérangera pas, qu'elle en a assez des rassemblements familiaux.

« D'accord. Je vais leur envoyer un message demain et leur dire que nous ne venons pas.

— La Grèce peut-être ? Ou alors la Croatie ? » suggère Simen, soudain excité comme un petit enfant.

*

Au retour, dans l'avion, j'ai eu mes règles.

« Mais tu devrais peut-être parler avec ta mère », a dit Simen le dernier soir en Croatie. Je lui avais raconté que maman avait mis plusieurs années pour avoir Håkon. « C'est peut-être héréditaire », ai-je dit, et j'ai posé une main en bas de mon ventre, là où quelque chose s'était vraiment mis en route, se fixait, je le sentais, comme je l'avais senti chaque mois de l'année qui venait de s'écouler, et très distinctement, même quand je n'y croyais plus. « Je ne demande pas de conseils à maman, surtout pas maintenant, ai-je répondu. Et puis elle ne peut m'aider en rien, elle n'a jamais eu d'explication satisfaisante sur leurs difficultés à concevoir un enfant après moi », lui ai-je expliqué.

Ce n'est pas tout à fait vrai, mais il est trop troublant d'avouer que maman m'en rend responsable. Simen serait choqué par son attitude, par ce que nous nous permettons de dire et de penser dans notre famille, et puis il aurait pitié de moi ; il se dirait que ça doit être horrible de sentir qu'on me fait ce genre de reproche, que ça doit une douleur latente, toujours présente entre nous. Ce n'est pas le cas, même si une nuit j'ai rêvé que j'étais punie pour avoir causé des dommages à ma mère en naissant. « Je ne fais pas d'autocritique, comme j'ai dit à Håkon, tu as de la chance d'être aussi jeune. — Oui, c'est grâce à toi que je suis moi », dit-il parfois lorsque je lui fais des compliments. Maman ne plaisante pas quand elle dit que c'est à cause de moi, mais elle ajoute toujours que ce n'est évidemment pas un reproche, ce sont des faits : « C'était sans doute à cause de cet accouchement difficile », dit-elle.

Je réponds : « Bien sûr, bien sûr, merci beaucoup pour la peine, j'espère que tu as été récompensée pour tous ces efforts. »

Bien que Simen et moi ayons passé une semaine entière de vacances seuls ensemble, nous n'avons pas tellement parlé de ce que j'avais espéré et craint par avance. Les journées se sont évanouies dans la chaude torpeur des vacances ; nous avions tous les deux conscience qu'il fallait clarifier les choses, mais nous avons reporté ça, et parlé de sujets totalement différents. Nous avons retrouvé tous les thèmes dont nous discutions avant l'Enfant – qui ne s'appelle plus l'Enfant, qui n'est plus mentionné à la forme définie, qui n'est plus qu'une bulle infectée de silence –, et après quelques soirées agitées au début des vacances, nous avons retrouvé le cours ancien de nos conversations, l'énergie de nos discussions. C'est seulement le dernier soir que nous avons osé nous rapprocher de thèmes nous concernant davantage, quand le serveur du restaurant a demandé si nous voulions goûter un vin local particulièrement bon. Simen a hésité parce qu'ils ne le servaient qu'à la bouteille, je lui ai dit : « Vas-y, c'est le dernier soir, lâche-toi », et avant qu'il ait eu le temps de protester : « *A bottle and a glass for him, please, and just sparkling water for me, thank you.* » Simen s'est montré exagérément reconnaissant, « Tu es sûre que tu n'en veux pas une gorgée ?, a-t-il dit quand le vin est arrivé, et j'ai secoué la tête et souri — Non, il ne vaut mieux pas ». Simen m'a souri à son tour. C'était comme si on jouait dans un mauvais film, nous savions pertinemment que l'autre jouait un rôle, mais Simen ne voulait pas demeurer en reste, il m'a demandé comment je me sentais, si j'avais des symptômes. J'ai secoué la tête, « Rien de nouveau, ai-je dit. — J'ai lu récemment que ce type de difficultés pouvait être héréditaire, que si ta mère ou même ta grand-mère avait connu ce genre de troubles, tu pouvais avoir le même problème », a-t-il dit. Tout d'abord, j'ai été surprise que Simen continue à se renseigner à ce sujet : comme nous n'en parlions jamais, je croyais qu'il avait abandonné. Je lui ai raconté pour maman. « Je vais aller voir le médecin si ça ne marche pas cette fois non plus », lui ai-je dit pour finir.

Tout l'été, j'avais repoussé le moment de prendre rendez-vous avec le médecin, comme un acte de protestation. J'attendais que Simen m'y incite, ce qu'il n'a pas fait, mais la conversation au restaurant suffisait : il continuait à s'engager un peu, peut-être à espérer.

Après être allée aux toilettes quelque part au-dessus de l'Autriche, je me rassois dans mon siège à côté de Simen endormi, je me connecte au wifi de l'avion et je prends un rendez-vous en ligne chez mon médecin traitant, je serre mon téléphone tellement fort que mes doigts me font mal quand j'ai fini, j'ai peur, d'une nouvelle manière, je n'ai jamais eu aussi peur.

*

J'ai plus de trois semaines d'attente pour mon rendez-vous chez le médecin ; entre-temps nous n'avons plus le courage de faire des tentatives, même quand le test d'ovulation nous donne le feu vert – je le fais seulement pour pouvoir donner des réponses circonstanciées et précises au médecin, je sais ce qu'il va demander, j'ai plusieurs fois fait le tour des forums de femmes et de mamans dans leur totalité –, maintenant, le nouvel objectif, c'est d'avoir une réponse.

Mon médecin est plus compréhensif que je ne pensais. Je croyais qu'il dirait qu'une année n'est pas un laps de temps très long, que de nombreuses personnes essaient bien plus longtemps, sans qu'il y ait pourtant de souci à se faire. Mais il ne dit rien d'approchant. « Oui, ça ne doit pas se passer de cette façon », reconnaît-il après avoir écouté mon histoire détaillée. Je l'avais préparée depuis longtemps, je ne voulais pas avoir l'air hystérique mais légèrement inquiète, comme quelqu'un qui veut surtout recevoir de bons conseils. Je parle de Simen, de moi, des difficultés de maman pour Håkon, de mes cycles, des moyens de contraception utilisés, pas de maladie avérée, pas de médicaments, pas d'avortements, mais pas d'enfants non plus. « J'ai un peu googlé », dis-je pour finir, j'essaie de rire. Mon médecin ne sourit pas, il se contente de hocher la tête. « Ça ne doit pas se passer de cette façon », dit-il, et je dois me concentrer pour ne pas me mettre à pleurer. Il pose quelques questions de routine sur mon mode de vie et sur mon corps. Il est plus difficile de répondre aux questions portant sur le mental que sur le physique. Avant, c'était l'inverse.

Je perçois mieux mon corps que jamais, je connais chaque nerf et chaque contraction, je suis à leur écoute, intensément, depuis plus d'un an. Je n'avais jamais remarqué à quel point tout s'active et fonctionne sans arrêt à l'intérieur de moi, ça fait des boucles, des gargouillis, ça chatouille, ça fait mal, ça coule, pique, gratte, vibre ; il se passe tout le temps quelque chose, des nerfs auxquels je n'avais jamais prêté attention se signalent. Je remarque maintenant chaque petite modification et chaque petit mouvement. J'ai pris conscience de mon corps d'une façon tout à fait nouvelle, une conscience qui dépasse largement l'aspect esthétique ou vain. Je me souviens qu'à l'école primaire, notre professeur parlait de notre corps comme d'une machine : « C'est la machine la plus compliquée du monde, disait-il, avec ses centaines de petites parties qui doivent fonctionner pour elles-mêmes et ensemble, afin que le tout – toi, et toi, et toi, disait-il en nous montrant du doigt dans la classe – puisse fonctionner. »

« Et votre partenaire, savez-vous s'il a passé un test, ou s'il a eu des maladies susceptibles d'affecter la qualité de son sperme ?, demande le médecin après avoir noté quelque chose sur son ordinateur.

— Je ne crois pas, il n'a que trente-cinq ans », dis-je.

Je n'ai pas demandé à Simen ; j'étais convaincue qu'il ne s'agissait que de moi, et je crois aussi que s'il y avait eu un souci, il me l'aurait dit, il est la personne la plus honnête que je connaisse, il ne m'aurait jamais laissée croire que c'est moi qui avais un problème en sachant que c'était sans doute lui.

« Pour les hommes, ça n'a généralement pas de rapport avec l'âge, dit le médecin. Vous savez, en théorie, les hommes peuvent se reproduire toute leur vie.

— Vous pensez que c'est une question d'âge pour moi, que j'ai attendu trop longtemps ? »

Ma voix tremble, ça ne m'est jamais arrivé, mais ma voix ressemble maintenant à celle que je prends pour souligner un point fort devant les hommes politiques dont j'entraîne la voix : elle est basse et un peu saccadée.

Je ne me suis jamais sentie vieille auparavant. Je n'ai jamais eu peur de l'être non plus : ce n'est pas que j'aie voulu me cacher que j'approchais de la quarantaine, mais je n'ai jamais considéré cet âge comme vieux, pas comme je pouvais le faire quand j'avais quinze ans. « Quarante ans, c'est le nouveau vingt ans, pas la peine de s'inquiéter ! » a dit une collègue qui fêtait son quarantième anniversaire l'an dernier, et j'ai répondu pour blaguer que dans ce cas, elle aurait l'impression de se trouver au milieu de sa vie à soixante-dix ans. C'était avant que maman et papa illustrent tout le réalisme de ma plaisanterie, et j'ai compris que ce décalage était généralisé, que personne ne se sentait plus en accord avec son âge, en tout cas pas selon les représentations traditionnelles de ce que sont un quadragénaire ou un septuagénaire.

En rentrant de chez le docteur, j'ai eu envie de téléphoner à Liv et de le lui dire : bizarre que l'évolution n'ait rien fait pour traiter ce problème, et que mon corps vieillisse et décline exactement comme celui de mon arrière-arrière-arrière-grand-mère quand elle avait quarante ans. J'imagine les trilles du rire enfantin de Liv, sa douce voix de grande sœur assurant que tout irait bien, que les propos du médecin sur l'âge sont seulement ce qu'il doit dire par précaution, qu'il ne peut pas en savoir plus avant de nous avoir testés. J'aimerais en fait qu'elle ajoute qu'il ne lui paraît pas formidable comme médecin.

*

Je me rappelle comme je voulais ressembler à Liv quand nous étions plus jeunes. Avoir ses vêtements, marcher, rejeter mes cheveux en arrière comme elle, écouter la même musique et aimer les mêmes artistes qu'elle ; j'admirais son écriture, la manière dont elle soufflait sur ses ongles après les avoir vernis, je voulais avoir des amies qui ressemblaient aux siennes, et je tombais amoureuse comme elle aurait pu le faire : de la façon qu'elle décrivait dans son journal intime, et que je ne ressentais jamais – que je n'ai d'ailleurs jamais ressentie. C'est en lisant le journal de Liv que j'ai eu mon premier amoureux, en apprenant ce qu'il fallait que j'éprouve, dise et pense –, il a fini par tellement m'agacer que je sursautais chaque fois qu'il voulait me toucher, pourtant je le supportais car c'était ce que Liv avait écrit, et ce dont elle rêvait. Je n'ai pas pensé à ce qu'éprouvait Liv à cette époque, pas avant d'en parler avec maman, plusieurs années après, « Oh mon Dieu, tu te rappelles comme Liv était jalouse de toi, a dit maman en riant, avoir deux filles adolescentes aussi rapprochées, c'est un vrai défi, garde-le à l'esprit quand tu auras toi-même des enfants ».

*

L'air est calme entre les immeubles pendant quelques belles journées du début octobre. « Enfin un peu d'été », ai-je dit à Simen un matin où nous prenions notre petit déjeuner sur le balcon, le visage réchauffé par le soleil. Je m'achète une robe d'été très ajustée autour de mon ventre plat, je commande une paire de sandales Prada avec des talons si hauts et si fins qu'aucune femme enceinte au monde ne pourrait en supporter la vue, je bois du vin blanc sec avec du fromage et de la charcuterie en compagnie d'amies sur le balcon, jusque tard dans la nuit. « Le gynécologue m'a dit de vivre normalement », dis-je à Simen : je me défends avant qu'il attaque, ce qu'il ne fait d'ailleurs pas – il pourrait facilement me contrer, dire que rien de tout ça n'est normal, que j'exagère, que c'est une manière de compenser, mais il ne dit rien.

J'ai fait des analyses de sang, et Simen de sperme : il l'a proposé de lui-même quand je suis rentrée de mon premier rendez-vous chez le médecin, avant que j'aie eu le temps de lui expliquer que nous devions nous faire tester tous les deux. « Mais je ne crois pas avoir de problème », a-t-il dit, et il m'a raconté sur un ton hésitant qu'il avait mis sa copine enceinte au lycée. « Elle s'est fait avorter, il n'a pas été question de le garder, nous avions seize ans, et en plus nous étions au bord de la rupture, a-t-il précisé. — Pourquoi tu ne me l'as pas dit avant ?, ai-je interrogé. — Je ne sais pas, ce n'est pas important, et j'avais peur de te blesser, alors que nous n'avons pas… que nous faisons des tentatives, a-t-il répondu, et il m'a regardée avec une pitié insupportable. — Ce sont juste des faits, ce n'était pas contre moi », ai-je dit, et j'ai senti la pièce rétrécir.

Les semaines suivantes, j'en avais un peu honte, mais j'espérais que le défaut serait, contre toute attente, chez lui, en lui. Le résultat de son test était parfait, tellement bon qu'il a retenu de justesse quelques commentaires vantards : j'ai bien vu qu'il les avait sur le bout de la langue quand il m'a parlé des résultats – comme s'il les avait bien mérités. « S'il y a bien une chose qui m'énerve, ce sont les gens qui se vantent de la qualité de leurs gènes, ai-je dit à une amie le soir même ; c'est comme si on se vantait d'avoir trouvé un billet de mille par terre, ou tout simplement d'être chanceux. Seules des personnes peu intelligentes ne comprennent pas ça, ai-je ajouté en nous versant une nouvelle rasade de vin. — Dis, Ellen, ce n'est pas une compétition entre Simen et toi », a-t-elle remarqué.

Je suis quand même très heureuse que mon analyse ne révèle pas un écart entre nous, que nous soyons toujours à égalité, même si je sais que ce n'est pas vrai – il est beaucoup plus probable que le problème vient de moi, que c'est de ma faute. C'est à moi qu'on propose de nouveaux tests, des alternatives, diverses choses à essayer. « Simen, lui, peut rester à se tourner les pouces, avec son taux record de spermatozoïdes », comme je l'ai dit à mon amie. Je sais bien sûr qu'il ne pense pas comme ça, c'est moi qui projette mes idées, qui ai l'impression d'être une machine avec de si gros défauts qu'elle est incapable de réaliser sa tâche. Simen, cette machine humaine presque trop performante, n'en montre pour le moment aucun signe, mais je sens qu'il ne va pas tarder à en avoir assez, et voudra se débarrasser de la machine qui ne produit rien et qui n'est pas à sa hauteur.

*

J'étais sur la chaise du laboratoire, une aiguille papillon dans le bras, quand j'ai reçu un message de maman : elle se trouvait en Sicile et voulait savoir s'il y avait quelqu'un dans la maison. « Est-ce que je peux jeter un coup d'œil à mon téléphone ?, ai-je demandé à l'infirmier lorsque nous avons tous deux entendu une notification provenant de mon sac posé à côté de moi sur le sol. — Non, maintenant vous ne devez plus bouger du tout », a-t-il répondu d'un ton désabusé. Je l'avais prévenu que j'avais des veines très difficiles à trouver, mes parents en étaient grandement soulagés car « J'aurais eu du mal à me piquer », avais-je plaisanté. Il avait souri avec indulgence à cette patiente qui savait tout mieux que lui, un sourire qui s'est estompé quand il a piqué pour la cinquième fois et a raté la veine cachée loin sous la peau ; son sourire a disparu complètement quand il a dû renoncer et m'insérer une aiguille pédiatrique dans l'avant-bras. Je n'ai pu regarder mon téléphone qu'une demi-heure plus tard, en refermant la porte du cabinet médical, en retard à une réunion, anxieuse pour le test, et j'ai simplement enregistré que c'était maman ; elle se demandait s'il y avait quelqu'un dans la maison, et Liv avait répondu que c'était elle.

Je me souviens du message maintenant, plusieurs jours après, en allant voir une collègue hospitalisée à Ullevål : « Elle est allée droit dans le mur », ont-ils expliqué au bureau. Je ne suis pas du tout certaine de ce que ça veut dire, je m'inquiète en me demandant quel comportement elle aura, je ne sais pas y faire avec les personnes malades. « Mais elle n'est pas malade, ont-ils précisé, elle est seulement épuisée. » Plusieurs d'entre eux avaient l'air de me le reprocher : comme je suis sa supérieure, et que je suis une sorte de chef – je ne me suis jamais présentée sous ce nom, et j'ai bien montré à tout le monde que se comporter en chef était une attitude préhistorique –, j'aurais dû le voir venir. Tout ce que j'ai vu, c'est qu'elle obtenait plus de missions à mesure qu'elle gagnait en compétences. « Non, c'est un cas typique du syndrome-de-la-fille-parfaite », a dit Kristin d'un air entendu, celle qui s'appelle mon chef. Je n'ai pas pu m'empêcher de me mettre en colère ; j'avais pourtant conscience d'être trop rapide à la détente depuis six mois au moins. « Tu sais que cette expression est choquante ?, lui ai-je demandé. Lorsqu'une femme travaille dur et qu'elle est fatiguée, ça devient un syndrome ? Je suis désolée pour Camilla si elle se sent mal, mais en arriver à tomber de fatigue, ce n'est pas digne d'une fille parfaite. Si elle avait été aussi parfaite, elle aurait réussi à adapter sa quantité de travail à ses capacités, comme nous autres le faisons. Personne ne lui a mis la pression », ai-je déclaré, mais quelque part je n'en étais pas certaine : je ne me rappelais pas qui avait fait quoi au cours de l'année, je ne me souvenais ni des projets ni des conversations. *Peut-être qu'en effet, j'ai bel et bien trop délégué aux autres*, me dis-je maintenant ; je n'aurais jamais imaginé que je deviendrais un jour aussi indifférente à mon travail, à ce qui a le plus compté pendant des années.

En y pensant, je me souviens du message de maman, et de maman elle-même. Au fait que papa et elle ont toujours beaucoup parlé de leur travail, ont toujours beaucoup travaillé et qu'ils aimaient leur métier. Dans notre famille, les conversations portaient presque toujours là-dessus, ou sur un thème découlant d'une discussion à ce propos. Le fait de travailler était une valeur incontestable, même si ce n'était pas dit expressément ; je n'y avais jamais pensé aussi concrètement que maintenant, alors que tout à coup ce n'est plus l'essentiel.

Je décide d'aller faire un tour à Tåsen en rentrant.

*

Je vois de loin que les fenêtres de la cuisine sont éclairées, maman est donc rentrée de vacances.

Nous ne nous sommes plus vues depuis un déjeuner fin août, quand je revenais de mon premier rendez-vous chez le médecin, et je n'ai plus aucune idée de ce dont nous avons parlé, ni de la manière dont j'ai pu me comporter ; je me rappelle seulement que j'avais une envie brûlante de tout lui raconter, tout en sachant que je le regretterais. Il est étrange qu'elle soit aussi attachée à son statut de mère alors qu'elle a passé plusieurs années à déclarer que sa mission de mère était achevée, puisqu'elle avait des enfants adultes. « *Quoiqu'on ne cesse jamais d'être mère* », dit-elle parfois.

Entre vingt et trente ans, je me demandais quand j'aurais acquis assez de maturité pour me détacher de mes parents, comme ils se sont de toute évidence détachés des leurs, et bien avant d'avoir trente ans ! Puis j'ai compris que je ne me détacherais pas d'eux comme je le croyais, en devenant plus intelligente, supérieure à eux intellectuellement, mais que ça se passerait progressivement, comme c'est le cas maintenant : j'éprouve très rarement le même besoin qu'avant de raconter, de demander conseil. C'est plutôt l'inverse : c'est maman qui se confie à moi, alors que je me tiens à distance, hors de sa portée. Ma vie m'appartient, elle n'est pas un prolongement de la leur. Je me demande si Liv et Håkon ont le même ressenti, mais j'en doute – ils sont toujours liés à maman et à papa d'une façon bien différente. C'est peut-être parce que maman et papa m'ont accordé moins d'attention qu'aux deux autres, ils se reposaient sur ma capacité à me gérer toute seule – à l'intérieur de cadres donnés.

Une fois devant la maison, je reste un moment dans la voiture. Je me souviens que papa nous jouait souvent des tours quand nous étions enfants, au moment de faire sortir Liv ou moi de la voiture. Pour nous taquiner, il se cachait en dessous des vitres et surgissait à un endroit différent de celui où il avait plongé – et je me souviens comme ça m'ennuyait que Liv soit devenue trop grande pour vouloir participer au jeu ; ça l'énervait et elle ne faisait même plus semblant d'avoir peur quand papa bondissait devant sa fenêtre.

Maman arrive dans l'entrée pour voir qui ouvre la porte, son regard est tellement rempli d'espoir que j'ai doublement mauvaise conscience : ce n'est que moi, et je ne suis pas venue plus tôt. Nous nous embrassons, elle sent maman, l'odeur de maman depuis toujours… je me demande si je suis la seule à percevoir cette odeur, et quelle odeur j'aurai pour mes enfants – à quoi l'associeront-ils ?

« J'allais justement manger, dit-elle. Il y en a assez pour toi, ça te dit ? »

Je hoche la tête. Le chagrin m'envahit quand j'entre dans la cuisine et vois qu'elle a mis le couvert pour elle seule, à son ancienne place à la table de la cuisine ; elle a allumé des bougies et s'est versé un verre de vin. Bien que les chaises de Håkon, Liv et moi soient vides elles aussi, seule la chaise vide de papa semble abandonnée. Maman n'a pas l'air d'y penser, et je comprends qu'il y a plusieurs mois qu'elle vit de cette façon. Et que c'est son choix : ce n'est pas la peine d'avoir pitié d'elle, elle aurait pu être à table avec papa si elle l'avait voulu.

Pendant que nous mangeons, nous bavardons au sujet d'un manuscrit qu'elle a lu en Sicile ; un ancien collègue lui a envoyé le manuscrit d'un des jeunes auteurs, mais maman est indécise. Elle dit qu'elle l'a lu avec bienveillance, « Et c'est souvent bon, dit-elle, mais ils sont vraiment trop nombrilistes en général, ces jeunes auteurs, ils ne se préoccupent que d'eux-mêmes, et ils ne cherchent qu'à se réaliser pleinement ou à se mettre en scène ».

Nous nous installons ensuite dans le salon, il paraît vide et nu, mais je ne parviens pas à mettre le doigt sur ce que papa a emporté, sur ce qui manque. Je murmure :

« Le jeu de Kim.

— Qu'est-ce que tu as dit ?, demande maman.

— Rien. Ça fait bizarre d'être ici sans papa, dis-je.

— Oui, c'est bizarre. Je trouve aussi, reconnaît-elle.

— Tu trouves ?

— Oui, c'est étrange de vivre tout à coup seule.

— Tout à coup ? Je croyais que vous y pensiez depuis longtemps.

— On y pensait, oui, on y avait pensé, pas besoin d'être ironique », répond maman.

Puis elle hausse les épaules, comme pour en secouer le poids de la conversation.

« Mais on apprend aussi beaucoup, fait-elle : j'ai posé une nouvelle plinthe sur la porte de la véranda, il n'y a plus de courant d'air – mets ta main, dit-elle, et elle pose sa main sur le sol. Parfaitement isolé.

— Oui, c'est super, dis-je, et je souris, acceptant le changement de sujet de conversation. C'est bien que tu sois aussi manuelle. »

Elle a protesté à cause du courant d'air pendant des années ; je me demande pourquoi il a fallu attendre que papa déménage pour qu'elle installe une nouvelle plinthe, vu qu'elle a toujours été bonne en menuiserie. Je ne lui pose pas la question, car le marteau toujours posé sur l'appui de fenêtre me fait penser qu'à un moment donné, elle ne parviendra plus à faire ce genre de choses, que papa et elle seront dépendants d'une aide extérieure plus importante. Avant, le problème ne se posait même pas, mais maintenant, il est préoccupant qu'ils vieillissent tous les deux seuls.

Et s'il arrivait quelque chose de grave à l'un d'eux ? Le fait d'être deux, de s'entraider ou du moins de garder un œil l'un sur l'autre offrait une sécurité qui a disparu.

« Oui, c'est bien de pouvoir être indépendant », dit maman.

Je décide d'aller directement en voiture chez papa après ma visite ici, j'ai mauvaise conscience d'être d'abord allée chez maman.

« As-tu parlé avec Liv ? » fait maman après un moment de silence. Je me demande si elle m'interrogera un jour sur autre chose. « Soixante-quatorze pour cent des mères ont un enfant préféré, m'a dit Simen un soir, il y a longtemps, quand nous pouvions encore discuter longuement du type de parents que nous serions. Et soixante-dix pour cent des pères, a-t-il poursuivi. — D'après une étude ?, ai-je demandé d'une voix contrefaite, puisque Simen et moi nous moquons toujours des journaux qui écrivent *d'après une étude* en se référant aux chiffres construits par des agences de communication selon « *la technique de la soupe de pierres* », comme dit Simen. — D'après une étude, a reconnu Simen. Mais ça, je veux bien l'admettre, a-t-il ajouté. — Les enfants autonomes reçoivent naturellement moins d'attention, ils se débrouillent seuls et n'éveillent pas le même instinct de protection chez leurs parents. — L'attention n'est pas l'amour, ai-je remarqué. — Non, mais il peut être difficile de les distinguer, a conclu Simen, pour les enfants comme pour les parents. »

« Non, ça fait longtemps que je ne lui ai plus parlé, dis-je à maman. Et toi ?

— Non, elle ne me contacte jamais, dit maman.

— Et toi, tu la contactes ?

— J'essaie, mais tu connais Liv, elle peut être si renfermée et distante ! »

J'ai toujours pensé que maman se décrivait en décrivant Liv, en particulier dans ce qui constitue les mauvais côtés de Liv aux yeux de maman. Avant, je me disais que c'était une sorte de projection, presque consciente, un genre d'aveu à travers Liv, mais ces dernières années j'ai compris que c'était juste un manque de connaissance de soi.

« Maintenant que j'ai tout le temps de garder Agnar et Hedda, je ne les vois presque plus, continue maman. C'est paradoxal.

— Non, franchement, maman. Ça n'a rien de paradoxal que papa et toi divorciez, et que Liv veuille en protéger ses enfants », dis-je.

C'est comme si papa et elle s'étaient attendus à demeurer grands-parents sur le même mode qu'avant ; comme si la fonction qu'ils avaient pour Agnar et Hedda, et pour les éventuels petits-enfants à venir, restait inchangée ; comme s'ils ne comprenaient pas que cela supposait aussi une vie et une maison communes – et surtout qu'ils soient effectivement à la maison – s'ils voulaient former chez leurs petits-enfants un sentiment identique à celui que leurs parents avaient formé chez leurs enfants.

« Ça ne les atteint pas ! Sverre et moi pouvons coopérer à ce sujet, Liv le sait aussi, mais il faut qu'il y ait de quoi coopérer », dit maman, et avant que j'aie le temps de répondre, le portable de maman sonne.

Maman et papa sont tous deux marqués par une ancienne vision du monde selon laquelle il est si singulier et si coûteux d'avoir un téléphone qu'ils doivent décrocher n'importe où et n'importe quand. C'est comme s'ils n'avaient pas compris le sens pourtant éclairant du mot téléphone portable, le fait qu'ils peuvent rappeler quand ça leur convient, et même si la personne concernée n'est pas chez elle.

Au lieu d'ignorer le téléphone dont la sonnerie, maintenant poussée à son plein volume, indique que quelqu'un essaie de la joindre, maman le saisit, visiblement malgré elle, et elle répond d'une voix professionnelle. Si elle n'avait pas mis, elle aussi, le volume de la voix au maximum, bien qu'elle n'entende pas mal, j'aurais cru que c'était quelqu'un de la maison d'édition qui appelait. J'entends à présent très clairement une voix d'homme, il prononce son nom d'une façon familière, légèrement interrogative, comme pour demander ce qui se passe, une voix qui n'est visiblement pas habituée à ce que maman réponde sur ce ton distant.

« J'ai la visite d'Ell… de ma fille en ce moment, je peux te rappeler un peu plus tard ? » demande maman, et je crois que c'est la première fois que je l'entends remettre à plus tard une conversation alors qu'elle se trouve simplement en compagnie d'une personne de la famille.

Elle raccroche sans attendre la réponse. Je suis tout à coup très heureuse que ni Liv ni Håkon ne soient ici. Elle se tourne vers moi, elle sourit, elle n'explique pas qui a téléphoné, contrairement à ce qu'elle fait toujours : « *C'était juste Liv. C'était juste Anne. C'était juste mon chef. C'était juste* mormor[1]. » Je me rappelle que papa appelait notre grand-mère *Juste*-mormor à cause des *juste* systématiques de maman quand elle disait qui venait d'appeler.

Maman se contente de résumer notre conversation comme si rien ne l'avait interrompue :

« J'aimerais bien que Liv comprenne qu'elle contribue activement à rendre la situation plus difficile que nécessaire, et qu'elle participe au changement dont elle a manifestement si peur. »

---

1. *Mormor* : appellation de la grand-mère maternelle, mère (*mor*) de la mère ; le grand-père maternel est appelé *morfar* (*far* : père) (*Toutes les notes sont de la Traductrice).*

Liv

Depuis les vacances d'été, j'attends impatiemment l'automne, mais on dirait qu'il n'arrivera jamais. Octobre est là, et le soleil réussit à l'emporter sur la couche nuageuse qui a stagné tout l'été au-dessus du pays. Ce n'est d'ailleurs pas tout à fait exact, je sais qu'il a fait beau dans le nord de la Norvège, mais ça ne compte pas. Dans l'Østlandet, il n'y a pas eu d'été avant la mi-septembre, et il me paraît totalement déplacé de m'installer sur le canapé en rentrant du travail : le soleil et la chaleur me forcent à sortir. Les après-midi, je bêche les plates-bandes du jardin sans grande conviction, surtout pour m'occuper, dans l'attente de la pluie et du froid. « L'unique préoccupation des gens, c'est l'agréable surprise que l'été arrive enfin », dis-je à Olaf. « Ingrid elle-même, qui figure sur la liste des Verts, parle surtout du plaisir de bronzer enfin un peu », dis-je un jour en rentrant à la maison. Olaf vient de tondre la pelouse galvanisée qui pousse à toute vitesse. Il rit, mais il m'accorde qu'on ressent « *Un léger malaise face à ce qui est anormal* », comme il dit.

Mon faible engagement pour l'environnement est désolant : je trie mes déchets par devoir, mais je ne crois absolument pas que le fait qu'une minorité de ménages norvégiens de la classe moyenne trie consciencieusement la nourriture et le plastique dans des sacs verts et bleus – ou l'inverse – soit d'une utilité quelconque, surtout depuis mon voyage en Asie pour un reportage au cours duquel j'ai parcouru les rues de Katmandou ou de New Delhi en pataugeant dans les ordures. Je ne le dis jamais ouvertement, et je participe bien sûr au tri sélectif – c'est acquis une fois pour toutes, les petits ruisseaux font les grandes rivières. Mais cet automne, la météo semble souligner un changement universel désagréable, tout va de travers, rien n'y fait. Tout l'été, j'ai eu le sentiment tacite que l'automne exercerait sa force régulatrice, que le chaos qui a régné tout le printemps et l'été céderait la place aux normes et aux cadres établis. Au lieu de quoi le soleil est arrivé, puis une température propice à la baignade, et enfin le sentiment accablant que tout est incohérent et insaisissable.

*

Pendant les vacances d'été, Olaf, les enfants et moi avons passé plus de trois semaines à Lillesand. Pour la première fois, ça paraissait trop long, l'été semblait sans fin. Tout l'été, il n'y a eu que nous quatre, ce que nous n'avions jamais expérimenté avant; vers la fin des vacances, je me suis rendu compte que nous n'avions jamais passé trois semaines consécutives seuls ensemble – et que ce qui nous unit au quotidien, Agnar, Hedda, Olaf et moi en tant que famille, dépend entièrement du regard des autres, des interactions avec eux, de leur apport pour fonctionner normalement – pour fonctionner tout court.

Il était question qu'Ellen et Simen descendent la troisième semaine, mais ils ont préféré aller en Croatie pour profiter d'un semblant d'été, comme Ellen l'a expliqué dans un message deux jours avant la date prévue de leur arrivée. Jusque-là, la perspective de leur venue avait été ma bouée de sauvetage, ce qui avait empêché que je laisse ce désespoir d'un nouveau type, provoqué par la vie en vase clos avec ma petite famille, trouver d'autres dérivatifs que de longs entraînements fractionnés de course à pied autour de l'île.

Agnar n'avait qu'une envie: rester allongé toutes les vacances et jouer à des jeux vidéo sur l'ancienne Game Boy de Håkon. Il était renfrogné, grognon et boutonneux, il refusait d'utiliser la crème que je lui avais procurée contre ses violentes poussées d'acné sur le visage et sur le dos. Ça m'exaspérait. « Il faut que tu utilises cette crème matin et soir! » ai-je hurlé à la fin de la deuxième semaine, après avoir reçu le message d'Ellen. C'était une matinée particulièrement pluvieuse : nous tournions en rond à l'intérieur du chalet sans rien avoir à faire, je ne sais pas d'où sortait cette exaspération, mais ses boutons me sont brusquement devenus insupportables. « Tu es complètement folle !, a répondu Agnar en criant. — C'est toi qui es fou de choisir d'avoir cette tête », ai-je dit en ravalant la prise de conscience naissante de ce que je disais à mon fils de quatorze ans si peu sûr de lui. Olaf a claqué la porte d'entrée en signe de protestation, il est sorti avec Hedda pour aller observer les crabes sur le bord sableux du rivage, et je suis allée courir autour de l'île, rongée par la mauvaise conscience, me promettant de me ressaisir – *Ne gâche pas les vacances des enfants, ce n'est pas de leur faute s'il pleut ou si personne ne vient.* Mais j'ai été tout aussi furieuse lorsque quelques jours après, à la place de ses bottes, Hedda a voulu mettre ses chaussures neuves pour sortir, et qu'Olaf l'a laissée faire, pour qu'elle éprouve par elle-même l'inconfort d'avoir les pieds mouillés. « Ces chaussures ont coûté quatre cents couronnes ! » ai-je crié à Olaf, j'ai frappé dans le mur, devant Hedda et Agnar, enfreignant la règle de ne pas se disputer devant les enfants pour la cinquantième fois probablement en quinze jours. J'ai couru après Hedda qui partait sous la pluie, je l'ai soulevée pour la faire rentrer tandis qu'elle hurlait et se débattait, je lui ai enlevé ses chaussures, et elle est ressortie en chaussettes. « Et là, ça t'ira, comme inconfort ? » ai-je hurlé à Olaf.

Quelques jours avant la fin du séjour, quand tout le monde a compris qu'il ne restait plus que trois ou quatre jours avant le retour à la maison, l'atmosphère s'est détendue. Agnar a soudain voulu sortir pour aller pêcher, comme il le faisait habituellement avec papa, Olaf est venu au lit en apportant le café, et Hedda a cessé de se cramponner et de pleurnicher sans arrêt. « Heureusement que ce dont on se souvient des vacances ou d'un événement, c'est la moyenne entre les meilleurs moments et les derniers en date », ai-je fait remarquer à Olaf dans la voiture sur le chemin du retour – je l'avais lu quelque part, je ne savais plus où –, et Olaf a alors répondu qu'il n'était pas certain qu'on puisse appliquer la théorie des souvenirs de Kahneman à des vacances en famille à Lillesand.

*

Un jour en rentrant du bureau, je rencontre Håkon par hasard. J'avais fait un tour chez Elkjøp, place Carl Berner, afin d'acheter une nouvelle courroie d'entraînement pour notre machine à laver qui était tombée en morceaux parce que la veille, dans l'après-midi, Olaf y avait entassé des draps et une trop grande quantité de serviettes. Il m'avait ensuite accusée, car j'avais laissé le linge toute une semaine dans la machine et il était à présent couvert de moisissure – c'est pour ça qu'il avait dû le relaver. Je n'étais pas sûre d'être d'accord avec lui ni d'admettre que c'était de ma faute, vu qu'il l'avait bourrée lui-même de linge humide et lourd, en y ajoutant tous ses vêtements de sport, mais j'ai dit que j'allais m'en charger. Il a eu l'air presque déçu que je ne me mette pas à polémiquer, dans la lignée de nos discussions et nos disputes sur tout et n'importe quoi ces dernières semaines, voire ces derniers mois. « Il faut que j'aie mes affaires de sport pour le match de mercredi, a-t-il déclaré. Appelle le réparateur maintenant. — Il est onze heures et demie, Olaf, j'appellerai demain. — Alors il ne viendra pas avant mercredi, et ce sera trop tard, tu t'en rends bien compte. — C'est de ta faute si tu attends de ne plus avoir un seul vêtement propre pour les laver ! — Excuse-moi, je lave tous nos vêtements chaque semaine, et pour une fois que tu les laves, tu réussis à les oublier dans la machine et à les bousiller. — Mais putain où tu veux en venir ?, ai-je fini par lui crier. — Je veux que tu te reprennes en main. »

Il est impossible de combiner épuisement et fureur, et je suis prise au piège de ce nouveau schéma entre Olaf et moi presque chaque soir. Même si j'essaie de l'éviter, on y revient toujours, comme hier. J'avais alors essayé de planter là notre discussion et la situation. « Ne pars pas alors qu'on est en pleine discussion, a dit Olaf, tu sais que j'ai horreur de ça, tu n'as pas besoin de faire un tel cinéma pour une machine à laver. » Ces absurdités, cette autosatisfaction qui ne lui ressemblaient pas m'ont fait sourire. « Je vais réparer la machine à laver », ai-je dit à voix basse ; je savais qu'il serait encore plus énervé si je restais calme alors qu'il était en colère, j'ai refermé doucement la porte derrière moi.

Heureusement, il ne m'a pas suivie, comme il l'aurait fait avant, et j'ai tiré de toutes mes forces la machine pour la mettre au beau milieu de la salle de bains. Je suis restée perplexe un petit moment avant de comprendre qu'il y avait une trappe sur l'arrière, je suis allée chercher un tournevis et j'ai dévissé toutes les vis avec précaution, je les ai mises dans un sac à part, comme j'avais appris à le faire quand papa nous avait montré, à Ellen et à moi, comment changer un pneu sur la voiture, et j'ai ouvert la trappe. Je m'attendais à un chaos de pièces incompréhensibles, mais j'ai été étonnée de la logique toute simple : un arbre de transmission, une courroie d'entraînement, un petit moteur et le tambour. La courroie était cassée en deux, je l'ai repêchée dans le fond, je l'ai fourrée dans la poche de ma robe de chambre et je suis allée me coucher dans la chambre d'amis, laissant la machine gueule ouverte jusqu'au moment où Olaf entrerait dans la salle de bains, le lendemain matin.

Håkon sort du magasin de légumes alors que je traverse au passage pour piétons du rond-point. Je m'aperçois que je n'ai jamais rencontré par hasard

Ellen ou lui dans la rue. Il regarde son téléphone portable puis jette un coup d'œil en direction de Finnmarksgata, il guette peut-être le bus, et il ne me voit qu'au moment où je lui touche le bras en disant son nom. Je lève le bras, sur le point de l'embrasser, mais le mouvement se fige entre nous, Håkon ne vient pas à ma rencontre. Mais il sourit.

« Salut, dit-il. Qu'est-ce que tu fais là ?

— Je suis allée acheter une courroie pour la machine à laver. Il n'y a qu'ici qu'ils ont le bon modèle », dis-je, et je secoue mon petit sac Elkjøp.

Son front est moite, ses cheveux ont poussé et il n'a plus de barbe, il a l'air plus jeune que la dernière fois que je l'ai vu. Je ne me rappelle pas quand c'était, peut-être début août.

Il hoche la tête sans poser de questions sur la courroie.

« Et toi ?

— Il me fallait juste quelques légumes, je vais chez un copain pour préparer le repas.

— Un copain ? » fais-je en souriant. Je connais la plupart des copains de Håkon, du moins de nom, et il appelle d'habitude les gens par leur prénom, quelle que soit la personne avec qui il parle.

« Oui, reconnaît-il simplement. Et toi ?

— Comme je te l'ai dit, je suis allée acheter une courroie pour la machine à laver, Olaf l'a cassée hier », dis-je, je ressens une petite pointe de mauvaise conscience, éclipsée par le sentiment que cette conversation entre Håkon et moi est pesante, toute en staccato.

Je lui dis sur un ton interrogateur :

« Il y a vraiment longtemps que je ne t'ai pas vu.

— Toi aussi, il y a longtemps que je ne t'ai pas vue, répond-il en riant un peu. Non, mais ça a été très chargé ces derniers temps. »

Il tourne la tête, je suis son regard et vois le bus rouge s'arrêter au croisement de la rue Helgesen.

« Mais ça va ? »

Mon courage et mon impatience augmentent en voyant le bus approcher.

« Si ça va ?

— Oui, tu vas bien, tout va bien ? As-tu parlé avec Ellen, d'ailleurs ?

— Comme je te l'ai dit, je suis bien occupé, mais ça va, dit-il, et il tripote son oreille gauche. Comment va Agnar ?

— Agnar est presque tout le temps en colère, c'est assez fatigant.

— Ah oui, fait Håkon. Je l'emmènerai bientôt au cinéma peut-être, ou quelque chose de ce genre. »

Le bus entre dans le rond-point, et Håkon se détourne à moitié de moi.

« Ça m'a fait plaisir de te voir, dis-je, j'ai presque les larmes aux yeux. Mais tu ne veux pas passer un de ces jours ? Ou alors on pourrait aller prendre une bière, et dire à Ellen de venir aussi ?

— Oui, bien sûr, entendu, on s'appelle, dit-il, et il montre le bus. Mais maintenant, il faut que je me dépêche. »

Je fais un tour au magasin de légumes moi aussi, je mets du yaourt turc, des légumes et des épices dans mon panier, j'ai envie de préparer un *tikka masala* pour Agnar mais je change d'avis alors que je fais la queue à la caisse, il fait trop chaud pour les plats indiens ; je remets tout en place, je passe au moins une demi-heure à ne rien acheter. Olaf n'aura qu'à préparer le repas. Je rentre à la maison et j'installe la nouvelle courroie dans la machine à laver : depuis trois mois et sept jours, je n'ai pas éprouvé une satisfaction aussi grande qu'au moment où j'ai tourné le bouton et où elle a effectivement démarré.

*

Remontée par ma victoire sur la machine à laver, je téléphone à Ellen. Je tombe directement sur son répondeur, le courage me quitte quand j'entends sa voix, je ne laisse pas de message, je ne sais pas quoi dire ni pourquoi j'appelle. L'idée qu'il me faut une raison pour l'appeler est nouvelle. Avant, c'était un acte automatique, je le faisais au moins trois fois par semaine sans réfléchir, pendant que je préparais à manger, en rentrant du bureau ou en route pour le jardin d'enfants. Maintenant je ne me souviens même pas de quoi nous parlions : il me paraît étrange de l'appeler pour lui raconter l'histoire de la machine à laver ou la dispute avec Olaf. J'ai l'impression qu'elle veut prouver quelque chose vis-à-vis de moi, je ne sais pas quoi, et je suis profondément désespérée à cette pensée.

Tout est silencieux dans la maison, j'ai un instant de panique en me disant que j'ai oublié de récupérer Hedda au jardin d'enfants, mais je me souviens qu'elle devait aller chez une amie en sortant. Je programme l'alarme de mon téléphone pour penser à aller la chercher après le programme pour enfants de la télévision, je ne fais aucune confiance à ma mémoire ni à moi-même, je sens que j'oublie tout ce que j'ai à faire et tout ce que je fais. Agnar aurait dû être rentré de l'école depuis une heure, il n'a pas envoyé de message disant qu'il fait autre chose, en tout cas pas à moi, et je suis résignée, je n'ai pas la force de le traquer davantage. En partie à contrecœur, je lui ai fait des menaces quant aux conséquences, tout en sachant que je ne serai pas capable de les tenir, et Agnar les a si facilement identifiées comme telles qu'il n'a même pas protesté. Il y a deux jours, il a ajouté qu'il avait un accord avec Olaf l'autorisant à faire ce qu'il voulait tant qu'il s'organisait pour avoir le temps de faire ses devoirs et de remplir ses obligations. Je n'ai pas eu pas le courage de me lancer dans une discussion avec Olaf : je savais qu'elle aurait pris de l'ampleur et se serait perdue dans des détours et des accusations.

Je me mets en tenue de sport, je reste assise sur le lit une demi-heure en fixant le sol. Je ne trouve pas la motivation nécessaire pour me lever avant de recevoir un message d'Olaf disant qu'il va rentrer à la maison et qu'il fait des courses.

Olaf et moi avons acheté la maison à Sagene quand Agnar est né. Le choix devait se faire entre celle-ci et une maison à Ekeberg, moins chère et plus grande, mais la proximité de papa et de maman à Tåsen pesait plus lourd dans la balance, selon Olaf. « Imagine comme ce sera pratique de faire les trajets à pied, surtout quand ils seront assez grands pour y aller tout seuls. » J'étais d'accord. J'avais moi-même grandi avec une deuxième maison, celle de mes grands-parents, je me souviens de l'impression de liberté que j'éprouvais en y allant toute seule après l'école, enfant unique pour la journée, sans Ellen ni un Håkon hurlant pour me voler leur attention. Il me semblait que *mormor* et *morfar* étaient toujours à la maison, que ça leur convenait toujours que je vienne – je ne peux me souvenir que d'une seule occasion où ma grand-mère a répondu non alors que j'avais appelé le matin et demandé si je pouvais venir après l'école et dormir chez eux. C'est ma cousine qui m'avait devancée. Bien que *mormor* se soit teint les cheveux en châtain foncé jusqu'à trois jours avant sa mort, ce qui la différenciait des grands-mères aux cheveux gris des contes, ils étaient grands-parents comme dans les livres. Toujours à la maison, toujours attentifs, le dessus de cheminée décoré de lutins disposés au petit bonheur à côté de trolls, d'autres figurines et de dessins offerts par cinq petits-enfants plus ou moins talentueux. Je n'ai pas pensé à eux en tant qu'individus indépendants avant d'être adulte et d'avoir moi-même des enfants ; ils remplissaient seulement un rôle dans ma vie, il m'était même difficile de réaliser qu'ils avaient un rôle identique pour Ellen, jusqu'au jour où elle a prononcé un discours à l'enterrement de notre grand-père et décrit mon enfance, mon refuge et mon chagrin d'enfant comme si c'étaient les siens.

Je me demande ce qu'Agnar et Hedda penseront de leurs grands-parents quand ils seront adultes, ce qu'ils représenteront pour eux.

*

Je cours en direction de la maison de maman et de papa. Ce n'est pas que mes jambes me portent là-bas d'elles-mêmes, que je me retrouve dans un lieu chargé de signification sans m'en être rendu compte, comme j'ai pu le lire, agacée, dans tellement de romans.

Je suis assez résolue, je sais que maman est en Sicile avec une amie. Elle a envoyé une photo de l'horizon au-dessus de la mer, ça aurait pu être n'importe où, avec un poème de Tranströmer que je n'ai même pas eu le courage d'interpréter. Maman envoie souvent des poèmes, la plupart du temps avec un message limpide à lire entre les lignes. Je ne suis clairement pas aussi réceptive à l'art que Håkon et Ellen, qui se réfèrent aux sous-titres des poèmes qu'elle envoie comme s'ils étaient évidents.

Je n'y suis pas passée depuis que nous sommes rentrés d'Italie en avril. Je suis presque déçue de ressentir aussi peu d'émotion en ouvrant le portail et en remontant vers la maison : j'aurais pu tout aussi bien être venue hier. J'ai la clé de la maison sur mon propre porte-clés, j'ouvre la porte d'entrée, l'alarme émet son signal d'alerte – maman a apparemment fait installer un nouveau système, actualisé. J'essaie de taper l'ancien code, la date d'anniversaire de *mormor*, le 0405. Code erroné. Le signal d'alerte prend fin et l'alarme hurle à tout va, d'un son perçant qui réveille la sensation de malaise, intense et familière, que j'éprouvais dans mon enfance, à l'époque où ma plus grande frayeur était de déclencher l'alarme. Le son s'amplifie de façon à stresser les éventuels cambrioleurs jusqu'à les paralyser, comme les élans sont paralysés par la lumière des phares. Je suppose qu'une société de surveillance téléphone à maman, j'essaie de les devancer, je compose son numéro de téléphone, enfreignant ainsi une règle que je me suis donnée et que j'ai réussi à observer pendant sept semaines. Elle ne prend pas l'appel, j'essaie alors de téléphoner au numéro indiqué sur l'autocollant qui se trouve à côté de la centrale, à proximité de la porte d'entrée, mais au moment où je tape le numéro, l'alarme s'arrête. La notification d'un SMS groupé de maman à Håkon, Ellen et moi se fait aussitôt entendre : Est-ce que l'un de vous est dans la maison ? Répondez vite. Je réponds Oui, d'abord à maman seulement, puis dans un message groupé, je me démasque de toutes les façons possibles, et maman répond seulement : Ok. Le nouveau code est la date de naissance de Håkon. Ni Håkon ni Ellen ne répondent.

Toutes les maisons ont leur odeur. La lumière du soleil et la chaleur renforcent l'odeur caractéristique de cette maison, de maman et de papa, des livres, de la poussière, du café, de la lessive et du bois. Sans le moindre doute, les pièces ont toujours celle de papa, mais c'est peut-être la maison qui en a imprégné papa, et non l'inverse : à ce que je sais, il n'est pas venu ici depuis plusieurs mois. Il n'a rien emporté de significatif, ce dont maman m'a aussi assurée au téléphone juste après qu'il est parti vivre ailleurs. Son fauteuil se trouve de l'autre côté de la petite table, en face de celui de maman, mais il n'y a plus la lampe de lecture qui était placée à côté, celle qu'il avait reçue pour ses soixante ans de la part d'Olaf et de moi. Je dessine de l'index un trait le long des livres sur l'étagère, comme je le fais depuis toute petite : aucun titre ne manque. Je traverse l'entrée à nouveau, je vois qu'il y a maintenant un espace vide à l'endroit des pantoufles de papa, à côté de celles de maman ; je vais dans la cuisine, je prends un verre d'eau, j'ai du mal à avaler. La maison est tellement semblable à ce qu'elle était, et pourtant si étrangère, comme si on avait juste déplacé tous les meubles, les murs, les tapis d'un petit centimètre dans un sens ou dans l'autre.

Je monte l'escalier, il grince familièrement sous mon poids à la quatrième marche. La porte de la chambre de maman et papa est fermée, je ne l'ouvre pas, je ne sais pas ce que je ne veux pas voir, j'entre dans la salle de bains. Papa a emporté toutes les affaires de toilette de son étagère. Sur la mienne se trouve toujours la brosse à cheveux que j'avais quand j'étais petite, et d'anciens bijoux que j'avais fabriqués avec du fil de chanvre et des boules de bois peintes : maman n'a pas eu le cœur de les jeter – ou bien elle aime que nos objets remplissent toujours la maison, car d'anciennes affaires d'Ellen et de Håkon sont aussi restées là. J'entre dans ma chambre, où dort habituellement Agnar quand il vient ici. Venait. La vieille affiche de Madonna pour sa tournée *Who's that girl* est suspendue au-dessus du bureau, mais quelqu'un a décroché l'affiche d'Eurythmics qui était à côté de la glace – maintenant, Annie Lennox se trouve sur le bureau d'où elle me fixe. Je m'assieds sur le lit, j'appuie la tête sur le mur derrière moi, j'écoute le silence de l'autre côté, dans la chambre d'Ellen. Je me souviens que nous approchions le plus possible nos stéréos de la cloison mince et sans isolation, d'abord pour faire plus de bruit l'une que l'autre, puis pour nous harmoniser, à l'époque où Ellen s'est mise à écouter la même musique que moi pour m'imiter. « Trois, deux, un, go ! » criais-je à travers le mur. Ellen était toujours un peu lente pour appuyer sur PLAY, alors j'attendais une seconde supplémentaire pour enclencher le bouton de mon propre appareil – et Madonna, Ellen et moi chantions *Express Yourself* de façon synchronisée dans les deux chambres, *don't go for the second best, baby, put your love to the test, you know, you know you've got to, make him express how he feels, and maybe then you'll know your love is real.*

*

Papa habite dans un appartement à Torshov. À ma connaissance, seul Olaf y est allé, il a aidé papa à porter une table en juin : papa avait tellement couru sur l'asphalte que le médecin menaçait de l'hospitaliser de force pour d'autres motifs que son genou endommagé s'il n'arrêtait pas. C'est juste ce qu'Olaf a raconté. Mes discussions avec papa, pour le peu que j'aie parlé avec lui, concernaient Agnar et Hedda ; je me suis reprise en main pour eux, mais je n'ai pas voulu que papa les invite dans son nouvel appartement. « Non, ce n'est pas possible », ai-je dit la première et unique fois où il l'a proposé : je ressentais un dégoût physique envers cet appartement, « Ils seront tristes et c'est tout », ai-je ajouté. Il les a emmenés manger des pizzas deux ou trois fois, et un samedi ils sont partis se baigner sur l'île Langøyene.

J'ai repoussé au maximum le moment de raconter à Agnar et à Hedda ce qui s'était passé pour maman et papa. Mais un matin de la fin mai, lorsque papa m'a envoyé un message sur Facebook avec l'annonce d'un appartement qu'il avait vu à Finn, j'ai expliqué à Hedda sur le chemin du jardin d'enfants que *mormor* et *morfar* vivraient désormais séparés, chacun dans sa propre maison. Elle s'est arrêtée, m'a regardée, et a demandé où *morfar* allait vivre. Je ne sais pas pourquoi elle avait automatiquement présumé que ce serait lui qui habiterait ailleurs – peut-être qu'elle partageait avec nous tous le sentiment que maman appartenait à la maison d'une autre façon que papa, que c'était un tout : il était impossible d'imaginer la maison de Tåsen sans maman. Olaf était contrarié que je l'aie expliqué à Hedda sans l'en informer, « Ce n'est pas uniquement ta situation personnelle », a-t-il dit, mais il s'est vite calmé, comme il le faisait encore à cette époque, et il a dit qu'il aimerait en tout cas être présent quand nous le dirions à Agnar. C'était beaucoup plus difficile et c'est devenu plus réel le soir où nous avons demandé à Agnar de s'asseoir avec Olaf et moi à la table de la cuisine. J'avais surtout honte, une honte familière envers mes parents, semblable à celle que j'éprouvais quand maman parlait plus fort que les autres mères aux séances de gym pour enfants, ou quand papa venait me chercher chez mes amies en caleçon de cycliste beaucoup trop serré. J'ai eu du mal à expliquer à Agnar que ses grands-parents allaient divorcer, ça n'avait rien de naturel. Il me semblait que la conversation se déroulerait exactement de la même façon si c'étaient Olaf et moi qui divorcions, nous l'assurerions que nous l'aimions tous les deux, comme je l'assurais que *mormor* et *morfar* l'aimaient toujours, que d'autres choses étaient en jeu. « Quel genre de choses ? » a demandé Agnar ; il semblait avoir peur de la réponse, peur que je doive lui annoncer que l'un d'eux s'était trouvé quelqu'un d'autre. « Je ne crois pas que l'un d'eux ait rencontré quelqu'un d'autre, c'est plutôt qu'*Ils se sont éloignés l'un de l'autre* », ai-je dit en utilisant la formule de maman, celle dont Ellen, avec mépris, s'était ouvertement moquée en Italie ; Olaf et moi avions aussi essayé d'en plaisanter par la suite, avec des fortunes diverses. Avec Agnar assis devant nous, ce n'était pas drôle du tout, et d'ailleurs Agnar ne riait pas – il s'est mis à pleurer. Je ne m'y attendais pas. Dans la classe d'Agnar, presque la moitié des parents sont divorcés, et je me disais que pour cette raison, il n'aurait pas trop de mal à faire face : ce n'était pas un domaine complètement inconnu. Mais Agnar était triste à briser le cœur, il cachait son visage dans ses mains et sanglotait, et j'avais tellement mauvaise conscience que j'ai dû moi-même retenir mes larmes. Une fois Agnar calmé et en mesure de parler, Olaf lui a demandé avec précaution ce qui était le pire pour lui mais il n'a pas pu répondre : c'était tout à la fois. Et le fait que rien, jamais, ne serait plus comme avant.

*

La réaction d'Agnar rejoint la mienne. Ce qu'il y a de pire, c'est le changement. J'ai toujours détesté les changements, l'imprévisible. Je dépends trop de « *La volonté de contrôle* », comme dit Olaf. J'ai besoin de pouvoir anticiper, de planifier en conséquence, et je suis déstabilisée par les moindres écarts.

Les traditions et les habitudes rassurantes sont maintenant brisées. Par exemple, du plus loin que je me souvienne, nous avons toujours pris le repas dominical ensemble, chez maman et papa, presque chaque dimanche, à dix-neuf heures. Et même lorsque je n'ai pas pu y aller, il était réconfortant, sans que ce soit conscient, de savoir que les autres étaient installés comme d'habitude autour de la table. NOUS CONTINUERONS BIEN SÛR À DÎNER ENSEMBLE, a déclaré maman dans un message quelques jours après notre retour d'Italie, MAIS NOUS DEVONS FAIRE UNE PETITE PAUSE ACTUELLEMENT, ET VOIR SI NOUS TROUVONS UNE AUTRE FORMULE.

« Tu le prends trop personnellement, a dit un jour Olaf pendant l'été, avant que ça ne commence vraiment à se fracturer entre nous. Tu t'en fais trop, tu as ta propre vie, nous avons notre vie. Tu es ma Liv[1], n'est-ce pas ? » a-t-il dit, comme à chaque fois qu'il veut me dérider. Mais l'impression d'une catastrophe m'a frappée de plein fouet, et cette impression est indiscutablement personnelle. Ça s'effiloche, comme le pull que maman m'a tricoté il y a des années, en partant d'un trou en bas du dos, qui n'a fait que s'agrandir à mesure que j'essayais de faire des nœuds et d'arrêter la laine. Et bien que j'essaie de penser rationnellement, comme Olaf m'a priée de le faire, je ne parviens pas à trouver de point d'appui. Maman et papa ont,

1. Le nom commun *liv* signifie vie en norvégien.

indépendamment de tout et de tous, représenté ce qu'il y a de plus sûr dans ma vie, un filet de sécurité pour me rattraper si je tombe.

« Tu dépends autant d'eux parce que tu n'as jamais essayé d'être seule », a dit Ellen une fois où je m'étais disputée avec Olaf, au début de notre histoire. Nous étions sur le canapé de son ancien appartement; j'étais d'abord allée tout droit chez maman et papa, qui n'étaient pas à la maison, avant de me présenter devant la porte d'Ellen – je tremblais de frayeur à l'idée qu'Olaf se décide à accepter un poste en Allemagne. Ellen a eu l'air presque déçue quand elle a compris que je n'étais pas d'abord venue chez elle; elle a surtout entrepris de m'expliquer que je ne devais pas me précipiter à la maison à chaque petit problème. « Ce n'est pas un petit problème, ai-je remarqué. — Même, a répondu Ellen, il faut que tu arrêtes d'être aussi dépendante. Tu as vécu seule à peu près trois minutes avant de rencontrer Olaf, tu as pratiquement remplacé maman et papa par lui. Tu n'as aucune confiance en toi », a-t-elle ajouté avec une suffisance insupportable, et j'ai mis tout ce qu'elle avait dit sur le compte d'une défense de sa propre cause et de son mode de vie.

Ces derniers temps, je me suis demandé si elle n'était pas dans le vrai. Si ce divorce m'affecte autant à cause du manque d'indépendance et de confiance en moi auquel Ellen fait toujours référence. Je suis ancrée tout entière dans ceux qui m'entourent. Mais je n'ai jamais souhaité être seule, ni indépendante : j'ai considéré comme une valeur le fait de prendre les autres en considération, de m'adapter à eux, de faire partie d'un tout plus grand, d'un cercle de personnes liées entre elles. L'existence d'Ellen en tant que célibataire ne m'a jamais tentée, elle me semblait inconsistante et floue, j'étais contente d'y échapper. Quand Ellen, entre vingt et trente ans, me disait que je passais à côté de quelque chose, je pensais qu'elle voulait parler des fêtes, des flirts, de la liberté. Je ne m'étais pas rendu compte que ce que je pouvais avoir manqué était plus fondamental et se trouvait – ou aurait dû se trouver – en moi.

« Toutes les études montrent que dans une fratrie, l'enfant du milieu est le plus autonome, alors que l'aîné est le plus intelligent », a déclaré Håkon il y a de nombreuses années. Il s'était mis à éplucher tout à coup les publications scientifiques analysant l'importance du rang dans la fratrie. Je crois que c'était lors d'un repas du dimanche, je me souviens en tout cas qu'Ellen approuvait de la tête, satisfaite, de l'autre côté de la table. Håkon a continué : « Et toutes les différences caractéristiques qu'on trouve entre l'aîné, celui du milieu et le benjamin proviennent de ce que les parents traitent leurs enfants différemment. — Il est clair qu'on traite ses enfants différemment, a remarqué maman, ils sont différents par nature. — C'est la poule et l'œuf », a répondu Håkon. Même si j'ai découvert plus tard que les études étaient plus nuancées dans ce domaine que ce qu'avait laissé entendre les affirmations sans appel de Håkon lors du repas, je suis convaincue que mon statut d'aînée a son importance s'agissant de l'indépendance qui me manque selon Ellen, et dont elle affirme être dotée. « Non, ça aurait dû être le contraire, a dit Olaf, qui est lui-même l'aîné, quand je lui ai soumis la théorie. Les individus les plus brillants du monde sont tous des aînés, a-t-il dit, ce sont des leaders nés, les études sont très claires là-dessus. — Mais un bon leader dépend des autres pour réussir, ai-je répondu. — C'est de la logique de femme », a réparti Olaf, et il a tenu ses mains en l'air comme si Ellen pouvait l'entendre.

En tout cas, j'ai toujours pris plus de responsabilités qu'Ellen et Håkon : c'est facile pour eux d'être indépendants, de faire comme ils veulent, alors que je suis passée avant eux. Maman et papa ont toujours eu beaucoup plus d'attentes envers moi qu'envers eux. Par exemple, ils m'ont bien fait comprendre que je devais commencer mes études juste après le lycée, tandis que deux ans plus tard seulement, Ellen est partie aux États-Unis pour « réfléchir », sans grandes objections de leur part – et Håkon s'est lancé au moins dans trois filières différentes qu'il a abandonnées au bout de deux semestres, et il a déambulé sans rien faire pendant une éternité alors qu'il vivait encore à la maison.

« Quoi qu'il en soit, il est indiscutable qu'on met plus de pression sur l'aîné, ai-je dit à Olaf. — Ça dépend sans doute de ce que chacun en fait », a-t-il répondu, et j'ai mis fin à la conversation, toujours aussi ferme dans ma conviction que ça devait jouer un rôle – que mon manque d'indépendance pouvait s'expliquer par une personnalité que maman et papa m'avaient forgée.

Maintenant, peu importe qui est fautif. De toute façon, c'est horrible, le sentiment de sécurité a disparu, et je perds le contrôle dans tous les domaines, je ne réussis pas à m'en remettre.

*

Après avoir refermé derrière moi la maison de maman et papa, j'envisage de courir jusque chez Ellen : elle a acheté un appartement à St. Hanshaugen. Mais pour la même raison que je ne peux pas lui téléphoner, je ne peux pas non plus faire un simple saut chez elle. Ellen est la championne de la confrontation parmi nous, à égalité avec maman ; elle ne parvient pas à laisser couver un problème, elle veut l'examiner, le faire progresser, « *Nous devons pouvoir en parler* », remarque-t-elle. Il est inquiétant qu'elle n'ait pas ouvert le dialogue avec moi au sujet de la nouvelle situation, qu'elle ne m'ait pas téléphoné pour discuter de maman et papa, qu'elle n'ait pas frappé à ma porte pour pleurer, questionner, tempêter, se moquer. C'est son rôle, je n'ose pas m'en charger. Et d'une certaine manière, son absence a été agréable, je n'ai pas eu à me mesurer à la réalité des faits. Mais maintenant trop de temps est passé, et je commence à m'inquiéter pour notre relation, pour l'amitié et la proximité que je tenais pour acquises. Même quand je la détestais le plus, au cours de l'adolescence, je restais soumise à ce qui nous liait – nous étions sœurs, et nous tiendrions toujours compte l'une de l'autre, rien d'autre ne me serait venu à l'esprit.

Finalement, je cours vers la maison. Je m'enferme, j'ai toutes les clés sur le même porte-clés, y compris celles de la maison de Tåsen : je peux les distinguer à l'aveugle, je sais quelles dents entrent dans quelles serrures. Quand j'étais à l'école primaire, j'avais la clé de la maison enfilée sur un cordon autour de mon cou, une responsabilité qui n'a jamais été confiée à Ellen, et dont moi-même je n'oserais jamais charger Agnar – par égard pour lui, pour moi et pour les autres parents. Dans l'entrée, j'enlève la clé de Tåsen du porte-clés, je la range dans un tiroir de la commode.

« Salut », dit Olaf derrière moi, et je me retourne.

Il est appuyé contre le chambranle de la porte de la cuisine, les jambes croisées, on dirait qu'il est là depuis un moment.

« Salut, dis-je.

— Tu es allée courir ?, demande-t-il.

— Oui, et je suis passée à Tåsen », dis-je d'un ton dégagé : j'espère qu'il va réagir quand même.

J'ai besoin de mettre des mots sur l'impression qu'a provoquée ma visite dans ce qui, à présent, me paraît davantage comme un musée de ma propre enfance, une exposition sur tout ce qui a été perdu. Ou peut-être plutôt sur ce qui, dès le départ, n'a jamais existé, une simple toile de fond pour une pièce de théâtre sur une famille, sur ma famille.

« Je croyais que ta mère était en vacances ?, dit Olaf, et il mange un morceau de la tranche de pain qu'il a dans une main.

— Oui, c'est ça. J'ai eu envie d'aller faire un tour là-bas », dis-je.

Olaf hoche la tête, il n'a pas l'air de vouloir changer de place, mais il ne dit rien. Je ne sais pas non plus comment continuer. Ellen a toujours dit qu'elle était bien contente de disposer du langage, et je sais ce qu'elle veut dire : moi aussi, je me suis toujours estimée heureuse d'avoir grandi dans une famille qui parle, et d'avoir réussi à créer les mêmes conditions dans ma famille – en dépit des limites d'Olaf quand il s'agit de mettre des mots sur les émotions. Par exemple, je suis heureuse qu'Agnar et Hedda aient appris à dire pourquoi ils sont tristes, et ne se contentent pas de hurler ou de claquer les portes. Olaf et moi aussi, nous nous sommes toujours disputés en employant des termes concrets, sans recourir à un silence démonstratif ni à diverses tactiques. Maintenant, je n'ai pas de langage pour exprimer par des mots ce qui ébranle tout fondement sous mes pieds et sous ceux de mon entourage.

« Alors, c'était comment ? Est-ce que Sverre a vidé la maison de ses meubles ?, finit par demander Olaf en souriant.

— Non, il ne manquait pas grand-chose. Il a emporté la lampe qu'on lui avait offerte, oui. Sinon rien d'important. Mais c'est presque pire », dis-je, et je sens que c'est exact : il aurait mieux valu que maman et papa soulignent le changement de façon plus marquée, que leurs réactions rendent mes propres sentiments plus légitimes.

« Qu'est-ce que tu veux dire ?, demande Olaf. Pourquoi est-ce pire ?

— Parce que je voudrais qu'ils reconnaissent le changement !, dis-je à voix forte, faisant sursauter Olaf. Ce sont les seuls à se comporter comme si rien n'était arrivé, comme s'ils allaient continuer à vivre exactement comme avant, mais chacun pour soi. »

Maman et papa ont l'air sincèrement surpris que leur choix ait propagé de grandes et de petites vagues de conséquences bien au-delà de leur pré carré. Quelques jours seulement après notre retour d'Italie, alors que j'étais en pleine conversation avec maman, elle a plissé le front quand elle a vu que je pleurais. « Ça te rend vraiment triste à ce point ? » a-t-elle demandé, et quand j'ai acquiescé de la tête, elle a dit que je devais comprendre que ça ne concernait ni moi, ni aucun des enfants, comme elle disait, et elle a continué paradoxalement : « Nous sommes tous des adultes. En fait, c'est une affaire entre Sverre et moi », a-t-elle ajouté, dégonflant toutes mes interrogations désespérées et mon besoin d'une sorte d'excuse.

« Mais il se peut bien qu'ils aient raison, tout cela n'est pas forcément aussi désastreux que ce que tu imagines », dit Olaf, et je reste muette devant son manque de compréhension, de soutien ; qui est-il en réalité, celui qui se tient là, dans l'embrasure de la porte, dans notre maison et notre vie communes, celui qui mange une tranche de pain avec du fromage et qui a été mon compagnon pendant presque vingt ans – et qui, à un instant aussi décisif, révèle qu'il ne me connaît pas du tout ?

« Pas aussi désastreux ? Renoncer à un mariage qui a duré quarante ans, à toute une famille ?

— Mais ils ne renoncent pas à la famille, dit Olaf. Là, tu exagères.

— Ils renoncent à tout ce que nous étions, dis-je, et ma voix se brise, à cause du manque de chaleur, de compréhension d'Olaf, et d'une intuition qui vient de me frapper de plein fouet : D'un haussement d'épaules, ils ont détruit tout ce qui m'a permis de construire ma vie. »

Olaf reste silencieux, il prend sa respiration comme s'il allait parler, mais relâche l'air dans un profond soupir, il se tourne et entre dans la cuisine.

*

Quelques jours plus tard, j'emmène Agnar chez le médecin. « Ses boutons sont encore pires qu'avant, ça ne peut pas être normal », ai-je dit un soir à Olaf, et comme d'habitude il a répondu qu'il avait lui aussi beaucoup de boutons à cet âge. En premier lieu, c'est faux, j'ai vu plusieurs photos d'Olaf adolescent – on dirait une réplique du prince dans *Trois noisettes pour Cendrillon*, un peu moins bien proportionnée –, en second lieu on ne peut pas parler dans son cas de beaucoup de boutons : « C'est pathologique, ai-je dit à Olaf. Il ne peut pas dormir, il a mal en restant allongé, ce n'est pas normal », ai-je répété, et j'ai pris rendez-vous chez le médecin, surtout pour moi-même. Pour réparer quelque chose.

Le médecin demande à Agnar s'il veut que j'entre avec lui, et Agnar me regarde.

« Bien sûr, tu fais comme tu veux », lui dis-je.

À contrecœur, j'essaie d'avoir l'air de le penser, je ne crois pas une seconde qu'Agnar parviendra à répondre correctement tout seul.

« Oui, pas de souci, elle peut venir », dit-il au médecin, et je ne réussis sans doute pas à dissimuler mon sentiment de soulagement et de fierté.

Une fois qu'elle a examiné son visage, elle lui demande d'enlever son haut. Je suis étonnée, je n'avais pas vu son dos ni son thorax depuis longtemps, il est devenu plus large au niveau des épaules, presque viril, il ressemble à Håkon, mais le plus frappant est tout de même la marque du T-shirt : elle révèle qu'il ne s'est pas mis torse nu au soleil de tout l'été, et dévoile des boutons enflammés qui se propagent tout le long du dos à partir de la nuque, serrés les uns contre les autres, comme de petits volcans à vif. Pauvre petit Agnar, je l'imagine à la plage avec ses copains, ou sous la douche à l'école – Olaf l'a obligé à s'y doucher, bien qu'Agnar ait dit, au bord des larmes, que personne ne prenait de douche – et les regards des filles qui s'accrochent à son front, au pourtour de sa bouche, des regards qui transpercent chaque petit bouton de son visage ouvert. Je suis furieuse, d'abord sans cible particulière, puis très vite contre Olaf. Je ne sais pas pourquoi et je ne prends pas la peine de le savoir.

Le médecin l'interroge sur le déroulement des faits, elle lui demande depuis combien de temps il est embêté par ses boutons, elle lui pose des questions sur son mode de vie, sur son alimentation et ainsi de suite ; je dois serrer les mains autour des accoudoirs pour ne pas interrompre Agnar qui bute sur les mots et comprend de travers, il se retourne vers moi et me regarde de temps en temps. Je hoche la tête pour l'encourager, je lui souris les lèvres serrées, je ne veux pas paraître trop directive ou protectrice devant le médecin. Je ne sais pas pourquoi je me préoccupe autant de ce qu'elle pense de moi et de nous, mais je sens que nous avons quelque chose à prouver – et je laisse Agnar expliquer tout seul. Que ses boutons sont apparus aux alentours de Noël, qu'ils ont empiré au printemps, puis qu'il y a eu une amélioration, il ne se souvient pas très bien, mais en tout cas ça allait à peu près en mars et en avril, et puis ça s'est aggravé en juillet, à ce moment-là il a eu une boule sur l'épaule : il a cru que c'était un cancer, mais c'était en réalité un bouton, « *Un truc de malade* » comme il dit, et au cours de l'été, ça n'a fait qu'empirer.

« Tu as changé tes habitudes au cours de cette période ?, demande le médecin. As-tu par exemple mangé différemment, utilisé un nouveau savon ou d'autres produits pour la peau ? »

Agnar me regarde. Je secoue la tête. Il secoue la tête.

« Rien dans l'environnement, des faits qui auraient pu déclencher plus de stress que d'habitude ? »

Agnar ne me regarde pas.

*

Heureusement, le froid arrive fin octobre, et brusquement, l'automne paraît pressé : les arbres changent de couleur, les feuilles se flétrissent et les branches se dénudent en quelques semaines seulement ; le 1er novembre, quand nous nous réveillons, le givre a recouvert la pelouse et le pare-brise de la voiture.

Je crois que je vivais dans l'attente de l'automne, du retour à la normale, mais ni l'obscurité, ni le froid, ni le givre ne chassent le chaos. Olaf m'agace de plus en plus et je sais que c'est injuste, je ne parviens pas à décider si c'est lui qui a changé ou si ce sont mes sentiments pour lui. Quoi qu'il en soit, je le vois autrement.

Olaf et moi nous sommes rencontrés quand nous avions un peu plus de vingt ans, et c'est presque embarrassant, mais aucun de nous ne se rappelle où nous nous sommes vus pour la première fois. Nous avons progressivement fait partie du même cercle étendu de relations. « Je t'avais bien sûr remarquée », a dit Olaf a posteriori, mais c'est juste par délicatesse, je ne crois pas qu'il m'ait plus remarquée que l'inverse, jusqu'à ce que je tombe amoureuse de lui presque d'un seul coup, du jour au lendemain. Les mois les pires, les plus imprévisibles de ma vie ont alors suivi, c'était violent et incontrôlable. « Je déteste être amoureuse, ai-je déclaré à mes amies, et elles ont répondu : — Oui, c'est si douloureux et agréable à la fois, si horrible et merveilleux en même temps », et je pensais *Non, en réalité ça fait mal, c'est tout.* Même si je me rendais compte qu'être amoureuse me rendait luminescente et claire comme de l'eau de roche, comme si je passais mon temps à lui envoyer des signaux, Olaf a mis assez longtemps pour comprendre le message. « Tu ne disais rien, a-t-il expliqué plus tard, il était impossible de s'en rendre compte. » Il a fallu trois mois pour qu'on se mette ensemble, et l'impression abominable d'être en chute libre a progressivement cédé la place à son opposé, le sentiment fantastique de se trouver sur la terre ferme.

Nous nous sommes mariés il y a onze ans. Nous avions déjà Agnar, nos vies étaient si entremêlées, si dépendantes l'une de l'autre, que maman trouvait parfaitement superflu qu'on se marie. En tout cas autrement que sur le papier officiel. Papa et elle ont ri quand j'ai dit que nous voulions une cérémonie à l'église. Olaf aussi estimait qu'on pouvait se marier à la mairie et faire une fête après. Mais moi, je voulais avoir des cadres, comme je disais, avec église et pasteur. Pourquoi c'était aussi important, je n'en suis pas certaine à présent, mais je crois que ça paraissait plus authentique de cette manière, comme si ce que nous nous promettions avait plus de valeur devant un pasteur – même si ni Olaf ni moi n'étions croyants.

Et j'y souscrivais de toutes mes forces : *Je promets de t'aimer et de t'honorer, et je te serai en tout cas fidèle jusqu'à ce que l'un de nous meure, et certainement plus longtemps encore si tu meurs en premier.* Ça n'avait pas l'air difficile, il n'y avait pas d'alternative.

Au début de notre relation, nous nous sommes aussi mis d'accord sur quelques conditions de base, auxquelles nous n'avons pas dérogé depuis. Comme celle, par exemple, de ne pas recourir à la menace de partir chacun de son côté à chaque dispute, ni chaque fois que la situation semble sans issue. Je me protégeais comme ça quand j'avais peur qu'il parte, je le devançais et le menaçais en disant que je n'en pouvais plus. Nous avons décidé d'un commun accord que la menace de rupture ne devait plus être agitée lors d'une dispute, et en gros nous nous y sommes tenus, la pensée s'en est éloignée, ça n'a plus été un argument à saisir, ni un motif de consolation.

Maintenant, tout ça semble naïf. La certitude qu'il s'agit bien d'une issue a été gravée en majuscules sur les murs maîtres de ma vie, et certainement sur ceux d'Olaf, car nos disputes se terminent toujours plus vite et plus fréquemment sur une nuance vibrante de *Et sinon...* en longues séries de trois petits points, implicites et menaçantes.

Le pire est que la seule personne avec qui j'ai vraiment envie de parler de ce nouveau sentiment, de cette nouvelle prise de conscience, est maman. Je voudrais l'entendre me dire que ne pas abandonner est une valeur, comme elle l'a fait toute ma vie ; à chaque étape, c'est maman qui a transmis par des mots, des actes, ou encore des regards, l'importance capitale de ne pas abandonner ce qu'on a commencé, de faire les bons choix et de les défendre. Et je l'ai transmis à mes enfants. Nous n'abandonnons pas. Nous n'arrêtons pas. Nous nous ressaisissons et nous persévérons.

*

La voiture de papa s'engage dans notre jardin en fin d'après-midi. Il a appelé hier et a demandé s'il pouvait aller chercher Hedda assez tôt au jardin d'enfants, pour l'emmener peut-être ensuite au café ou un autre endroit agréable. Je n'ai pas le courage de refuser, il était trop tentant d'avoir un après-midi tranquille, pour moi seule. Agnar est parti chez un copain pour *gamer*, ce dont il a apparemment obtenu l'autorisation d'Olaf, malgré nos règles qui en font une activité réservée au week-end, et Olaf est à une réunion.

Je me tiens devant le plan de travail de la cuisine et je vois papa se garer. Il reste assis un moment et parle avec Hedda sans ouvrir la portière, il rit, j'aperçois d'ici les boucles de Hedda qui dépassent du siège enfant acheté par maman et lui quand elle est née.

Il sort, fait le tour de la voiture et s'accroupit tout d'un coup devant la porte de Hedda. Elle le cherche en tendant la tête. Il n'a pas le cœur d'attendre qu'elle se demande vraiment où il est passé, et il saute brusquement devant sa fenêtre. Elle sursaute, avant de rire tellement fort qu'elle se fait probablement pipi dessus. Je vois qu'elle crie « *Encore* » au moment où il ouvre la porte et veut la soulever pour la faire sortir, alors il referme la porte et s'accroupit de nouveau, mais il fait cette fois-ci le tour de la voiture à croupetons et la surprend de l'autre côté de la voiture. Hedda pousse des cris enthousiastes. Papa rit, ouvre la porte et la fait sortir du siège en la soulevant, il la porte dans ses bras pour traverser le gravier. Aucun d'eux ne m'a vue, je me prends à sourire. Je secoue la tête, je vais dans le salon, j'attends qu'ils entrent dans la maison.

« Coucou, crie papa depuis l'entrée.

— Coucou », crie Hedda.

Je vais à leur rencontre. Je m'arrête sur le seuil de la porte, je bloque le passage en direction du salon ou de la cuisine, mais papa n'a heureusement pas eu le temps d'enlever ses chaussures. J'essaie d'abréger le plus possible ces rencontres avec maman et lui. Je leur montre que j'ai des relations avec eux pour les enfants, mais que je ne veux pas les avoir à proximité de moi. Que les choses ont changé. Nous ne parlons que d'Agnar et de Hedda, ou de questions pratiques.

Les rares fois où l'un d'eux a essayé de lancer une conversation sur lui-même ou sur l'autre – ou même sur moi –, je l'ai stoppé net.

Je suis trop partagée pour avoir confiance en moi dans une conversation de ce type, je ne sais pas quelle version de moi elle mettrait en évidence : pleine de colère, de compassion ou de chagrin, et je ne veux leur en montrer aucune.

« Salut, Heddus, dis-je, et je me penche pour qu'elle m'embrasse, ses cheveux sentent le café. Tu es allée au café ? »

Elle fait oui de la tête et entre dans le salon en courant.

« Tu ne dis pas au revoir à grand-père ?, fais-je.

— Mais il va rester ici », dit Hedda.

Je ne regarde pas papa.

« Non, grand-père va rentrer chez lui maintenant. Allez, viens dire au revoir. »

Je ne regarde que Hedda, je souris, j'étends le bras vers elle.

Heureusement elle ne fait pas de caprice, elle revient dans l'entrée. Papa s'accroupit, l'entoure de ses bras, dans lesquels elle disparaît presque, il la serre contre lui.

« Merci pour cette bonne journée, Hedda », lui dit-il tandis qu'elle se tortille pour se dégager.

Elle part dans la cuisine, et je reste seule avec papa. Je déglutis. Il a l'air vieux.

« Bon, je vais rentrer chez moi travailler un peu », déclare-t-il.

La mauvaise conscience me taraude. Je mens :

« Oui, en fait, moi aussi je suis en train de travailler.

— J'irais bien chercher Hedda un jour de la semaine prochaine, dit-il. Ou j'emmènerai Agnar, on pourrait aller manger une pizza par exemple.

— Oui, pourquoi pas. Je vais lui demander, et on verra si ça peut se faire. » Je ne veux rien promettre ni m'engager à quoi que ce soit.

« Je suis au bureau lundi et mardi, sinon je suis libre, dit papa, et il se tourne vers la porte, il descend les trois marches.

— Ça m'a fait plaisir de te voir, toi aussi, ajoute-t-il, et il sourit.

— Merci d'être allé chercher Hedda, dis-je. Au revoir. »

*

Je passe beaucoup de temps à examiner mes souvenirs. Au moins trois fois par jour, j'ai envie de téléphoner à Håkon ou à Ellen, avec qui je n'ai pour l'instant abordé que des sujets superficiels : je voudrais qu'ils confirment ou infirment ce dont je me souviens. Dans mes souvenirs, je scrute les visages de maman et de papa, leurs gestes, leurs regards et leurs paroles, j'essaie de trouver des indices révélant à quel point ils étaient malheureux, des signes annonciateurs.

J'en trouve dans tous les souvenirs. Ayant brusquement perdu les couleurs que leur donnaient une ignorance ou une confiance naïves, certains apparaissent maintenant avec des contours plus précis. Des vacances de Noël, des vacances d'été, des repas du dimanche, des conversations, des discussions – de nouveaux détails, des mimiques, des tons de voix auxquels je n'avais pas prêté attention – surgissent dans mes souvenirs.

« Mais ils n'ont jamais été particulièrement affectueux l'un envers l'autre », a dit Ellen un jour où elle était venue me trouver dans la cuisine, en Italie, après le repas d'anniversaire de papa, en me tendant de l'essuie-tout. J'ai essuyé mon nez et mon visage, gênée de pleurer comme un petit enfant. « Qu'est-ce que tu veux dire ?, ai-je demandé. — Juste ça, je ne me rappelle pas qu'ils aient été affectueux l'un envers l'autre, ils l'étaient seulement avec nous, a-t-elle répondu. — C'est faux, Ellen, ai-je répliqué. Tu devrais, toi la première, te rendre compte qu'il y a de l'amour dans leurs discussions, qu'ils se font mutuellement confiance en tant qu'interlocuteurs privilégiés ; qu'ils ont d'ailleurs toujours autant de sujets de conversation, et l'impression de prendre des risques dans leurs discussions – qu'il faut une grande confiance pour continuer à être exigeant l'un envers l'autre comme ils le sont. Tu ne le vois pas ? » ai-je demandé, finissant par parler d'une voix de fausset, quand je me suis tout à coup aperçue que rien de tout cela n'avait plus cours. Ou toutes les petites choses dont ils se souviennent toujours ou qu'ils font l'un pour l'autre, tous les détails pratiques – maman qui apporte la petite tasse pleine de lait chaud pour papa chaque matin, papa qui allume le chauffage dans la voiture de maman en partant travailler, les livres qu'elle prend pour lui, les sudokus qu'il lui garde, tout l'amour existant dans les habitudes qu'ils se sont créées et qu'ils préservent. Ellen ne répondait pas, elle regardait le sol. *Elle ne le sait pas*, ai-je pensé brusquement. *Elle ne le comprend pas, elle ne l'a jamais vécu. Pour elle, il faut que ce soit grandiose et physique, ineffable. Au cours de ses relations aussi nombreuses que brèves, elle n'a connu que des sommets élevés et des abîmes profonds, et mon Dieu, comme je l'ai enviée pour toute cette passion dramatique, mais je n'avais jamais pensé qu'elle passait à côté de ce qu'il y a de grand entre ces extrêmes.*

*

Je ne sais pas pourquoi, le souvenir d'un été particulier se détache de tous les autres, reliés sans délimitation les uns aux autres, en petites situations qu'il est impossible de fixer dans le temps. Cela provient probablement du drame survenu quand Ellen a voulu empêcher les crabes de finir dans la grande marmite posée sur le feu, dehors. Je la vois encore distinctement arriver du coin de la maison à l'instant précis où papa prenait les crabes dans le seau rouge pour les plonger dans la marmite : elle a couru vers lui pour lui faire tomber le seau des mains, il a sauté sur le côté par réflexe, et avec une force qui comptait sur la résistance du corps de papa, Ellen a heurté la marmite bouillante de ses bras tendus. La marmite a culbuté, et les crabes à moitié morts se sont renversés avec l'eau : les plus petits étaient trop engourdis pour bouger alors que les plus gros fuyaient dans tous les sens, rouges et fumants.

J'étais assise sur la balustrade de la terrasse et je regardais : j'ai toujours trouvé passionnant, fascinant de faire bouillir les crabes, et papa assurait qu'ils n'avaient pas mal, ce dont je m'accommodais pour me tranquilliser –, car pour moi, il n'y avait rien de meilleur que les crabes –, mais qu'Ellen refusait d'admettre. « *Tu n'en sais rien* », répondait-elle à l'explication un peu trop simple de papa sur les activités de vacances au chalet qu'Ellen considérait comme de la maltraitance animale, et elle lui tenait tête pour la cuisson des coquillages vivants, pour les vers de terre qui se tordaient sur l'hameçon, les poissons suffoquant au fond du bateau et les mouches prises au papier collant sous le porche du chalet.

Ellen a eu quelques brûlures superficielles mais à part ça, elle s'en est bien sortie. Je me souviens que j'ai couru chercher maman pendant que papa examinait Ellen, mais elle arrivait déjà car elle avait vu tout l'incident de la fenêtre. Ces derniers temps, je me suis aussi rappelé l'atmosphère qui a suivi, la discussion qui s'est déroulée entre maman et papa après qu'Ellen et moi étions allées nous coucher dans la chambre jouxtant le salon, où ils étaient restés à table avec mon oncle et ma tante. Je me rappelle soudain la conversation mot pour mot. « C'était l'instinct, purement et simplement, disait papa à propos de son saut de côté. — Ton instinct aurait dû plutôt te porter à protéger ta fille de trente litres d'eau bouillante, a répondu maman. — Là, tu es injuste, a déclaré papa. Mais j'avais oublié que tu es toi-même absolument infaillible. — Je pense que nous allons remettre cette conversation à demain, quand tout le monde se sera un peu calmé, ça s'est bien passé, c'est le plus important », a dit mon oncle ou ma tante, ce à quoi papa a répondu qu'on pouvait tout à fait continuer à discuter maintenant si maman le voulait, elle qui n'avait pas de comptes à rendre. Il y avait une tonalité inhabituelle et effrayante dans sa voix, et le souvenir m'en revient à présent, la sensation désagréable qu'il y avait autre chose d'autre derrière ses paroles, maman qui se levait et sortait sans un mot, mon oncle disant que papa devrait lui aussi aller se coucher. « J'attends qu'elle soit endormie », a dit papa. Je n'ai aucun souvenir du lendemain, je ne parviens même pas à replacer cet été dans la chronologie, mais Ellen devait avoir autour de onze ans.

*

Depuis que je suis adulte, j'ai bien sûr déjà réfléchi à la relation de maman et de papa, mais sans avoir réussi à me libérer de quelque chose d'enfantin dans ma façon de les percevoir. J'ai bien pensé qu'ils avaient leurs problèmes, certains me reviennent en mémoire alors que d'autres restent dans le vague, mais il me semblait qu'ils s'étaient comportés l'un envers l'autre de la même manière tout au long de ma vie, que leur relation aussi était fixée une fois pour toutes. Comment ai-je pu penser ainsi alors que j'étais déjà adulte, alors que je sais par quelles phases Olaf et moi sommes passés ? Tout ce qui nous a permis d'aller de l'avant, tout ce qui est entré dans nos vies de l'extérieur et nous a façonnés, ce qui nous est propre, ce que nous avons créé, Agnar et Hedda –, tout ce qui a laissé des traces, des événements qui, vus du présent, ont divisé le passé en périodes, et nous ont conduits dans de nouvelles directions, plus loin, en arrière, vers le haut et vers le bas. D'un point de vue rationnel, j'avais bien sûr admis l'existence indépendante de leur mariage, au-delà du cadre qu'il représentait pour moi, pour Ellen et Håkon : ils m'ont parfois émerveillée, parfois frustrée dans leur façon de se comporter entre eux au quotidien, mais la force de cette prise de conscience nouvelle indique que je ne m'en étais jamais souciée, ou du moins que je n'avais pas même creusé d'un petit centimètre sous la surface des pensées.

Il y a quelques jours, Agnar m'a demandé ce qui se passerait pour le réveillon de Noël, qui le fêterait et où. Il s'en est suivi une avalanche d'images plus ou moins cohérentes des fêtes de Noël précédentes, je me suis arrêtée sur l'une d'elles : il y a trois ans, je suis descendue dans le salon à trois heures du matin et j'ai trouvé papa assis dans son fauteuil, un verre de vin à la main : il écoutait de la musique. J'avais oublié à quel point ce Noël avait été tendu, personne n'entrait dans l'ambiance, les conversations étaient hachées et la ferveur manquait. À ce moment-là, je pensais que c'était à cause d'Ellen, je ne me souviens même pas pourquoi – peut-être qu'elle venait de rompre avec l'un de ses copains, elle était hargneuse et renfermée sur elle-même comme elle peut l'être, sans aucune volonté de faire un effort vis-à-vis des autres. Ça venait évidemment de maman et de papa, je le comprends à présent, je me remémore toujours plus de détails, leurs discussions dans la cuisine sur des sujets vraiment triviaux, sur une cocotte de chou à l'aigre-doux –, la voix lointaine, presque résignée de papa, comme s'il s'était mis en pilotage automatique, le dédain silencieux de maman pendant le déjeuner parce que le chou avait pris le goût de la cocotte en fonte qu'elle ne voulait pas utiliser au départ. Il en est allé de même pendant toute la période de Noël : Håkon ne se donnait pas la peine de contribuer à quoi que ce soit, Ellen était de mauvaise humeur, Olaf et moi essayions d'améliorer l'ambiance pour Agnar. Et durant les moments où nous devions rester tous ensemble, des frictions et un mal-être encore inexplicables à ce stade. Je me souviens que pour la première fois, j'avais été contente que le train-train quotidien reprenne en janvier.

La question d'Agnar à propos de Noël m'a incitée à envoyer un message à Ellen et à Håkon. Je leur ai écrit : SI ON ALLAIT PRENDRE UNE BIÈRE ?, après avoir probablement composé au moins vingt messages dans mes notes avant de les supprimer.

*

Ellen, Håkon et moi nous retrouvons dans un café à Tøyen un soir froid de novembre. Nous nous sommes réveillés aujourd'hui en apprenant que Donald Trump avait été élu nouveau président des États-Unis, ce qui peut faciliter nos retrouvailles, *Puisque nous avons un sujet de conversation aussi concret*, me dis-je dans le bus.

Des journées comme celle-ci sont tout à fait indiquées pour s'en prendre aux situations difficiles de la vie sociale, et je pense à toutes les rencontres, aux rendez-vous ou aux visites à des malades au cours desquels les sujets de conversation sont convenus, simples et impersonnels, éloignés de nous ou de thèmes généralement difficiles à aborder.

Je suis en retard d'un quart d'heure parce qu'Olaf est rentré tard de son entraînement ; il rentre tard plus souvent qu'avant, sans prévenir. « Nous sommes restés un moment à discuter de l'élection après l'entraînement », a-t-il dit, puis il a fait un geste résigné des bras et il est finalement entré dans le salon en bonnet et short de cycliste. « Bon sens des priorités », ai-je constaté, et j'ai désigné Hedda qui était assise dans l'escalier et nous regardait à travers les barreaux de la rambarde. Depuis deux heures, je faisais mon possible pour qu'elle s'endorme, elle était redescendue une dizaine de fois dans le salon, et j'étais remontée autant de fois pour lui chanter une chanson et lui caresser les cheveux. La dernière fois que j'ai entendu ses pas sur le sol, la porte qui s'ouvrait et son petit pied sur la première marche de l'escalier, je lui ai crié de ne plus redescendre. « Va te coucher, Hedda !, ai-je dit. — Non », a-t-elle répondu, et elle s'est résolument assise sur la marche du haut de l'escalier, elle n'était ni en colère ni triste, tout simplement déterminée.

Je me suis souvent demandé comment se déroulait son processus de décision, ce qui était à l'origine de ces résolutions exagérément fermes pour un cerveau de quatre ans. « Ah bon, tu n'as qu'à rester assise là-haut alors, tu n'as pas l'autorisation de redescendre. » Hedda est restée assise. Quand je suis partie, je n'ai pas eu une once de mauvaise conscience en laissant le problème à Olaf, bien au contraire.

Lorsque j'arrive, Ellen et Håkon sont assis devant leurs bières respectives et discutent comme prévu de l'élection. Je les salue tous deux et les embrasse à tour de rôle, ils me manquent intensément au moment où je reconnais leur odeur, je dois retenir mes larmes, ça rendrait la situation insupportable, surtout pour Håkon : depuis son plus jeune âge, il a tendance à pleurer par empathie avec la personne qui pleure, sans pouvoir se maîtriser, ce qui continue à terriblement l'embarrasser. Je souris derrière mon écharpe. Je demande :

« Vous parlez de l'élection ?

— Oui, et Håkon a enfin obtenu ce qu'il voulait », dit Ellen.

Ils rient tous les deux.

« Quoi ?, fais-je. Tu as obtenu ce que tu voulais ?

— Trump à la présidence, dit Ellen.

— Tu le penses vraiment ?

— Bien sûr que non, répond Håkon. Je pense ce que j'ai toujours pensé. »

J'essaie de me rappeler ce que Håkon a toujours pensé, mais il me semble que ça varie d'année en année, voire de mois en mois, je ne réussis pas à suivre.

« Ah bon ?, dis-je, je lui souris.

— D'une part, c'est vraiment fou que tellement de gens donnent leur avis sur une élection qui se déroule dans un autre pays, simplement parce que ce sont les États-Unis. D'autre part, je me fiche complètement de qui l'a emporté puisque ce n'est pas Sanders. Il était le seul à présenter un quelconque intérêt, en tant que symptôme aussi, comme ils disent maintenant à propos de Trump. Hillary était malgré tout une meilleure alternative », ajoute-t-il.

Je me demande si c'est vraiment son opinion personnelle, ça ressemble à tout ce que j'ai pu lire, et j'approuve de la tête bien que je ne sache pas si je suis d'accord. Mes opinions changent tout le temps, en fonction de ce que je lis, de celui qui apporte le dernier argument décisif. Håkon m'a reprise plusieurs fois à ce sujet, « *Tu étais d'un autre avis hier*, dit-il, *tu es toujours d'accord avec le dernier qui a parlé* ». Je lui ai parfois fait remarquer qu'entre chacune de nos rencontres, ses opinions aussi avaient tendance à se modifier, mais il m'a alors présenté un large éventail d'arguments en faveur des nuances qu'il y apporte et que je n'ai pas toutes comprises, et il a soutenu qu'il ne changeait pas d'opinion, mais qu'il les ajustait à de nouvelles informations.

« Pourquoi utilises-tu le nom de famille de Donald et le prénom de Clinton ? » demande Ellen.

Håkon rit.

« Désolé. J'aurais dû apprendre de la dernière fois. »

La dernière fois, me dis-je. Il ne m'était pas venu à l'esprit qu'Ellen et Håkon aient pu rester en contact sans moi : j'ai presque peur. Comme aucun d'eux n'a particulièrement cherché à me joindre, j'en ai automatiquement déduit que le lien entre nous trois était détruit.

En les écoutant, j'essaie de percevoir des signes indiquant qu'ils ont maintenu le lien entre eux, par-delà cette décontraction qui s'exprime joyeusement dans leurs voix, leurs regards et leurs rires, bien éloignée du silence pénible auquel je m'étais préparée. J'avais pensé qu'il nous forcerait à discuter de nous-mêmes, de ce qui s'était passé, de la raison pour laquelle nous avions mis, presque sur commande, de la distance entre nous.

« Ça fait un moment que je ne vous ai pas vus », dis-je après une heure de bavardage léger, étonnamment superficiel pour une conversation entre nous trois, au cours d'une petite pause où ce silence presque espéré finit par s'installer.

Håkon boit une gorgée de bière. Ellen me regarde, elle attend que j'en dise plus. Je ne sais pas comment continuer, je ne trouve pas les mots pour décrire mes pensées de ces derniers mois, le fait que tout se décompose. Aucun d'eux ne m'aide à poursuivre. Je prends ma respiration.

« Qu'est-ce qui s'est passé en fait ? » dis-je, et la peur de les perdre, de perdre pied, de tout perdre me saisit, j'ai besoin d'avaler.

Ellen s'arrête enfin de sourire – elle sourit comme ça depuis que je suis arrivée –, elle entrevoit une autre issue et se passe la main dans les cheveux, la pose près de son oreille, tripote sa boucle d'oreille. Håkon a l'air mal à l'aise, il regarde dans son verre de bière.

« Qu'est-ce que tu veux dire ? » demande Ellen.

Je ne comprends pas ce qu'elle veut dire. Je m'attendais à ce qu'elle soit plus offensive, comme elle l'est d'habitude, à ce qu'elle se charge de la conversation à l'instant où je l'avais lancée ; qu'en se montrant combative ou révoltée, elle exprime tous les sentiments que je garde en moi, qu'elle mette des mots sur le chaos. Si je ne la connaissais pas, elle m'aurait semblé parfaitement indifférente – mais Ellen n'est jamais parfaitement indifférente, et c'est ce qui la trahit à présent. Elle fait semblant, et je deviens plus courageuse.

« Je trouve bizarre qu'on ait brusquement aussi peu de relations entre nous », dis-je.

Comme d'habitude, je n'attends rien de Håkon, je constate que c'est en réalité Ellen que j'affronte, Ellen que j'accuse, que Håkon est trop petit pour comprendre ou pour prendre la moindre responsabilité, mais je me rattrape : je le fixe du regard, cet enfant de trente ans avec son problème au cœur. Il n'y a aucune raison pour qu'on l'épargne plus que nous autres. Je lui demande :

« Pourquoi mettez-vous tant de distance entre nous ?

— Je ne mets aucune distance, dit Håkon. De quoi tu parles ? C'est toi qui as arrêté de prendre des nouvelles. »

Mon désespoir et mon inquiétude s'expriment dans un élan de fureur. Je m'écrie :

« Justement ! Voilà ce qui arrive quand j'arrête de prendre des nouvelles : plus un mot de votre part. Ça te dit quelque chose, Håkon ? Hein ? Tu attends toujours qu'on te contacte, qu'on t'invite à déjeuner, que les autres organisent tout à ta place.

— Mais franchement, Liv, il faut que tu te calmes, là, dit Ellen.

— Ce n'est pas à moi de me calmer, c'est vous qui devez voir la réalité en face !

— Et qu'est-ce qu'on devrait voir ?, demande Ellen, et elle a vraiment l'air étonnée.

— Que vous me laissez comme d'habitude toute la responsabilité. Pour tout. Que ce soit toujours moi qui m'en charge, ça ne doit pas être tenu pour acquis. Mais je le fais quand même, et encore maintenant : vous restez confortablement installés comme si de rien n'était », dis-je, et en réalité j'ai envie de crier : « *Vous n'avez pas peur de me perdre, comme moi j'ai peur de vous perdre ?* »

« Je ne tiens pas ça pour acquis, et ce n'est pas vrai, ce que tu dis – je te contacte souvent, remarque Ellen.

— Tu me contactes, oui, mais tu ne prends aucune responsabilité, tu ne le fais jamais et tu ne l'as jamais fait, ce n'est jamais toi qui proposes que nous nous voyions tous les trois, ce n'est pas toi qui invites à déjeuner – ni aucun de vous d'ailleurs –, et maintenant vous me laissez prendre la responsabilité de tout ça, dis-je presque en hurlant.

— La responsabilité de quoi ?, demande Håkon.

— De toute la situation. Vous vous êtes contentés de disparaître et vous attendez que je mette de l'ordre là-dedans, sans avoir à vous préoccuper de maman, de papa, ni de tout le chaos qu'ils créent. Du fait qu'ils détruisent ce que nous sommes et ce que nous avons été, et qu'ils avancent au pas de charge sans regarder en arrière. Et personne ne veut admettre que nous avons vécu dans le mensonge. »

Je crie, désespérée, je prends conscience que j'agite les bras de façon quasi incontrôlée.

Ils ont l'air un peu sonnés tous les deux, une petite pause se fait.

« Non, nous n'avons pas vécu dans le mensonge, Liv. Même si maman et papa décident de divorcer, nous restons ce que nous sommes, nous nous trouvons ici, maintenant, tous les trois, dit Ellen. Et en fait, j'ai pas mal de relations avec maman et papa, je garde des liens avec eux, peut-être même plus que toi, à ce qu'il me semble. »

Ainsi, ils ont tous eu davantage de contacts entre eux que moi avec eux. Il m'est impossible de répondre, c'est un schéma inconnu, les rôles ont changé.

« Et de plus, ils ont eux-mêmes créé cette situation, poursuit Ellen. Tu ne peux rien y faire, Liv. Maman et papa doivent assumer la responsabilité de leurs propres choix. À vrai dire, on dirait que c'est surtout maman qui est favorable à ce divorce, et qui va de l'avant », continue Ellen, et elle me regarde d'un air entendu.

Je demande :

« Qu'est-ce qu'elle a fait, comme autres choix ? Qu'est-ce que tu veux dire par "aller de l'avant" ? »

Je regarde Ellen, puis Håkon, je reviens à Ellen, j'ai besoin d'avaler.

« Avec son nouveau… Comment il s'appelle déjà ? Morten ? » demande Ellen à Håkon.

Håkon acquiesce de la tête. En moi, l'enfant lutte contre le bon sens de l'adulte et l'emporte… j'ai du mal à respirer. Pourquoi Ellen et Håkon le savent-ils ? Pourquoi maman a-t-elle choisi de le leur dire, à tous les deux, mais pas à moi ?

« Ah mon Dieu, excuse-moi, je croyais que tu le savais, dit Ellen quand ils s'aperçoivent de ma réaction.

— Mais ils ne sont pas ensemble, assure Håkon, pour minimiser les faits.

— Ils sont juste amis », dit Ellen et elle rit, elle imite grand-mère et essaie d'être drôle, de détendre l'atmosphère, mais ni Håkon ni moi ne rions.

J'en ai le souffle coupé. Je m'aperçois que je croyais qu'ils allaient se ressaisir, qu'ils vivaient une crise temporaire, que tout ça passerait.

Je pense à Olaf qui est à la maison, je me demande s'il a réussi à mettre Hedda au lit. J'imagine papa, seul dans son appartement. Je ne parviens pas à rassembler mes pensées.

*

Après avoir quitté Håkon et Ellen, je m'installe dans un bar situé tout en bas de Grünerløkka. Je téléphone à Kjersti, une amie qui vient juste de se séparer de son mari, l'une des seules amies avec qui j'ai été en relation ces dernières semaines. Je n'ai parlé du divorce à aucun autre ami, je n'avais pas le courage d'affronter ma propre peur, les fissures qu'ils ont provoquées. De plus, j'avais la conviction que ce serait temporaire.

Je raconte à Kjersti que maman a un nouveau copain, même si Håkon a expliqué après coup que maman ne le considérait absolument pas comme un copain, qu'elle avait au contraire quelques doutes car tout s'était enchaîné trop vite. Je ne rencontre aucune compréhension de la part de Kjersti, elle me conseille au contraire de cesser d'être égoïste, de me réjouir pour maman. « Grandis un peu », ajoute-t-elle. J'entre dans son jeu et je mets tout ce qu'elle dit sur le compte d'une justification de ses choix personnels.

Je n'ai pas envie de rentrer à la maison, je prends une autre bière. Je n'ai pas réussi à venir au bout de ce que j'envisageais de dire à Ellen et à Håkon. « *Ce n'est pas nous qui divorçons*, voulais-je ajouter, *nous devons rester soudés.* » Je m'étais imaginée en train de les consoler, de les tranquilliser, de remettre les faits en perspective pour les autres. Finalement, ce sont eux qui les ont remis en perspective pour moi : c'est moi qui ai eu une réaction exagérée, et me méprenant, j'ai cru que Håkon et Ellen éprouvaient les mêmes sentiments, que nous devions donc vivre la situation de façon identique, que les bases de leurs vies étaient pulvérisées elles aussi. *Mais ce n'est que toi*, me dis-je, *c'est toi et toi seule qui as été assez bête pour construire ta vie sur une illusion d'authenticité, alors que Ellen et Håkon en ont pris la mesure et les ont démasqués depuis longtemps.* Je bois vite pour noyer ma honte.

Un homme s'approche de moi et demande s'il peut s'asseoir à côté de moi au bar. D'un geste de la main, j'accepte, bien qu'il y ait beaucoup de tables libres derrière nous. Il commande une bière, consulte son téléphone, me demande comment ma journée s'est passée. Je me mets à rire. Il approuve de la tête.

« Oui, c'est vraiment absurde, tout ça, dit-il en se saisissant de son téléphone : un article concernant les élections brille dans ma direction.

— Ce qui est absurde, c'est que nous nous sentions aussi concernés par les élections en Amérique », dis-je, et je constate que ça commence à gazouiller agréablement dans ma tête.

Je répète plusieurs arguments de Håkon, il n'est pas d'accord. Nous restons à discuter un moment, il me faut une demi-heure et une bière supplémentaire pour me rendre compte que je lui fais du charme, que je recherche quelque chose en lui. Je me demande si je vais tout envoyer promener, si moi aussi je vais laisser tomber. « Mais j'ai des enfants », lui dis-je alors que nous restons encore une heure devant le bar et partageons une cigarette, après avoir pris plusieurs autres bières. Il dit qu'il n'a pas essayé de me draguer, qu'il est heureux en ménage, mais qu'il a apprécié la conversation. Je n'ai pas même la force de me sentir gênée par le malentendu, je ris et je répète : « Heureux en ménage. » Il hoche la tête. Je le remercie pour la cigarette, je remonte la fermeture éclair de ma veste et je marche jusqu'à la maison, je me couche sur le canapé et je m'endors.

*

Agnar me réveille, il a l'air énervé.

« Pourquoi tu dors ici ? » demande-t-il.

Ma tête me fait mal, ma bouche est sèche, le soleil bas de novembre m'agresse les yeux à travers les fenêtres et révèle par la même occasion une épaisse couche de saleté et de poussière, grise, sur l'extérieur des vitres. Je questionne :

« Quelle heure est-il ?

— Bientôt dix heures », dit Agnar.

Olaf a dû se lever en même temps que Hedda sans que je les entende, je me demande si Hedda est plus calme quand elle est seule avec Olaf, ou si j'ai dormi d'un sommeil anormalement lourd sur le canapé adossé au mur de la cuisine.

Mes horaires de travail sont flexibles, et une fois de temps en temps, je suis en télétravail le matin : je me persuade que c'est pour cette raison qu'Olaf ne m'a pas réveillée, par sollicitude, pas par négligence calculée. J'interroge Agnar :

« Pourquoi tu n'es pas à l'école ?

— C'est jeudi, répond Agnar brièvement, et il se tourne pour entrer dans la cuisine.

— Oui, bien sûr », fais-je, et je vois qu'il porte ses vêtements de sport. J'ajoute :

« Comment ça se passe, l'entraînement ? »

J'ai tellement la nausée que je dois me retenir de vomir, la fin de ma phrase disparaît sous l'effort que je fais, et le visage d'Agnar se durcit encore.

« Laisse tomber », dit-il en claquant la porte de la cuisine.

*

Pour la première fois de ma vie, je mens en envoyant un message à mon chef. Je lui écris que je reste à la maison pour garder Hedda qui est malade. Je l'envoie avant d'avoir le temps de me raviser, je suis glacée de peur à l'idée que quelqu'un passe devant le jardin d'enfants et voie Hedda en train de jouer dans le bac à sable, juste devant la palissade, en parfaite santé, ou rencontre Olaf et Hedda sur le chemin du retour. J'envisage d'aller la chercher, mais je me souviens qu'ils devaient fabriquer les cartes de Noël au jardin d'enfants : toute la journée d'hier Hedda en avait parlé et elle s'en faisait une joie.

J'entends Agnar claquer la porte d'entrée alors que j'entre sous la douche, je me dresse sur la pointe des pieds pour l'apercevoir à travers la fenêtre haute, située au-dessus de la baignoire. Je vois seulement son dos s'effacer derrière la haie. Il a disparu pour moi, je n'ai plus une compréhension aussi immédiate de lui. Je frissonne au contact de l'eau froide sur ma poitrine et mon ventre, je me force à rester sous le jet jusqu'à ce qu'elle soit chaude, j'aurais dû suivre Agnar et lui parler avant qu'il parte. Que pense-t-il à présent, ce petit homme ? Je ne sais pas ce que je lui aurais dit, ni comment lui parler, il est trop grand pour que je lui mente, trop jeune pour comprendre. Je ne vois aucun intermédiaire.

Il y a un an, un soir, je suis restée dans l'embrasure de sa porte et je l'ai regardé dormir, je pensais au fait incroyable qu'il soit là, dans ses propres rêves ; à tout ce que son corps en pleine croissance emmagasinait d'expériences personnelles, de vécu, indépendamment de moi, sans que j'en aie le contrôle. Je l'avais seulement créé et il se trouvait là, il était lui-même, treize ans plus tard, avec ses opinions, ses pensées et ses secrets. J'ai attrapé au vol Olaf qui passait devant moi, je lui ai chuchoté ce que j'étais en train de penser. Olaf a hoché la tête, il a dit : « Et pense à tout ce qu'il va traverser, à tout ce qu'il doit encore apprendre. » J'étais mal à l'aise à la pensée de l'adolescence, des déceptions et des sentiments qui feraient éclater tous les repères antérieurs, mais à ce stade je ne pouvais pas imaginer que je ne parviendrais plus à le comprendre ni à lui parler, car c'était Agnar, mon fils.

*

Au bout d'une demi-heure, je sors de la douche, je m'essuie le corps et j'enroule une serviette autour de ma tête comme un turban. Je me brosse les dents et la bouche qui ont gardé de la soirée d'hier l'odeur et le goût amer de l'alcool et des remords. Avec de la crème hydratante, je m'enduis la peau : on dirait qu'elle a rétréci de trois tailles. J'ouvre la porte de l'entrée, et je tombe nez à nez avec Agnar qui se dirige vers sa chambre. Je m'arrête. Je lui dis :

« C'était court, comme jogging. »

Il se détourne, il regarde le mur en passant à côté de moi, et je me rends compte que je suis nue : je comprends la gêne d'Agnar en me voyant. J'aurais presque envie de rire, si ça ne mettait l'accent sur le fossé qui s'est creusé entre nous. Il a grandi dans un rapport naturel à la nudité, c'était un objectif implicite d'Olaf : selon sa théorie, Agnar et Hedda auraient ainsi une relation plus saine à leur corps, à court et à moyen termes. Agnar se glisse maintenant dans sa chambre sans me regarder ni me répondre. Je rentre dans ma chambre, je me couche sous la couette fraîche contre ma peau chaude, les effets de la cuite ravagent mon corps, mon cœur bat fort dans ma poitrine, et j'ai les nerfs à fleur de peau.

*

Je n'arrive pas à dormir. Je vais chercher mon PC et j'essaie de travailler, je dois écrire un long article sur les personnes âgées, sujet qui a connu une inflation digne d'un scénario d'épouvante il y a quelques années, et qui a depuis perdu son aspect spectaculaire. Une collègue et moi sommes même allées visiter un appartement-témoin équipé de solutions robotisées pour remplacer l'assistance ménagère qu'apportent des personnes vivantes. Une voix de femme généralement calme est activée et vous parle si vous avez par exemple oublié d'éteindre la cuisinière, ou si vous sortez au beau milieu de la nuit. « Il est une heure et demie du matin. Êtes-vous certaine de vouloir sortir, Berit ? » a dit la douce voix quand notre guide a réglé l'heure et ouvert la porte. Plein d'attente, il nous a regardées et il a dit : « C'est le futur, mesdames. » Je me demandais s'il parlait de notre futur, ou du futur en général. « Ah mon Dieu, a dit ma collègue dans la voiture alors que nous retournions au bureau, je ne serai jamais vieille, ou du moins pas toute seule. »

Je rédige plusieurs e-mails à l'attention d'interviewés potentiels, j'écris en objet : LA NOUVELLE GÉNÉRATION DE PERSONNES ÂGÉES. Je me demande si c'est désobligeant, j'imagine maman, mais je secoue la tête, ils doivent supporter d'être appelés « personnes âgées » quand ils ont plus de soixante-cinq ans. Je me souviens que quand papa a commencé à recevoir automatiquement par la poste NOUS, LES PLUS DE SOIXANTE ANS après ses soixante ans, il l'a pris comme un affront personnel : je parie que le lendemain il a couru deux fois plus longtemps, et deux fois plus vite.

Je ne parviens pas à rester concentrée plus d'une demi-heure, c'est une consolation de pouvoir pour une fois m'en prendre à la journée d'hier, même si je sais que ces derniers mois j'ai eu de gros problèmes de concentration en étant pourtant tout à fait sobre. Je referme l'ordinateur, je reste au lit et j'écoute Agnar se doucher, utiliser le sèche-cheveux, faire son sac, courir dans l'escalier de son pas irrégulier bien particulier, il entre dans la cuisine – je ne sais pas du tout s'il y a de quoi manger dans le frigo, j'espère qu'Olaf a fait les courses –, il met quelque chose dans l'évier, va dans l'entrée, enfile ses chaussures, claque la porte d'entrée. Il ne crie pas au revoir. Tout à coup, il semble crucial de le faire revenir, de rester proche de lui, de le comprendre, j'ai envie de courir après lui, mais je reste couchée.

*

Plusieurs heures plus tard, quand j'entends le vélo d'Olaf rouler sur le gravier devant la maison et le rire chaleureux de Hedda – comment réussit-il à la faire rire comme ça après une longue journée au jardin d'enfants ? –, je me lève, je mets vite des leggings et une vieille chemise de flanelle que je trouve tout au fond d'un tiroir dans le placard, le seul vêtement qui ne me paraisse pas frotter contre la peau de façon trop désagréable. Je passe les mains dans mes cheveux, je fais le lit, je pose l'ordinateur ouvert sur le bureau qui se trouve dans le coin, je démarre Word et je place un bloc-notes et un stylo à côté. Je descends à la rencontre d'Olaf et de Hedda qui viennent d'arriver dans la cuisine, ils ont leurs manteaux et chacun épluche sa banane. Deux sacs à provisions remplis sont posés sur le plan de travail.

Olaf jette un coup d'œil sur moi, puis sur la banane, il me regarde à nouveau comme si quelque chose lui avait échappé. Il aperçoit ma chemise et sourit.

« Je l'avais oubliée, celle-là. »

Je ne comprends pas, je le regarde d'un air interrogateur.

« Ma chemise », dit-il.

Je réalise que c'est une vieille chemise d'Olaf que j'avais prise quand j'étais enceinte d'Agnar. Alors comme aujourd'hui, elle était le seul vêtement à ne pas trop tirer ni frotter, elle épousait le ventre agréablement et en douceur, et je crois que j'ai vécu en harmonie avec elle pendant quatre mois.

Je souris et j'acquiesce de la tête, je commence à ranger les provisions.

« Merci d'avoir fait les courses », dis-je.

Il ne répond pas. Il ne pose aucune question sur la veille et ne demande pas pourquoi je dormais sur le canapé, il mange toute sa banane en deux morceaux, pour le plus grand bonheur de Hedda, et sort de la cuisine. Je demande à Hedda :

« C'était bien le jardin d'enfants aujourd'hui ? »

Elle fait oui de la tête et court dans l'entrée, elle ramène son sac et en sort avec précaution au moins dix feuilles pliées. Certaines sont remplies d'autocollants et de dessins, sur d'autres il n'y a qu'un trait à moitié terminé, et je me dis un instant que le jardin d'enfants pourrait quelque peu limiter l'expression de soi, mais je me reprends.

« Oh, mais qu'elles sont belles !, dis-je à Hedda. Ce sont des cartes de Noël ?

— Oui, répond-elle, et elle les pose sur le plan de travail. Il faut les envoyer par la poste, ajoute-t-elle.

— Ah bon ?, fais-je, et je suis de nouveau agacée, je maudis celui qui, plein d'une bonne volonté pédagogique sans objet, avait expliqué qu'on envoyait les cartes de Noël par la poste. À qui allons-nous les envoyer, alors ? dis-je d'une voix plus douce en imaginant l'enthousiasme des autres parents.

— Celle-là est pour papa et toi, commence Hedda, et elle en montre une.

— On n'a pas besoin de l'envoyer, dis-je, soulagée. Tu peux simplement la mettre dans la boîte aux lettres dehors. »

Elle ne comprend pas ce que je veux dire, je n'ai pas le courage d'expliquer.

« Ça, c'est pour Agnar, dit-elle et elle désigne la suivante. Et celle-là, c'est pour *mormor* et *morfar*. »

Je m'aperçois que je ne connais toujours pas l'adresse de papa. De plus, Hedda a fait écrire leurs deux noms par quelqu'un du jardin d'enfants sur le devant de la carte, POUR *MORMOR* ET *MORFAR*, en grandes lettres au feutre noir. Il me semble que toutes les personnes, en tout cas toutes les femmes, qui sont employées au jardin d'enfants ou à l'école, ont la même écriture ronde et douce : ça fait peut-être partie de la formation. Je prends la carte. Je suis triste en voyant les mots mais je souris à Hedda, je me demande si elle a oublié qu'ils vivaient séparés ou si elle est trop petite pour en comprendre l'idée. J'imagine un instant la carte de l'an prochain avec *mormor* et le nom « Morten » à côté, je suis au bord des larmes, je me rappelle l'indulgence de Håkon et d'Ellen, et je me reprends. Je m'éclaircis la gorge.

« Tu sais, Hedda, nous pouvons tout simplement donner ces cartes à ceux qui doivent les recevoir, nous n'avons pas besoin de les envoyer par la poste. Tu ne veux pas voir comme tante Ellen sera contente quand nous lui donnerons sa carte ? » dis-je, même si je sais qu'Ellen fera sans doute plutôt remarquer que Hedda l'a réalisée à la va-vite – elle pense que ça fait du bien aux enfants de comprendre que le degré du mérite est proportionnel à l'effort ; qu'il ne rime à rien, par exemple, de s'extasier devant une carte de Noël s'il est évident que Hedda l'a bâclée.

Heureusement, Hedda opine de la tête.

« Quand est-ce qu'on pourra donner les cartes ? » demande-t-elle

Avant même d'avoir conscience de le penser, je dis :

« Peut-être qu'on pourrait leur demander s'ils ont envie de venir ici dimanche ?

— Oui », s'écrie Hedda en souriant.

*

« Je regrette », dis-je à Olaf.

Pour la première fois depuis longtemps, nous sommes allés au lit en même temps. Ces dernières semaines, j'allais me coucher tandis qu'Olaf restait assis, occupé à quelque chose, ou qu'Agnar et lui étaient plongés dans un film ou une série télé – ou bien j'attendais qu'il soit endormi. Après ma rencontre avec Ellen et Håkon, après l'homme inconnu au bar hier, après la distance affichée d'Agnar ce matin, je me couche ce soir tout contre Olaf. Il hésite, puis se tourne vers moi et passe un bras autour de moi, plus précisément par-dessus la couette mais c'est tout de même un geste si conciliant que j'en ai les larmes aux yeux.

« Je trouve que c'est une bonne idée, assure Olaf. Il est temps de normaliser la situation.

— Maman a un nouveau copain », dis-je, en évitant de nuancer à l'intention d'Olaf : je veux voir comment il réagit.

Il reste silencieux.

« Il faut que je te parle de quelque chose », déclare-t-il un moment après, et je suis glacée à l'idée qu'il le savait lui aussi, que moi seule avais été tenue à l'écart de toutes les conversations ces six derniers mois, sans que je comprenne pourquoi. Comme Olaf reste allongé sans rien dire, je finis par lui demander :

« Toi aussi, tu le savais ?

— Quoi ? Non, non, dit-il, et il rit un peu. Comment j'aurais pu le savoir ? »

Je hausse les épaules sous la couette, j'emplis mes poumons d'air, je retiens ma respiration au moins une minute, avant de comprendre que ce n'était pas ce qu'Olaf pouvait me dire de pire. Le pire arrive maintenant. Je me contracte pendant qu'Olaf s'éclaircit la gorge, je sens son corps qui prend son élan.

Ellen

Simen a suspendu certains de mes petits mots mal orthographiés sur le frigo. Encore maintenant, il faut que je les lise deux ou trois fois pour voir ce qui est incorrect, mais ça reste toujours aussi drôle quand je m'en rends compte.

Au début, Simen trouvait bizarre qu'avec ma dyslexie, j'aie choisi une carrière tellement liée au langage. « Non, ce n'est pas bizarre, ai-je répondu, j'ai toujours été plus intéressée par le langage et la communication que n'importe qui des gens que je connais, précisément à cause de ma dyslexie. » Le sentiment d'un système impénétrable pour moi est toujours là, comme dans mes souvenirs de l'école primaire. De longues lignes de codes que je ne parvenais pas à déchiffrer, jusqu'à ce que je trouve ma propre méthode : je ne lisais pas mot à mot, mais je devinais des phrases entières à partir de quelques mots que j'avais reconnus. « Quand j'y pense à présent, cela a étonnamment bien fonctionné, étonnamment longtemps ; d'un autre côté, ça en dit peut-être davantage sur le niveau des livres de lecture que nous avions à cette époque », ai-je dit à Simen. Je ne me souviens pas avoir éprouvé un sentiment de honte associé au fait de ne pas pouvoir lire, comme l'ont décrit d'autres dyslexiques ; je sentais que j'étais capable de lire très longtemps. Ce n'est qu'au collège, quand ma dyslexie a été découverte par un professeur de norvégien, que j'ai compris que je n'avais jamais lu. Changer ce système bien rodé, qui après tout fonctionnait ; me persuader qu'une méthode qui me faisait lire plus lentement et en me trompant plus souvent, où chaque lettre présentait pour se repérer des indices visuels en miroir était la bonne méthode, la plus correcte, a été l'un des efforts les plus grands que j'aie jamais accomplis. Malgré tout, c'est grâce à ce combat contre les lettres que mon intérêt pour le langage s'est développé. Sachant que je ne maîtriserais jamais le langage écrit de la même manière que les autres, j'ai été d'autant plus fascinée, obsédée par les autres aspects, par l'impact et le pouvoir de ce qui se trouve derrière les lettres et les mots. « *Croire au pouvoir des mots, c'est tout de même quelque chose que nous partageons* », dit maman, qui ne s'est jamais remise en question alors que ni elle ni papa n'avaient décelé ma dyslexie. Au contraire, ils ont protesté tous les deux quand mon professeur les a contactés pour discuter du problème, croyant qu'ils étaient au courant. « Pourtant, elle lit couramment, a dit papa. — Elle lit mieux que sa grande sœur », a ajouté maman. Mais quand ils m'ont accompagnée tous les deux pour un bilan chez une orthophoniste, où un test m'empêchait de tricher – l'orthophoniste appelait ainsi ma manière de lire jusqu'à ce jour –, ils ont vu de leurs propres yeux qu'intuitivement, je ne parvenais pas à lire sans difficulté des mots simples comme « tard », « blaguer » ou « portefeuille ».

« Personne n'est dyslexique dans notre famille », a expliqué maman à l'orthophoniste lorsqu'ils ont fini par reconnaître qu'il y avait, sinon un problème, du moins un défi à relever – là, pour les années quatre-vingt, papa était en avance sur son temps, il refusait de désigner quoi que ce soit comme un problème, tout était défi. « *Il a certains défis devant lui* », disait-il de notre cousin polyhandicapé qui n'a pu qu'à l'âge adulte entrer dans des lieux réservés jusque-là aux personnes capables de monter les escaliers –, comme si papa estimait que notre cousin devait voir dans sa paralysie et dans sa maladie une sorte de compétition. Håkon, Liv et moi imitions toujours papa, « *Ils ont de vrais défis à relever* », disions-nous à propos des faits les plus horribles, jusqu'à ce que ce mot soit employé tout à fait sérieusement dans tous les domaines, des catastrophes naturelles et des épidémies aux souffrances psychiques plus ou moins graves des célébrités.

Je n'ai jamais compris cette mode qui consiste à appeler défis de réels problèmes, comme une sorte de geste à l'égard de celui qui doit les relever ; je préférerais de beaucoup que mon médecin appelle cela un *problème*, par exemple, si vraiment je ne peux pas tomber enceinte, plutôt qu'un défi à relever parfaitement inutile.

Quoi qu'il en soit, j'étais la seule dans la famille, des deux côtés, d'aussi loin qu'ils se souviennent, à être frappée du défi de la dyslexie. Je n'y pense plus beaucoup aujourd'hui, c'est une partie de moi, et c'est devenu malgré tout beaucoup plus simple à vivre depuis que sont apparus les ordinateurs, puis les téléphones portables, avec la correction automatique.

*

J'ai écrit certains des mots manuscrits affichés sur le frigo sans me concentrer, alors que j'étais pressée au moment de sortir. En gros, il s'agit de choses à acheter, à aller chercher, à se rappeler ou à organiser.

NE PAS OUBLIER : RISKHOSPITAL ! est-il écrit sur l'un d'eux. Il est récent, il date de trois semaines seulement, et c'est un rappel pour Simen : il doit me retrouver au Rikshospital. Une échographie supplémentaire, passée juste par précaution à Volvat il y a quelques semaines, a montré qu'il pouvait y avoir une petite malformation de l'utérus. Une partie de moi était soulagée d'avoir enfin un semblant de réponse, tandis que l'autre s'est immédiatement demandé s'il fallait le dire à Simen. Je n'ai pas réussi à le garder pour moi plus de quatre horribles heures, je le lui ai dit pendant que nous déjeunions. J'ai eu l'impression de voir le soulagement se peindre sur son visage, sans doute parce que lui aussi avait obtenu la confirmation de ce que nous savions tous les deux : le problème venait de moi. Fort de cette certitude, il s'est montré extrêmement généreux et plein de sollicitude. « Bien sûr que j'irai avec toi, a dit Simen quand je lui ai annoncé que je devais aller passer un examen appelé hystérosalpingographie. Tu peux épeler ? » a-t-il demandé, et j'ai ri pour la première fois de la journée.

*

Ils n'ont pas trouvé de malformation significative. « Mais l'examen lui-même, le liquide de contraste que nous utilisons, peuvent parfois débloquer et aider un peu, a dit le médecin, vous n'avez qu'à continuer à essayer. » Simen semblait découragé, et j'avais conscience que peu de choses étaient moins tentantes que la perspective d'essayer encore. Pour moi, le corps de Simen est devenu exclusivement mécanique, je dois fermer les yeux et me concentrer pour me rappeler à quel point je le trouvais attirant, ses longs biceps, son dos droit, sa nuque, ses grandes mains. Son petit nez un peu de travers, ses sourcils imposants. Son regard. Ce dernier aussi a disparu à présent, il ne me regarde plus de la même façon qu'avant, et il m'est facile de m'apercevoir de sa réticence envers mon corps.

Novembre est arrivé : nous n'avons pas fait de nouvelles tentatives, et nous n'en n'avons pas parlé non plus. De plus, il y a eu les élections américaines, et j'ai été très active : j'expliquais aux journalistes de la presse, de la radio et de la télé les procédés rhétoriques utilisés par les deux candidats à la présidentielle. Håkon estime qu'on n'a pas besoin d'avoir un master en rhétorique pour percer à jour Hillary ou Trump. « Tu parles de la rhétorique comme si c'était une tricherie dont il faut révéler les ficelles, ai-je dit. C'est naïf, et venant de toi, c'est une approche simpliste. De plus, il est révélateur que tu emploies le nom de famille du candidat masculin, et le prénom du candidat féminin, ai-je ajouté. — Bien joué, mais facile, venant de toi », a dit Håkon.

Après être allée chez maman et avoir surpris la conversation téléphonique avec une douce voix masculine, j'ai téléphoné à Håkon pour la première fois depuis longtemps. Ma première impulsion avait été de téléphoner à Liv, mais pour une raison ou une autre, il m'a paru plus simple d'appeler Håkon, ce n'était pas aussi intime. Je lui ai demandé :

« As-tu parlé avec maman ces derniers temps ?

— Mouais, un peu, a-t-il dit.

— Tu sais que maman a un copain ?

— Tu veux dire Morten ?

— Comment tu connais son nom ? Tu l'as rencontré ?, lui ai-je demandé, étonnée de l'approbation de Håkon.

— Non, pas du tout, c'est juste maman qui a dit son nom il y a quelques jours. »

Je ne parvenais pas à trouver une seule bonne raison pour que maman parle de son nouveau copain à Håkon, alors qu'elle avait manifestement essayé de me le cacher.

« Est-ce que Liv le sait aussi ?

— Je n'en sais rien mais je suppose, elle sait toujours tout », a-t-il continué, et effectivement, c'est typique : maman se confie à Liv et à Håkon avant de me parler.

J'ai demandé : « Mais où ils en sont ?

— Ils sont juste amis.

— Amis, au sens de grand-mère ? »

Notre grand-mère appelait nos copains et copines, des amis ou des amies : Olaf par exemple est resté l'ami de Liv longtemps après leur mariage.

« Je ne sais pas vraiment. Je ne crois pas qu'ils aient encore bien défini tout ça. »

Il m'a expliqué que maman et Morten s'étaient rencontrés en Sicile, et qu'ils étaient restés en contact par la suite. C'était *en gros* ce qu'il savait, a-t-il dit. J'ai laissé tomber : à sa voix, je ne réussissais pas à entendre s'il le prenait vraiment avec autant de légèreté, ou s'il était triste. Mon irritation a changé de cible, elle s'est dirigée contre papa et maman qui d'un côté veulent toujours protéger Håkon de tout le malheur du monde, mais de l'autre parlent davantage avec lui, parce qu'ils sont très proches de lui, et lui si dépendant d'eux : ils se reposent plus sur lui que sur Liv et sur moi.

« As-tu parlé avec Liv dernièrement ?, lui ai-je demandé à la place.

— Non, je n'ai pas de nouvelles d'elle. Et toi ?

— Non, elle est sûrement très occupée, avec son travail, les enfants et tout.

— Oui. »

Quoique Håkon soit bien plus fort que moi en bavardage, qu'il puisse en général parler avec n'importe qui, n'importe où et de n'importe quoi, le silence s'est fait. Finalement, il a dit qu'il devait raccrocher, j'ai dit qu'on se recontacterait bientôt, sans y croire, par automatisme, il a confirmé, et nous avons raccroché.

Comme si elle avait entendu notre conversation, Liv a envoyé un message groupé le lendemain : elle demandait si nous voulions aller prendre une bière.

*

Nous nous sommes retrouvés à Tøyen il y a quelques jours, et bien entendu à l'endroit où ça arrangeait le plus Håkon. Il s'est acheté un appartement à Kampen. Comme c'est lui qui habite le plus près, il aurait dû y être le premier, pourtant je suis arrivée dix minutes avant lui. Liv a envoyé un message pour dire qu'elle avait été retardée, elle s'excusait tellement que je n'ai pas eu le cœur d'en être aussi contrariée que d'habitude – je n'ai jamais compris comment certaines personnes peuvent être systématiquement en retard. Comme mes frère et sœur. « Ce n'est pas cool d'arriver en retard », avais-je dit à Håkon. Je soupçonne qu'il se l'imagine, qu'il croie en quelque sorte faire preuve de force morale en ne se souciant pas de cinq minutes, ou du temps en général. « C'est grossier et c'est un signe de manque de confiance en soi de montrer qu'on ne prend pas au sérieux le temps des autres ni les rendez-vous avec eux », dis-je. Je crois que le mot grossier est la pire insulte que nous pouvons envisager dans notre famille. C'était quelque chose que maman et papa nous ont présenté comme horrible dès notre plus jeune âge, que nous redoutions, tout comme le fait d'être vulgaire ou ordinaire. Ces derniers jours, j'ai souvent eu envie de téléphoner à maman pour lui dire à quel point ce qu'elle faisait actuellement était ordinaire, et comme il est incroyablement vulgaire de rencontrer un type pendant des vacances dans le Sud alors qu'on vient juste de se séparer de son mari, et cela à l'âge de soixante-dix ans.

Håkon arrive au café de Tøyen à sept heures dix. « Il est sept heures dix, lui dis-je tandis qu'il suspend sa veste au dossier de sa chaise. — Mais Liv non plus n'est pas là, remarque-t-il en guise d'excuse. — Non, mais elle m'a envoyé un message. — Excuse-moi alors, a dit Håkon. Est-ce que je peux t'offrir une bière pour te remonter le moral ? — Oui, buvons une bière à la regrettée Clinton », ai-je dit, sachant que Håkon voudrait aborder la discussion reprise plusieurs fois au cours de l'année. Une des choses les plus drôles que je connaisse est de discuter avec mes frère et sœur – c'est un mélange de sous-entendus et de sujets d'étonnement, de similitudes et de grandes différences, malgré tout, dans notre façon de penser et de nous exprimer. Même s'ils peuvent me surprendre par de nouveaux arguments, je parviens presque toujours à prévoir quelles seront la direction et l'organisation de leurs propos.

Je n'avais prévu aucune des accusations lancées par Liv contre Håkon et moi lorsqu'elle est arrivée, vingt minutes plus tard.

*

Liv et moi nous sommes toujours beaucoup disputées, et jusqu'à ce que nous soyons adolescentes, il nous arrivait même de nous battre physiquement. Je me rappelle que Liv avait l'habitude de se tenir à la porte du frigo avec un bras pour avoir plus de force en me poussant et en me donnant des coups, alors que je lui tirais les cheveux ou lui plantais mes ongles dans l'avant-bras pour la pincer. Mais très peu de disputes ont laissé des traces : pour autant que je me souvienne, elles n'avaient pas d'importance. C'était plutôt un aspect de nos relations et nous pouvions en rire juste après, elles ne blessaient pas en profondeur. Les rares disputes dont je me souviens vraiment comportaient un élément extérieur, comme la fois où Liv m'a rendue responsable du fait que maman et papa allaient divorcer après un été au chalet – j'ai passé tout l'automne avec une horrible boule dans le ventre, je cherchais des signes prouvant que c'était vrai. Durant l'été et l'automne, l'ambiance avait été indéniablement mauvaise, « *C'est de ta faute* », disait Liv. J'étais persuadée que c'était le cas et que c'était parce que j'avais été insupportable tout l'été.

Je comprends maintenant qu'il s'agissait d'autre chose que de moi et de mes hormones qui, cet été-là, avaient rendu mes pensées et mon corps méconnaissables. Qui me plongeaient dans une colère et un désespoir jamais éprouvés auparavant, qui me faisaient détester mon corps, porter de grands sweats à capuche sur la plage – et ressentir une hargne constante envers maman et papa. Je les trouvais bêtes et injustes, je les provoquais sans arrêt, quoi qu'ils fassent, j'envoyais des piques terribles et retorses à maman à chaque occasion, je repoussais toutes ses tentatives de rapprochement. Le point culminant a été atteint un soir de la fin de l'été, lorsque j'ai renversé une marmite de crabes en pleine dispute avec papa : il avait refusé que j'aille voir une copine dans le chalet voisin parce que mon oncle et ma tante venaient nous rendre visite.

L'automne qui a suivi, à chaque fois qu'une dispute s'amorçait entre maman et papa, Liv m'adressait un regard accusateur. Je me rappelle encore ce qu'il y avait de terrible dans ses accusations, d'abord parce que j'avais peur qu'elle ait raison, ensuite parce que j'ai toujours eu et j'ai encore aujourd'hui le désir d'impressionner Liv, de la rendre fière de moi.

Ils auraient dû se séparer à cette époque, me dis-je à présent. Car il y a quelque chose de profondément dérangeant dans ce que papa a répété à plusieurs reprises, à savoir que depuis des années, voire depuis toujours, ça ne passait pas bien entre eux, et que pendant des années, ils avaient nourri d'autres espoirs.

*

Le lendemain de la rencontre avec Liv et Håkon, on sonne à la porte. Je suis au lit, la taie d'oreiller blanche est tachée de maquillage noir. J'ai téléphoné au travail et dit que j'allais télétravailler ce jour-là, comme je le fais souvent, et que je n'étais pas tout à fait en forme – ce qui était vrai dans les grandes lignes. La discussion avec Liv et Håkon m'a donné la nausée et j'ai mal à la tête à cause de la dispute avec Simen, avant qu'il s'en aille aujourd'hui de bonne heure.

Au moment où je me suis approchée de lui ce matin, avant que nous ne soyons tout à fait réveillés, il m'a repoussée par pur réflexe. Nous étions tous les deux dans un demi-sommeil, et sans arrière-pensée, j'avais posé ma main sur sa poitrine : j'avais seulement un vague besoin d'intimité et d'appartenance, sans doute déclenché par la confrontation avec Liv et Håkon la veille au soir. Simen a été arraché de son sommeil, il a sursauté et il m'a repoussée assez fort avec un petit cri. Aussitôt après, il a lui-même semblé surpris, peut-être embarrassé, je ne sais pas, en tout cas il s'est levé en quelques mouvements rapides. « Tu pourrais au moins demander avant, a-t-il dit, énervé, en cherchant ses vêtements. — Demander si je peux te toucher ? » ai-je dit. Simen n'a pas répondu, il est entré dans la salle de bains et a fait couler la douche. De la chambre, j'ai entendu la porte d'entrée se refermer en claquant. Je crois que c'est la première fois qu'il est parti sans dire au revoir.

*

Je me lève malgré moi en entendant la sonnette de la porte, je mets une robe de chambre, je n'aurais pas dû dormir nue, il aurait fallu que je porte un pyjama ou un T-shirt afin que Simen sache qu'il y avait une petite protection entre lui et moi ; il s'est sans doute braqué complètement hier soir, à partir du moment où j'ai plongé dans le lit, nue, saoule, la tête vide.

Il n'y a que les vendeurs et les contrôleurs de la redevance télé qui sonnent à l'improviste : je sors toujours sur le balcon pour voir qui est en bas avant d'ouvrir. Je me penche par-dessus la balustrade, je regarde vers le bas. Papa a ses vêtements d'entraînement et il fait du jogging sur place quatre étages en dessous de moi, ses cheveux gris, épais, ressemblent à une crinière de lion sous le bonnet. Il fait froid : de petits nuages rapides de buée dans l'air glacé révèlent qu'il est essoufflé. Je reste immobile à le regarder un peu trop longtemps, il penche la tête en arrière et regarde vers le haut, il ne sait pas à quel étage j'habite, il n'est jamais venu avant. Je recule vite, je ne crois pas qu'il ait eu le temps de m'apercevoir avant que je coure à l'intérieur, et je fais semblant d'être surprise d'entendre sa voix en répondant à l'interphone.

Je me précipite dans la salle de bains et je frotte pour enlever le maquillage sous mes yeux gonflés, je mets un pantalon de jogging et le sweat à capuche de Simen. J'ouvre vite la porte, juste au moment où papa fait le tour du dernier palier et arrive à ma vue. Son pas est rapide, il a une démarche légère malgré son genou abîmé. Il est certainement en meilleure forme que moi, j'ai horreur de faire du sport. Liv et Håkon ont hérité de son besoin de bouger, de s'entraîner. Liv affirme même qu'elle est dépendante, qu'elle a de réels symptômes de manque lorsqu'elle ne peut pas courir. Dans ce domaine aussi, je ressemble à maman, « *Nous préférons prendre notre temps, toutes les deux* », disait-elle souvent au cours de diverses fêtes ou de vacances où nous étions rassemblés, et où les trois autres allaient courir ou pratiquer d'autres activités sportives. Souvent, elle et moi nous installions avec ostentation dans nos fauteuils respectifs ou sur le canapé, nous prenions une bière et mangions des chips, du chocolat ou toute autre nourriture malsaine, et je ne peux rien imaginer de plus agréable que ces petites heures à nous, presque secrètes, passées ensemble.

« Oui, ici tu peux faire du sport gratuitement, dit papa, et il fait un geste de la tête vers le bas des escaliers avant d'enlever son bonnet et de m'embrasser.

— Mouais », dis-je, et je désigne du doigt les portes de l'ascenseur derrière lui.

Il rit. En le laissant passer devant moi dans l'entrée, je lui demande :

« Alors, tu es allé courir ?

— Oui, j'étais juste sorti faire un jogging, et je me suis dit que j'allais voir si tu étais chez toi : je n'ai pas encore vu l'appartement.

— Non, ça a été chargé dernièrement, fais-je, ma mauvaise conscience et mon autojustification se livrant un combat. Tu veux un café ? Du thé ?

— Oui, une tasse de thé, volontiers », dit papa, et il enlève ses chaussures.

J'entre dans la cuisine et je laisse papa visiter l'appartement tout seul, je l'entends ouvrir la porte de la salle de bains, de la chambre, du balcon, donner de petits coups dans les murs, les tuyaux ou je ne sais pas quoi, je ne peux pas m'empêcher de sourire, je suis heureuse qu'il continue à contrôler, à surveiller. Simen estimerait certainement qu'il y a dans le petit tour de papa une forme de condescendance à son égard ou envers nous, et je suis contente qu'il ne soit pas à la maison. On dirait que l'appartement change d'atmosphère avec la présence de papa, qu'il devient plus chaleureux et moins grand.

« Quel bel appartement, Ellen, dit papa en arrivant dans la cuisine.

— Oui, on s'y plaît beaucoup », dis-je.

Je verse l'eau bouillante dans la théière, je la pose sur la petite table de cuisine devant papa, je vais prendre des tasses.

« Il a presque le même agencement que le mien, même si le mien est bien plus petit », dit-il, mesurant des yeux les mètres carrés de la cuisine en longeant les plinthes du regard.

Papa est plus grand et plus large d'épaules que la moyenne, et dans mes pensées, il est l'encore plus que dans la réalité. Il a toujours incarné la force, la sécurité et la stabilité. Quand je l'imagine dans un petit appartement, il me semble soudain petit, faible et presque pitoyable.

« Alors, c'est comment de vivre seul ?, dis-je, comme s'il était un étudiant nouvellement installé.

— Tout va bien, c'est encore un peu étrange. Et un peu vide, je dois l'avouer », répond papa.

J'aurais dû lui rendre visite.

« Tu peux toujours annuler le divorce, dis-je en souriant, bien que je le pense sérieusement, et j'essaie par la même occasion de savoir si papa a entendu parler de Morten.

— Je ne suis pas seul à décider, déclare-t-il.

— Alors, si tu pouvais décider, tu retournerais vivre là-bas ?

— Non, ce serait trop facile. Je continue à croire que c'est mieux comme ça », dit papa, et je ne sais pas vraiment s'il le pense ou si c'est de la fierté, de la honte, ou un mélange de tout ça.

Je nous verse du thé, le thé que maman et lui ont toujours bu, le seul thé que Liv, Håkon et moi achetons nous aussi.

« Je pense que c'est stupide de ta part, dis-je.

— Ta mère et moi sommes deux personnes relativement avisées qui sommes parvenues à cette conclusion d'un commun accord. Comme je l'ai dit, il n'y avait plus grand-chose à espérer », constate-t-il, et j'ai de nouveau envie de souligner ce qu'il y a de bizarre dans le fait de croire qu'on puisse espérer quoi que ce soit d'autre que des enfants et des petits-enfants à leur âge mais je me résigne : je n'ai pas le courage de me lancer dans une discussion.

« Combien mesure l'appartement ? » demande papa.

Il change de sujet d'une voix neutre.

« Autour de soixante-quinze mètres carrés, je crois, balcon compris », dis-je.

Il hoche la tête, sourit.

« As-tu parlé avec Håkon ?, demande-t-il après une petite pause.

— Oui, en fait, j'ai vu Håkon et Liv hier. On a pris une bière à Tøyen.

— Tiens, ça alors », dit papa, et il a l'air presque soulagé.

Je n'ai pas la force de lui parler de la conversation avec Håkon et Liv, de lui dire à quel point c'était horrible, d'évoquer le désespoir de Liv et l'indifférence surjouée de Håkon. De raconter qu'assis autour de la table, nous étions comme étrangers les uns aux autres, tandis que Liv semblait presque hostile. « Tu ne fais rien, me criait-elle, tu n'as aucun sens des responsabilités. Tu me laisses me débrouiller toute seule, pour tout, tout le temps, tu viens quand tu en as envie, et tu profites de ce qu'on appelle "famille" quand ça te convient. Et tu me laisses assumer la responsabilité de tout ça aussi. »

« Je croyais qu'elle était au courant pour le copain de maman, ce n'était pas pour me faire remarquer », ai-je dit à Håkon après le départ de Liv. Et il me semble que je croyais qu'elle le savait, mais sans en être certaine ; peut-être qu'au moment où je le lui ai crié, je voulais blesser maman et Liv en même temps, comme pour me venger de cette pluie d'accusations. De l'injustice qu'il y avait à me faire porter la responsabilité de la décision de maman et de papa. Pourtant je n'ai pas ressenti un soupçon de joie mauvaise quand j'ai vu à quel point Liv était brisée.

« Nous avons vécu dans un mensonge », a déclaré plusieurs fois Liv au cours de la soirée, sous diverses variantes. Håkon se taisait. « *Ce n'est pas un mensonge : même s'ils divorcent, tout a vraiment existé* », essayais-je de répondre, sans comprendre ce qu'elle voulait dire. Mais aujourd'hui, il me semble que je peux le comprendre en partie : un voile de mensonge est jeté sur tous les souvenirs, les expériences et les points de vue de la sphère familiale, puisque maman et papa peuvent apparemment se dégager de quarante ans de mariage d'un simple claquement de doigts, abandonner aussi facilement l'union qui nous a créés. Je crois en tout cas que Liv le vit comme ça, je ne réussis plus à lire dans ses pensées comme je le faisais avant.

J'ai moi-même toujours considéré que persister dans une relation morte ou misérable n'a rien d'héroïque, quelle qu'en soit la raison – *Si l'on a des enfants, il vaut mieux pour eux qu'ils vivent avec des parents joyeux et heureux*, pensais-je –, et il me semble inutile, presque pathétique de refuser de rompre dans ce cas. J'hésite maintenant entre m'en tenir à mon opinion passée et, avec une petite préférence sans doute, surtout à la lumière de la réaction de Liv, me dire que s'ils avaient réussi à supporter la situation aussi longtemps, ils pouvaient bien supporter le reste.

J'ai envie de mettre papa face à tout ça, et de lui raconter le conflit entre Liv, Håkon et moi, de lui faire prendre ses responsabilités, de l'obliger à remettre de l'ordre dans la pagaille que maman et lui ont semée parmi nous. Pourtant, je ne réussis pas à me mettre en colère.

L'avoir dans ma cuisine me donne une telle impression de sécurité que la seule chose que j'ai la force de faire, c'est de m'accrocher à ce sentiment. Il n'a qu'à être ici, être papa, nous pouvons faire comme si de rien n'était un petit moment, comme si j'avais une famille pour espérer, pour aller de l'avant, sur laquelle parier. Je suis si fatiguée. Je suis si petite.

« À quoi va vous servir cette pièce en plus, alors ? » demande papa, sans penser à rien d'autre apparemment qu'à la pièce vide, sans avoir idée de ce qu'elle contient, dix mille mètres carrés remplis de débris d'espoirs informulés et d'attentes.

Oh, papa.

*

Quand Simen rentre à la maison, je suis au lit ; que ça puisse être interprété comme un message – dans un sens ou un autre –, je n'ai pas le courage de m'en inquiéter. Je n'ai pas consulté mes e-mails ni mon téléphone de toute la journée : du plus loin que je me rappelle, c'est la première fois. Liv pense que je souffre véritablement de la nouvelle addiction à internet : j'ai de réels symptômes physiques et mentaux, c'est vrai, quand je n'ai pas accès à internet pendant plusieurs heures. Rationnellement, je comprends qu'il y a peu de chances pour que je passe à côté d'un fait important durant ces heures, et qu'il n'est pas décisif, en règle générale, que je consulte mon courriel ou mes messages sur Facebook toutes les demi-heures. Mais pour être sincère, « C'est comme si j'étais privée d'une partie de moi-même, comme je l'ai dit à Simen en Croatie, un jour où j'avais réussi à oublier mon téléphone à l'hôtel. Ça me donne le sentiment d'être déconnectée du monde, d'être totalement à l'extérieur. Et ça n'a rien de satisfaisant, ai-je poursuivi. — Non, mais c'est satisfaisant pour moi », a-t-il répliqué. Il a instauré un laps de temps sans téléphone portable d'au moins deux heures par jour, souvent plus les week-ends, et il affirme que c'est le seul moment où il est connecté au monde. « Tu es vieux, dis-je alors, c'est une opinion dépassée de penser qu'internet et toutes ses possibilités ne font pas partie du monde réel. »

« Ce n'est pas réel comme peut l'être cet arbre », ai-je dit en frappant un tronc d'arbre le long d'un sentier, un après-midi où nous faisions le tour du lac Sognsvann en marchant – parce que Simen était furieux de rester à la maison sans pouvoir utiliser son ordinateur, Netflix, son téléphone portable ni rien de ce qui peut être connecté à internet. Simen estime que je me trompe, que c'est moi qui suis dépassée ; « Attends et tu verras, dit-il, tu appartiens à une génération pour laquelle internet est si récent que nous sommes tous des dilettantes. Tous ceux qui grandissent de nos jours s'y rapporteront d'une façon complètement différente dans le futur : aujourd'hui déjà, même un enfant de dix ans en a une meilleure maîtrise que toi, il en a une approche bien plus naturelle, si on la compare à notre utilisation consciente et compulsive. » Je n'ai pas eu le courage de faire remarquer le caractère compulsif de la quarantaine que Simen s'inflige, de toute évidence plutôt pénible.

Habituellement, la première chose que je fais le matin alors que je suis encore au lit, c'est de regarder mes e-mails, les journaux du net et les réseaux sociaux sur mon téléphone. Aujourd'hui, je ne leur ai pas consacré une pensée, je me suis contentée de rester au lit sans bouger, sans faire quoi que ce soit, c'est tout juste si j'ai pu former une pensée cohérente depuis que papa est parti. J'enroule mon corps dans ma couette, j'entends Simen se faire un café et parler au téléphone avec son frère. Ils se parlent d'une façon bien plus formelle que je ne le fais avec mon frère et ma sœur – ils sont si polis l'un avec l'autre. Une confrontation du type de celle que Liv, Håkon et moi avons connue hier est tout à fait inconcevable pour eux. Toute ma situation familiale est absolument inimaginable pour la famille bien rangée de Simen ; si j'ai pu penser par le passé qu'il devait être très pénible de vivre avec autant de non-dits, qu'ils ne pouvaient jamais discuter ni s'expliquer en toute sincérité, j'aurais maintenant apprécié que ma famille ait réussi à en dire moins, à garder les choses pour elle, à ne pas se préoccuper autant de l'authenticité et de la vérité, valeurs qui paraissent à présent égocentrées et prétentieuses.

Tout en écoutant la conversation de Simen, je consulte mon téléphone portable pour la première fois aujourd'hui. Je vais sur Facebook, et dans mon fil d'actualité, je tombe sur l'annonce d'une clinique privée de fertilité : mes oreilles bourdonnent, ma poitrine est oppressée, je me déconnecte de Facebook et je repose le téléphone portable. J'entends Simen confirmer que nous venons toujours dimanche, avant qu'il ne mette fin à la discussion téléphonique. Je n'ai pas le souvenir que nous ayons été invités à quoi que ce soit dimanche, mais il peut bien se faire que le « nous » de Simen soit un autre « nous » que le nôtre. Je ferme les yeux et je fais semblant de dormir quand j'entends ses pas s'approcher de notre chambre. Je l'entends s'arrêter sur le seuil, j'essaie de m'imaginer à quoi il ressemble mais je n'y arrive pas, je ne réussis pas à me représenter ses traits, je ne le connais pas. Je suis frappée de constater à quel point nous sommes étrangers l'un à l'autre, et comme je m'agrippe à quelque chose que je ne peux plus justifier. Lui et moi ne formons plus un « nous », mais sommes réduits à l'état de deux parties disjointes qui ne fonctionnent plus ensemble.

Il frappe légèrement sur le chambranle de la porte. J'ouvre les yeux.

« Tu dors ? » demande-t-il.

Il a mis le pantalon de jogging gris que j'avais utilisé plus tôt dans la journée, un T-shirt blanc. Ses cheveux bouclés, dont j'avais toujours espéré que notre enfant hériterait, sortent d'une casquette rouge. Il a soudain l'air d'un petit enfant. Je secoue la tête, je m'assieds dans le lit. Il s'assoit au bord du lit, je ramène mes jambes vers moi pour qu'il ait plus de place, je ne sais pas s'il interprète ça comme une façon de le repousser ou de l'approuver, mais il soupire. Il regarde le sol, puis il me regarde.

J'espère qu'il va rompre maintenant, je prie en moi-même pour qu'il dise qu'il n'en peut plus, qu'il me quitte.

« Excuse-moi, dit-il. Je me suis conduit de façon lamentable ce matin. Je ne sais même pas ce qui s'est passé, j'ai eu un sentiment de claustrophobie vraiment violent, presque comme une crise. »

Je le regarde. Je ne sais pas quoi dire.

« C'est un schéma destructeur. Je ne peux pas vivre comme ça, ou plutôt nous ne pouvons pas continuer comme ça », poursuit-il, et maintenant ça va venir, je me mobilise pour être prête, je plisse les yeux.

Simen se met à rire.

« Qu'est-ce que tu fais ?, demande-t-il.

— Je me tiens prête », dis-je sans ouvrir les yeux.

Je sens sa main contre ma joue. Il caresse ensuite mes cheveux, puis mon bras nu, il est désarmé et amical, son geste est presque résigné, enfin il me saisit la main et la serre fort.

« Tu te méfies de moi ?, dit-il, et j'entends qu'il sourit toujours.

— Oui, fais-je.

— Oui, tu fais bien », s'écrie-t-il après une petite pause, et il se couche sur moi, me tire vers lui en quelques mouvements exagérés et me fait un grand câlin, il me pince un peu sur le côté, m'embrasse sur le front, c'est tellement agréable d'être proches sans rien attendre que je ris et je pleure à tour de rôle, j'écarte la pensée que cette conversation, elle non plus, n'a mené nulle part, que tout reste en suspens comme un ballon de barrage dans l'air au-dessus de nous.

*

Simen et moi nous sommes rencontrés à une fête chez des connaissances que nous avons en commun. Je savais qui il était – et je le mentionne toujours quand je raconte mon histoire à quelqu'un, je ne sais pas pourquoi il est important de le souligner, ça paraît tellement banal de dire qu'on s'est rencontrés à une fête. Je suis persuadée que c'est une attitude héritée de maman et de papa. Ils ont toujours dit, eux aussi, qu'ils s'étaient rencontrés à Blindern[1] au lieu de parler de la fête où, comme on l'a appris plus tard, ils s'étaient en réalité rencontrés pour la première fois.

Du plus loin que je me souvienne, j'ai toujours été intriguée par cette histoire. Même si elle n'est pas passionnante par elle-même, l'idée d'eux jeunes, de leurs vies avant Liv, Håkon et moi, demeure mystérieuse et étrange. D'ailleurs, c'est presque une loi de nature que la

1. Campus de l'université d'Oslo.

descendance s'intéresse à la façon dont leurs géniteurs se sont rencontrés, « Cette rencontre est le point de départ de chacun », dis-je à Simen qui n'a jamais demandé comment ses parents s'étaient rencontrés : selon lui, soit on ne le lui a jamais raconté, soit il l'a oublié. « Ça doit être la première hypothèse, ai-je répliqué, impossible d'oublier quelque chose d'aussi crucial. »

Maman et papa disent d'habitude qu'ils se sont rencontrés lors d'un débat d'étudiants. Papa raconte que maman avait levé la main et posé plusieurs questions critiques, et qu'il avait été séduit par son engagement et ses opinions. Maman prétend que sa mémoire le trahit, qu'elle était simplement curieuse et qu'à son souvenir, elle n'avait posé qu'une question prudente – papa et elle ont en général deux points de vue assez différents sur le degré de leur engagement politique pendant leurs études, « Peut-être qu'ils s'impliquaient tous deux avec une intensité différente », ai-je suggéré, mais cela, aucun d'eux ne veut en entendre parler. En tout cas, leur récit unanime a établi assez longtemps qu'ils s'étaient rencontrés à ce débat, jusqu'au jour où il s'est avéré que la rencontre proprement dite, leur première conversation ensemble, avait eu lieu lors d'une fête, quelques semaines après. À quatorze ou quinze ans, j'ai été profondément troublée de découvrir que le point de départ de leur histoire, et donc de la mienne, était différent de ce qu'ils avaient d'abord raconté.

J'ai toujours tenu comme acquise leur fiabilité : pour nous, ils étaient presque des garants de la vérité ; l'idée qu'ils aient pu, bien sûr, embellir plusieurs aspects, en cacher d'autres, ou tout simplement mentir, ne m'était jamais venue à l'esprit. Certes, j'avais pu remarquer qu'ils étaient différents, et je n'ai jamais pleinement compris leur mariage – je n'y ai jamais non plus tellement pensé – mais j'ai tenu pour totalement acquis le fait qu'ils y avaient, eux, trouvé un sens. Qu'ils en avaient retiré quelque chose que je ne voyais pas ou ne comprenais pas, que je ne parvenais pas à saisir, mais qui existait certainement sous la surface. Je me disais, comme le prétend Liv, que je n'avais pas assez d'expérience pour le percevoir.

Ce qui m'a immédiatement frappée en Italie, lorsqu'ils ont dit qu'ils allaient divorcer, c'est qu'ils n'avaient jamais été particulièrement affectueux l'un envers l'autre, comme Simen et moi le sommes – l'étions – mais Liv m'a reprise, elle était presque en colère. « Tu n'es pas en mesure de comprendre tout l'amour qu'il y a dans ce qu'ils font l'un pour l'autre, dans ce qu'ils sont l'un pour l'autre », a-t-elle déclaré. Mais Olaf et elle ont, eux aussi, une relation assez plate et uniforme, elle s'est contentée de copier le mariage de maman et de papa : elle n'avait pas le choix, il fallait qu'elle conteste mon affirmation.

Quand je consulte à nouveau mon téléphone, juste pour voir l'heure qu'il est, Liv m'a envoyé un message.

Je regrette d'avoir regardé, je tourne le téléphone sans lire le message, je n'ai qu'une envie : rester couchée ici – Simen et moi sommes restés au lit un moment, ça a pu durer des minutes ou des heures, nous nous sommes simplement tenus fermement enlacés, nous avons discuté de ce qui, avant, remplissait nos journées, de petites histoires sur des incidents, sur les chefs, les collègues, les rumeurs, les possibilités. Mais le temps s'est remis en route au moment où j'ai reçu le message de Liv, je ne réussis pas à en faire abstraction plus de deux minutes avant de l'ouvrir.

« Liv nous demande si nous avons envie d'aller déjeuner chez elle dimanche prochain, dis-je à Simen. C'est un message groupé pour tous, y compris maman et papa.

— Tu crois que c'est pour un règlement de comptes ?, demande Simen.

— Non, je crois que c'est pour une réconciliation, dis-je, mais sans aucune certitude d'avoir raison.

— On devait aller chez Magnus dimanche, remarque Simen. Mais ça ne fait rien si on se sépare. Si tu es avec ta famille, et moi avec la mienne. »

Maintenant, je m'en souviens, il y a trois semaines, son frère nous avait invités à déjeuner dimanche. J'ai envie de répondre à Simen comme je l'aurais fait avant : « *Voilà ce qui arrive quand on planifie la moindre chose, comme dans ta famille, trop longtemps à l'avance, on oublie.* » Et Simen aurait répondu : « *Voilà ce qui arrive quand on ne planifie rien, comme dans ta famille, on fait voler en éclats tout ce qui était déjà planifié.* »

« Je sais que ça fait longtemps que nous ne sommes pas allés dans ta famille, et je les verrais volontiers bientôt. Mais comme c'est la première fois que Liv lance une invitation, je sens qu'il va être difficile de dire non. Surtout après la journée d'hier », dis-je en me rendant compte que je n'ai rien raconté à Simen de la journée d'hier. Il ne pose d'ailleurs pas de questions.

« C'est parfait comme ça. Je pense que tu devrais aller chez Liv, dit-il. Peut-être que ça nous fera du bien d'avoir des sources d'inspiration différentes. »

*

Je m'oblige à avoir cinq minutes de retard, mais je suis bien sûr la première à arriver chez Liv. Pourquoi le reste de la famille est-il si décontracté dans son rapport au temps, et moi si ponctuelle ? Il doit y avoir un défaut de fabrication quelque part.

« Tu sais que tu as été adoptée ? » a demandé Liv quand nous étions petites. Elle prétendait pouvoir le démontrer en demandant à maman et à papa de croiser leurs bras sur leur poitrine. « Faites comme ça vous semble naturel », a dit Liv un jour qu'ils étaient dans la cuisine en train de préparer le déjeuner ; Liv m'avait fait descendre, me traînant hors de ma chambre pour me montrer ce test secret. « Regarde-les, tous les deux, et regarde-moi, a-t-elle dit – et elle a croisé ses bras tout fins –, on fait la même chose, le bras droit par-dessus le gauche. Essaie, toi aussi. » Je me rappelle avoir dû réfléchir pour tâcher de mettre le même bras qu'eux par-dessus, mais ça ne marchait pas, ça me paraissait vraiment bizarre, et mes bras se sont inversés d'eux-mêmes. Maman et papa riaient, ils ne savaient pas que Liv m'avait prévenue qu'il s'agissait d'un test d'adoption. « Eh bien, tu dois avoir des gènes venus d'ailleurs, toi, Ellen, a dit papa. — Tu ferais peut-être bien de t'en réjouir », a dit maman, et elle a donné un coup de coude dans les côtes de papa.

Je n'avais jamais réalisé qu'ils étaient aussi heureux à l'époque, qu'ils pouvaient plaisanter avec une telle facilité, le souvenir du sentiment horrible que j'avais éprouvé en m'apercevant que j'avais probablement été adoptée avait éclipsé leurs visages, leur bonne humeur et les regards qu'ils échangeaient.

Pour une fois, je sonne à la porte d'entrée chez Liv et Olaf au lieu de faire le tour de la maison, de jeter d'abord un coup d'œil dans le salon par la porte de la véranda, avant d'entrer ou de frapper à la fenêtre si c'est fermé à clé. C'est Liv qui ouvre, elle s'est maquillée et a meilleure mine qu'il y a seulement une semaine, bien qu'elle semble encore plus mince – elle porte des pantalons noirs près du corps et une chemise décolletée avec de larges manches, que je n'aurais jamais pu porter sans paraître ordinaire et boudinée. Liv a du style, elle garde une distance presque froide, et je vais vite lui faire un câlin pour briser cette barrière invisible entre nous, créée par tout ce qui n'a pas été dit depuis que je l'ai vue à Tøyen. Elle me fait une bise rapide, elle se dirige vers la cuisine et dit qu'elle a laissé un plat dans le four, et que je n'ai qu'à aller dans le salon avec les autres.

Dans le salon, Agnar est assis de dos sur une chaise devant la télé, je pose une main glaciale autour de sa nuque. Il sursaute et se retourne, il sourit quand il voit que c'est moi. Une pause se fait, nous aussi nous sommes devenus étrangers l'un à l'autre, ce qui est renforcé par le fait qu'Agnar a complètement changé d'apparence – il a grandi d'au moins dix centimètres au cours de l'été et de l'automne, il s'est fait couper les cheveux, ses épaules et sa mâchoire se sont élargis.

Il se lève et je le serre dans mes bras.

« Est-ce que tu as mangé des haricots magiques depuis la dernière fois qu'on s'est vus, ou ce sont seulement tes gènes exceptionnels qui agissent d'un seul coup ?, dis-je en le relâchant et en m'apercevant qu'il est aussi grand que moi.

— Ce sont sûrement les gènes », dit Olaf derrière moi.

Je me retourne.

« Mouais, et toi par contre, on dirait que tu as un peu rétréci depuis la dernière fois », fais-je en souriant.

Olaf rit. Je me demande si je vais aussi le serrer dans mes bras mais il garde une distance prudente, il a les bras croisés sur sa poitrine, avec le bras droit par-dessus le gauche, lui aussi ; après plusieurs années passées dans la sphère de la communication, ça ne déclenche plus immédiatement en moi des idées associées à l'adoption, comme ça a été longtemps le cas ; c'est plutôt le signe qu'on a besoin de se défendre. Je lui demande :

« Tout le monde vient, alors ?

— Oui, je crois. Alors, Simen ne vient pas ? » interroge-t-il.

Je secoue la tête ; je me demande quelle sorte d'inspiration Simen reçoit en ce moment chez son frère, s'il est en train de porter son neveu de trois mois et de le regarder dans les yeux, s'il caresse la petite tête douce, le berce et sent le poids de ce petit être dans ses bras, le poids de ce qui manque.

« Non, il devait aller déjeuner chez son frère. Håkon vient tout seul ? »

Olaf opine de la tête. Je ne sais pas pourquoi j'ai posé cette question sur Håkon. Peut-être pour souligner que quelque chose va mal chez Håkon aussi, qui n'a jamais de chéries, en dehors de relations bizarres avec des dames étranges comme lui, qu'à la manière de grand-mère il n'appelle jamais des chéries – ce sont en gros des amies. Mais la ressemblance s'arrête là : je crois que si notre grand-mère vivait toujours, Håkon et elle auraient une conception tout à fait différente de ce qu'amis et amies peuvent faire ensemble.

« Tu crois que Håkon est homosexuel ? » ai-je une fois demandé à maman, il y a quelques années. Elle n'a pas eu besoin de réfléchir, elle y avait manifestement pensé elle aussi. « Non, a-t-elle répondu rapidement, je crois qu'il est un peu immature. » Håkon avait alors vingt-cinq ans. « Oui, mais il peut être immature dans le sens où il n'ose pas sortir du placard, ai-je suggéré. — Quel placard ?, a demandé maman. Je crois que Håkon sait parfaitement qu'aucun d'entre nous ne hausserait seulement un sourcil s'il en était ainsi, a-t-elle poursuivi. — Il n'y a pas que nous dans son monde, ai-je dit en lui souriant. — On n'en est pas loin », a-t-elle répliqué, et elle avait l'air d'espérer que c'était vrai.

Ma théorie sur Håkon, de façon assez pathétique, était enracinée dans des conceptions stéréotypées. Liv et moi en avions parlé il y a quelques années : il était trop sensible et attentif aux humeurs des autres, vaniteux, soucieux de notre apparence comme de la sienne. « De plus, il préférait dormir en chemise de nuit plutôt qu'en pyjama Superman quand il était petit, a rappelé Liv. — Tu as pensé qu'il a grandi avec deux sœurs plutôt dominantes ?, a demandé maman. Que sa façon de parler et ses sentiments ont été influencés par deux femmes qu'il a essayé de rattraper toute sa vie ? — Håkon n'a pas essayé de nous rattraper, Liv et moi, ai-je répondu, il a toujours suivi son propre chemin, formé ses propres idées et fait ses propres choix. Il est en profond désaccord avec nous deux sur n'importe quel sujet. — Et qu'est-ce que ça t'évoque ? » a demandé maman. J'ai compris que d'après elle, Håkon sentait qu'il pouvait s'exercer à argumenter avec nous. Maman pense qu'être implicitement en désaccord avec une personne est un compliment qu'on lui fait, qu'il y a une forme de considération dans le fait de penser que l'adversaire est digne d'une discussion. « *On ne prend pas la peine de discuter avec quelqu'un qui n'a aucune importance* », dit souvent maman. Je ne doute pas que Liv et moi comptions pour Håkon, mais je suis bien certaine qu'il a le sentiment de s'être éloigné de nous depuis longtemps, et que sa considération pour nous provient surtout du fait que nous sommes une famille.

« Demande-le-lui alors, a dit maman à la fin de notre conversation, ce n'est pas comme si c'était une question vexante, a-t-elle ajouté. — Demande-lui toi-même, ai-je rétorqué, ce n'est pas comme si c'était crucial. » Malgré nos convictions politiquement correctes presque sincères, aucune de nous n'a posé la question à Håkon. Et quelques semaines après, il est apparu avec une nouvelle amie : maman m'a téléphoné spécialement pour me le raconter, ça avait tellement peu d'importance.

Håkon, cependant, n'arrive pas seul chez Liv, il est avec papa. Liv et moi les voyons arriver de la fenêtre de la cuisine, dans la voiture de papa, mais nous ne faisons aucun commentaire. Je me demande si Liv trouve cela aussi étonnant que moi. Dans quelle mesure Papa et Håkon sont-ils restés en relation, en fait ? Je commence aussi à me demander si Liv et papa se voient beaucoup –, si sa visite à l'improviste plus tôt dans la semaine n'a pas été en réalité dictée par sa mauvaise conscience, parce que c'est de cette façon qu'il va continuellement voir Håkon et Liv.

*

Je me suis toujours félicitée de la relation qui existe entre Liv, Håkon et moi. Je n'ai jamais éprouvé la jalousie dont j'ai entendu parler par mes amies ou mes copains qui, sans cesse, rivalisent âprement avec leurs frères et sœurs, d'une façon presque mesquine. J'ai toujours espéré que Håkon et Liv s'en sortiraient bien dans la vie, pourquoi pas mieux que moi, et ce n'est ni par goût du sacrifice ni par altruisme, bien au contraire. Je nous considère comme une unité, tellement solidaire que si l'un de nous réussit, sa réussite se répercute sur les deux autres. Lorsque tout va bien pour eux, c'est libérateur, c'est un soulagement, je n'ai pas besoin de m'inquiéter pour eux ; d'un autre côté, quand l'un d'eux souffre, un mal-être presque physique pèse sur moi : c'est l'inconvénient d'être si proches les uns des autres.

Même sans être jalouse, j'ai toujours eu la certitude que maman et papa accordaient une tout autre attention aux deux autres qu'à moi. Je ne crois pas qu'ils aiment davantage Liv ou Håkon, mais en un sens, ils représentent tous les deux quelque chose qui les rend plus importants que moi. Liv est l'aînée, et l'aîné est bien sûr un événement en soi en raison de son rang de premier-né, c'est celui qui a changé l'existence entière, qui représente la transition d'une relation de couple à une famille. Håkon est le plus jeune, celui qui complète l'unité, qui met un point final et parachève le tout, celui qui profite de tout ce qui a été essayé, des erreurs commises avec les enfants précédents, celui qui brille parce qu'il est toujours le plus petit, et dans son cas parce qu'il est aussi un petit dernier profondément désiré. En ajoutant une malformation cardiaque et une intelligence émotionnelle surdéveloppée, on a presque la recette d'un enfant prodige.

Mon rôle dans la famille est plus flou. Pour moi-même, oui – mais clairement aussi pour maman et papa. Il est difficile de m'attribuer une place, je fais figure de matériau de remplissage entre les deux autres. Ce qui accentue peut-être encore ce phénomène, c'est qu'il a fallu si longtemps pour que maman soit enceinte de Håkon ; elle l'a attendu durant de longues périodes au cours de mes huit premières années. Ils savaient, sans le dire, qu'ils attendaient quelqu'un d'autre. Lorsqu'il a fini par arriver, il a pris toute la place avec ses besoins particuliers et sa personnalité particulière, comme je l'ai expliqué à Simen. « Pour moi, ça ressemble à de la jalousie », a répondu Simen. Mais ça n'en est pas. Je ne suis pas jalouse. Ça peut faire mal, mais ça ne se manifeste pas comme de la colère ou de l'amertume à l'encontre de Håkon ou de Liv, c'est plutôt une conscience douloureuse qui s'enflamme parfois lors de disputes ou dans certaines situations, surtout avec maman, un consentement qu'on m'a inculqué à passer inaperçue, à accepter que Liv et Håkon aient plus d'importance : c'est devenu au fil des années une prophétie autoréalisatrice – comme le montrait l'article sur l'enfant favori auquel Simen s'est un jour référé : j'ai fait en sorte d'être plus indépendante, j'ai eu besoin de moins d'approbation, de moins de disponibilité, et j'en ai de fait moins reçu que les deux autres.

Maintenant, dans la cuisine de Liv, avec Håkon et papa de l'autre côté de la fenêtre, ce sentiment prend de l'ampleur. Ce nouveau sentiment, qui est venu me visiter plus souvent et de différentes manières cette année, est un sentiment de pure jalousie : je veux obtenir ce que reçoivent Liv et Håkon – de l'attention, du soutien, de l'empathie, des consolations – et je veux qu'on admette que je suis aussi importante, peut-être plus importante.

*

Maman arrive en dernier. Je n'ai plus parlé avec elle depuis cette soirée chez elle, il y a quelques semaines. Depuis l'Italie, c'est la première fois que nous sommes tous réunis. Je ne sais pas dans quelle mesure maman et papa restent en contact, ni ce que papa sait, mais il l'embrasse rapidement avec des gestes familiers, comme s'il était à présent habituel pour eux de se saluer sur ce mode distancié. C'est difficile à comprendre, j'essaie de voir si Liv et Håkon réagissent eux aussi, mais Liv est de dos, en train de tourner une préparation dans une marmite, et Håkon est en pleine discussion avec Agnar. C'est comme si rien ne s'était passé, tout ce qui arrive à présent aurait pu se passer de la même façon il y a un an, cinq ans – et je ne sais pas si nous sommes doués pour faire semblant ou si, en pratique, le changement est moins tangible qu'en théorie.

« Hedda a quelque chose qu'elle aimerait bien vous donner », dit Liv. Elle passe de la cuisine au salon, elle s'essuie les mains sur ses cuisses, elle regarde tout le monde et attarde son regard sur moi. « Quelque chose qu'elle avait hâte de vous distribuer, sachez-le. »

Je dois faire un effort pour sourire.

« Hedda », crie Liv en direction du premier étage.

Hedda descend l'escalier, vêtue d'une robe de princesse bleue, elle distribue des feuilles pliées portant sur la première page nos noms écrits par quelqu'un. Sur ma feuille, Hedda a dessiné une longue ligne rouge avec une boucle à la fin. À l'intérieur, il y a encore deux gribouillis au milieu de la feuille, un bleu et un noir, et un autocollant JOYEUX NOËL. Maman et papa reçoivent une carte de Noël en commun, et ils rivalisent d'éloges pour dire à Hedda que leur griffonnage est merveilleux, ils supposent que c'est un père Noël, un renne ou peut-être un sapin de Noël ? Hedda sourit et secoue la tête.

« C'est une pierre, dit-elle joyeusement.

— Une pierre ! » s'écrient maman et papa en chœur, aussi enthousiastes l'un que l'autre.

Il y a brusquement un silence, ils ne se regardent pas, ils semblent presque gênés par cette explosion simultanée – elle leur rappelle peut-être un bref instant tout ce qu'ils partagent encore, toutes les années, les expériences, les souvenirs emmagasinés dans leurs corps, et qui se manifestent à l'identique sûrement plusieurs fois par jour sans qu'ils y pensent ni n'en soient conscients.

« Et ça, c'est aussi une pierre ? » dis-je à Hedda.

Pour remplir le silence qui s'est brusquement installé, je m'accroupis devant elle avec ma carte de Noël, je montre le gribouillis bleu sur la carte.

Hedda secoue la tête et rit avec retenue, elle est encore trop petite pour être déçue ou vexée que personne ne comprenne ce qu'elle a dessiné, elle est simplement contente que ses traits, qui ne sont même pas une tentative pour imiter la réalité, aient abouti à une sorte de jeu de devinettes. En même temps, elle reste réservée vis-à-vis de moi, elle n'ose pas s'approcher, son regard est vigilant, son comportement avec moi diffère complètement de celui qu'elle a avec le reste de la famille.

« Moi, il me semble que ça ressemble un peu à papa, dis-je sans regarder Olaf, les yeux fixés sur Hedda. Là, c'est la tête, et ce grand rond, ici, c'est le ventre » – je montre la plus grande boucle.

Hedda se tord de rire, elle est rassurée en comprenant que je blague avec elle, elle s'approche, je sens son souffle contre mon visage quand elle rit, j'ai envie de serrer ce petit corps dans mes bras, de sentir ses bras autour de mon cou.

« On va manger », dit Liv.

*

« C'est vraiment très bon, Liv, dit maman tandis que nous mangeons le civet de cerf préparé par Liv. Tu as mis quelque chose d'autre ? »

D'autre signifie différent de ce qu'il y a dans la recette de maman, héritée de *mormor*.

« J'ai mis un peu de badiane dans la sauce, répond Liv, et maman hoche la tête pour approuver. En fait, c'est aussi bon sans, c'est juste une amie qui m'a donné ce truc, s'excuse vite Liv.

— Moi, je trouve que c'est presque meilleur avec, dis-je, et je regarde maman en souriant.

— Oui, comme je l'ai dit, c'est très bon, répond-elle.

— Délicieux, s'écrie papa pour sauver la conversation de la lourdeur qui la gagne. Et ce beurre de Kviteseid alors, ajoute-t-il, et il étale une épaisse couche de beurre sur un morceau de flatbrød.

— Attention au beurre, Sverre, dit maman – et je m'aperçois qu'elle comprend aussitôt qu'elle a parlé par vieille habitude, elle a le même regard que lorsqu'ils ont parlé en chœur un peu plus tôt, et elle rit de façon un peu désarmante. Parce que tu as toujours un peu d'hypertension, non ? »

Pour une fois, papa a l'air agacé, une lueur d'impatience parcourt son visage, on dirait qu'il veut dire quelque chose mais qu'il l'étouffe par la pensée d'après, et il se tourne vers Agnar.

« Tu as capturé de nouveaux Pokémon ces derniers temps ?, demande-t-il.

— J'ai arrêté, j'en avais marre », dit Agnar.

Papa s'effondre, j'ai mal pour lui, il a l'air si seul.

Liv regarde dans son assiette. Håkon regarde par la fenêtre. Olaf jette de fréquents coups d'œil à Liv. Je me demande si, autour de la table, tout le monde a la même impression que moi : quelqu'un doit faire éclater la surface lisse, je ne peux pas croire que personne, à part Olaf et Hedda, n'ait été sensible à l'atmosphère ambiante.

« Oui, d'ailleurs, j'ai une nouvelle à vous annoncer, dit papa. Je vais me mettre complètement à la retraite à partir de janvier. »

J'espère que c'est sa décision à lui, qu'il ne l'a pas prise pour maman, qu'il ne l'a pas fait pour sauver leur mariage alors qu'elle, de son côté, est passée à autre chose.

« Félicitations, dit Olaf, sondant le terrain. Qu'est-ce que vous allez faire maintenant, alors ? »

*

Il n'y a pas eu de confrontation. QUELLE DOUCHE FROIDE ! ai-je écrit à Simen sous la table pendant que nous mangions le dessert. « Je ne dirai rien si personne ne parle, lui avais-je déclaré avant de partir. — Mais qu'est-ce que tu veux qu'ils disent ? » a demandé Simen. Je suis restée silencieuse. Je ne sais pas ce que je veux qu'ils disent, je voudrais juste que quelqu'un mette des mots sur tout ça, perce cette pseudo-normalité dans laquelle j'ai l'impression de me trouver. « Il faut qu'on en parle bien sûr, ai-je dit enfin à Simen, il y a en permanence tellement de non-dits sous la surface, nous ne sommes pas comme ça », ai-je poursuivi pour un motif un peu différent. Il a hoché la tête sans saisir l'allusion, « Il vaudrait sans doute mieux que quelqu'un d'autre lance la discussion, tu n'as pas besoin d'être toujours celle qui assume les responsabilités. De plus, si tu ne dis rien, ça obligera quelqu'un d'autre à le faire. » Là, il se trompait : personne d'autre n'a l'air de se sentir obligé de dépasser le stade des banalités. Toute ébauche de conflit est étouffée avant d'être formulée. Si ce n'avait pas été ma propre famille, j'aurais observé avec une grande fascination cette élaboration collective de non-dits, le fait que chacun prenne sa part de responsabilité pour lisser la situation et protéger quelqu'un d'autre, qui à son tour fait de même lors d'un nouveau silence pesant. Ça tourne en rond : tout le monde a été sauvé par quelqu'un ou a été le sauveur d'un autre, c'est équitable, et personne ne peut se sentir piétiné ni traité injustement.

Ni maman ni papa ne veulent partir en premier et donner à l'autre la possibilité de rester seul avec les enfants et les petits-enfants. Peut-être que je suis la seule à le percevoir ainsi, mais l'atmosphère entre eux n'est plus la même que lorsqu'ils ont annoncé leur divorce. Je ne sais pas quel accord ils ont passé, ce qu'ils souhaitent ou espèrent, ni en quoi consiste la collaboration dont maman s'est targuée, si ce n'est garder Agnar et Hedda ensemble une fois de temps en temps.

C'est finalement Håkon qui part, il est « attendu ailleurs », dit-il. Avant, tout le monde se serait jeté sur lui pour lui demander avec qui il a rendez-vous mais personne n'ose plaisanter avec lui à présent ; l'ambiance est si tendue qu'elle ne permet pas le moindre faux pas, comme fâcher Håkon par des questions, ni même l'amener à faire semblant d'être fâché. Il regarde papa qui se lève à son tour et remercie, il va apparemment conduire Håkon là où il doit se rendre. Maman a l'air soulagée, et déclare qu'elle doit rentrer elle aussi pour aller se coucher. Liv et moi regardons l'horloge en même temps, il est neuf heures.

*

« Tu crois qu'elle va le retrouver maintenant ? » demande Liv.

Nous sommes assises dans l'escalier derrière la maison, face au jardin, enveloppées chacune dans son plaid. Nous avons pris le reste de la bouteille de vin, nous partageons une cigarette. Liv a la main gauche sur son oreille, elle passe l'index sur la courbure et descend vers le lobe comme papa le fait toujours quand il lit ou résout des sudokus, et elle tient la cigarette dans l'autre main. Ça fait un an que je n'ai pas fumé, et j'ai immédiatement le vertige. Liv prend le cendrier caché derrière un pot de fleurs : il révèle qu'elle a fumé au moins cinquante cigarettes ces derniers temps, les mégots sont orange et frais. Je ne fais aucun commentaire. Cette situation aussi est fragile, Liv et moi assises dans l'escalier comme un millier de fois auparavant, et pourtant c'est tout nouveau et c'est décisif.

« Peut-être, dis-je en lui jetant un coup d'œil pour voir comment elle réagit, si elle est toujours aussi triste, mais elle réussit dans ce cas à se maîtriser, elle a l'air calme.

— Ce n'est pas un peu bizarre de ne parler de Morten qu'à Håkon ? » Je poursuis : « Je me demande si elle s'attend à ce qu'il nous en parle pour éviter d'avoir à le faire elle-même, ou bien si elle veut vraiment nous le cacher. »

Liv aspire une grande bouffée de fumée. Elle hoche la tête.

« Olaf aussi a rencontré quelqu'un », dit-elle soudain.

Je suis prise au dépourvu. Ce n'est pas possible, ça ne me serait jamais venu à l'esprit. J'avais pensé à leur relation comme statique, immuable, en fait similaire à celle de maman et papa. Tranquille et sûre, et à vrai dire très ennuyeuse. Je me tourne vers la fenêtre, comme pour vérifier qu'Olaf est bien resté le même, je le vois debout dans la cuisine en train de laver une marmite dans l'évier – et j'ai une violente envie d'entrer, de le prendre par la nuque et de le noyer dans la cuve.

« Qu'est-ce que tu veux dire ?

— Ou plutôt pas "rencontré" dans ce sens-là, commence Liv. Il est tombé amoureux d'une autre femme, continue-t-elle, et elle se met à rire. Ou, du moins je crois que c'est une femme : en réalité je n'ai pas vérifié.

— Mais qu'est-ce qui s'est passé ?

— Il ne s'est rien passé, dit Liv. Il est seulement amoureux.

— Alors, il ne s'est rien passé entre eux ?

— Non. À part que j'imagine très précisément sa façon de se comporter avec elle. »

Je ne peux pas imaginer Olaf autrement que calme et aimant Liv, penser à lui sous les traits d'un amoureux transi a quelque chose de presque gênant. Je lui demande :

« Elle est amoureuse de lui, alors ?

— Non, je ne sais pas. Lui non plus, d'ailleurs, il n'en a pas parlé avec elle.

— Alors il t'a simplement dit qu'il était amoureux d'une collègue ? »

Liv opine, elle boit de grandes gorgées de vin. *C'est incroyable d'être aussi bête*, me dis-je en pensant à Olaf. *Et égoïste. Et banal.*

« Mais…, fais-je, et je m'arrête un moment, je dois peser mes mots pour que Liv ne puisse pas voir dans mes questions l'expression d'un manque d'expérience, et n'interrompe ce moment de confiance et ces confidences dont je suis après tout heureuse. Pourquoi ?

— Pourquoi quoi ?, demande Liv.

— Pourquoi il te l'a raconté, s'il n'y a rien de plus que ça ?

— Il veut être parfaitement honnête, répond Liv. Il veut certainement aussi que je réagisse. Me menacer peut-être.

— Pourquoi voudrait-il te menacer ?

— Pour m'obliger à me ressaisir, pour me montrer les conséquences.

— Les conséquences de quoi ? »

Je ne m'inquiète plus de savoir si Liv me trouve puérile ou inexpérimentée ; de toute façon c'est sûrement exact, je dois simplement aller au fond de ce problème, je ne comprends pas ce qui s'est passé entre Liv et Olaf, et je suis effrayée de constater que j'en sais si peu, que tout a changé, que tout est imprévisible, que Liv ne m'a pas téléphoné et ne me l'a pas dit, qu'elle me le raconte à présent d'une façon contrôlée, avec des filtres, elle se maîtrise devant moi.

« De mon comportement, dit-elle. Ça fait six mois que je ne vais pas bien du tout, j'ai l'impression que tout se casse la figure, y compris mon mariage et moi-même, même si c'est celui de maman et de papa qui a été détruit. Je ne sais pas pourquoi ça m'atteint autant alors que Håkon et toi n'êtes pas du tout affectés, je suis si puérile, si puérile, c'est si... »

Elle s'arrête. Elle hausse les épaules. Elle aspire une bouffée d'une troisième cigarette.

*

Tu n'es pas puérile, Liv, c'est moi qui suis égocentrique. C'est ce que j'aurais dû dire, j'y pense à présent, en allant au travail quelques jours après. Je n'ai pas eu l'occasion d'en dire beaucoup plus, nous sommes restées assises un petit moment avant que je lui demande si elle voulait que j'aille frapper Olaf de sa part, elle a alors un peu ri, « Mais il n'a rien fait de mal, Ellen, a dit Liv, ce n'est ni tout noir ni tout blanc ». Elle a fait tomber la cendre de la cigarette sur la marche à côté d'elle, elle a pensé à quelque chose sans m'en parler, puisque j'avais gâché la conversation en plaisantant bêtement, et elle m'a souri en se levant. « Il fait trop froid pour rester assises dehors, tu vas avoir une infection urinaire, a-t-elle dit. Viens, on va voir si Olaf a encore du vin pour nous. »

J'ai pris un verre de vin de plus avec Olaf et Liv, à la table de la cuisine, j'ai été consternée en voyant qu'il passait un bras sur le dossier de sa chaise, comme si tout était normal. D'un côté, j'avais envie de lui crier de faire ses bagages et d'aller en enfer ; d'un autre côté, je voulais le supplier de rester avec elle. Encore maintenant, je suis partagée : intuitivement, mon instinct de protection me pousserait plutôt à lui arracher les yeux, à défendre Liv de toutes les pensées déloyales qu'il a pu avoir, alors que mon égocentrisme ne parvient pas à supporter l'idée d'une nouvelle rupture, des changements et de tout le travail qui va avec.

On s'approche de Noël, Oslo est sombre et sans neige, les imitations d'étoiles scintillantes et les cloches de Noël surplombant l'avenue Karl Johan paraissent mal placées. « L'ambiance de Noël a disparu », se plaignent mes amies, et elles prétendent que l'attente enfantine et la joie ne se manifestent plus qu'en bouffées nostalgiques. Le seul prolongement naturel de l'ambiance de Noël, c'est en s'efforçant de former le même sentiment chez ses propres enfants qu'on l'obtient. Ces dernières années, j'ai rempli le vide qu'occasionnent les fêtes de Noël pour un adulte sans enfant en travaillant et en réfléchissant à Noël, indépendamment des traditions familiales que je tenais pour acquises.

Cette année, j'aurais donné beaucoup pour me plonger dans cette atmosphère sécurisante que je cherchais à éviter auparavant et que j'appréhendais ; dans le schéma prévisible de tout ce qui se passe à l'identique chaque année. En réalité, j'aurais dû fêter Noël avec Simen, dans sa famille, mais après que maman a envoyé un message hier et s'est approprié le réveillon de Noël, écrivant que ce serait chez elle, j'ai dit à Simen qu'il serait impossible de laisser les autres dans l'embarras cette année. CE SERA CHEZ MOI, a-t-elle écrit. J'ai envoyé un message à Liv pour voir si elle savait si papa viendrait aussi, heureuse d'avoir un prétexte pour la contacter et pour progresser dans ce retour prudent à la normale. Pour le moment, elle n'a pas répondu : c'était peut-être un manque de tact de lui envoyer ce message, alors qu'il y a déjà bien suffisamment de choses auxquelles elle doit penser. Quant à Simen, il semblait presque soulagé d'apprendre que je devais fêter Noël chez maman, disant pour la deuxième fois en trois jours que ce n'était pas une catastrophe si on le passait chacun de son côté. Je n'ai pas réussi à dire que ce n'était pas ce que j'avais imaginé, et que j'envisageais évidemment que Simen fêterait Noël avec moi, et avec nous. « *Mais nous ne sommes pas une famille, il n'y a aucune raison de faire semblant* », disait le langage corporel de Simen, et je n'avais pas la force de protester.

À l'extérieur de mon bureau, un homme politique attend. Je n'ai aucun souvenir d'avoir planifié un rendez-vous aujourd'hui. Je vérifie mon agenda sur mon téléphone : sur l'emploi du temps de la journée, il n'y a rien d'autre qu'un grand M rouge. En novembre de l'année dernière, je m'étais abonnée à une application de fertilité qui m'indiquerait où j'en étais de mon cycle. Je n'ai noté aucun rendez-vous, je ne me souviens même pas de quoi il s'agit. Rikke, que j'ai recrutée au printemps, me sauve. Elle a vingt-six ans, deux masters et a candidaté à plusieurs postes avant de se retrouver parmi nous.

« Alors, vous êtes prêt pour le débat ?, demande-t-elle à l'homme politique.

— Plus ou moins, ça reste à voir », répond-il, et je me souviens que nous devions le coacher et mettre sur pied une stratégie pour son débat sur la chaîne nationale NRK.

Je laisse Rikke gérer la séance.

« Le plus important est que vous sentiez que vous gardez le contrôle, et que vous ne laissiez personne prendre la direction du débat. Vous devez vous approprier la situation, et non l'inverse », dit Rikke.

*

À la mi-décembre, maman est hospitalisée pour des douleurs à la poitrine. Liv m'a appelée au beau milieu d'une conférence que je faisais à l'École d'études supérieures – j'ai toujours mon téléphone posé sur mon pupitre pour pouvoir surveiller l'heure. Comme je n'avais toujours pas reçu de réponse au message que j'avais envoyé à propos des fêtes de Noël, je croyais qu'elle m'appelait pour cette raison ; j'ai retourné mon téléphone et continué ma conférence jusqu'à la fin. Lorsque j'ai rappelé, Liv était en route pour l'hôpital d'Ullevål, elle savait seulement que maman avait été conduite là-bas en ambulance, c'était ce que papa avait dit. « Comment papa l'a su ?, ai-je demandé. — Je ne sais pas, Ellen, mais maintenant, ce n'est peut-être pas le plus important », a dit Liv, et à cet instant j'ai pris conscience que maman pouvait avoir quelque chose de vraiment grave.

Papa et elle sont en bonne forme, ils sont robustes physiquement, et il ne me viendrait même pas à l'esprit de m'interroger sur leurs capacités cognitives – ils sont seulement devenus, comme Simen l'a dit il y a longtemps, « *Des versions plus caricaturales d'eux-mêmes* », leurs traits se sont renforcés, extérieurement et intérieurement, et à mon avis, chacun d'eux est devenu plus égocentrique, mais Liv n'est pas d'accord sur ce point – elle prétend que si j'ai l'impression qu'ils sont égocentriques, c'est parce que je suis adulte. Assez naturellement, je suis donc l'objet de moins d'attention ; c'est une façon de dire que c'est moi qui suis en réalité devenue plus égocentrique, ou du moins consciente de moi-même. Aucune de leurs autres fonctions ne s'est détériorée, à part le genou douloureux de papa, et chez maman une raideur à l'épaule de temps en temps. Quand nos grands-parents avaient l'âge de maman et de papa aujourd'hui, ils étaient vieux : je me souviens d'eux voûtés, prêts à vivre leur existence de personnes âgées. Presque tous les amis de maman et de papa sont en aussi bonne santé qu'eux. Pendant une fête organisée à la maison, à Tåsen, il y a quelques années, ils parlaient de la retraite comme d'un nouveau départ, plein d'opportunités. J'avais considéré ce phénomène, en gros, comme un mécanisme de défense : ils refusaient d'admettre qu'ils étaient vieux et s'approchaient de la mort – mais lorsque j'y pense concrètement, au sujet de maman et de papa, je dois reconnaître que c'est peut-être moi qui ai une vision vieillotte de ce qu'est un retraité.

J'ai pris un taxi pour Ullevål. Je suis de plus en plus certaine qu'il y a quelque chose de grave, puisque c'est arrivé aussi soudainement. Ce pourrait être une violente crise cardiaque, une thrombose peut-être. Une leucémie aiguë ? À mesure que je m'inquiète, ma mauvaise conscience prend de l'ampleur : et moi qui étais tellement en colère contre elle, tellement critique parce qu'elle avait fait des choix que je ne soutenais pas ! Le taxi avance à pas de tortue à l'heure de pointe, l'arrêt de tram ou la station de métro les plus proches sont trop éloignés, et j'ai des talons trop hauts pour marcher sur le sol glissant plein de neige fondue. J'appuie ma tête sur le dossier, j'essaie de me détendre, je suis du regard les gens qui marchent, dehors, sur le trottoir. Mes pensées s'écoulent, se mélangent. Je m'aperçois avec étonnement que ma plus grande peur concernant la mort de maman se rattache à cet instant à l'idée qu'elle ne verrait jamais mes enfants.

Je passe presque toutes les heures de la journée à me dire que je n'aurai sans doute jamais d'enfant à moi, j'en suis convaincue et j'en suis vraiment désespérée, furieuse et effrayée – et pourtant, avoir des enfants, c'est une pensée tellement implantée en moi, une pensée tellement évidente qu'en situation de crise, c'est elle qui se manifeste la première et avec le plus de force. Une pensée consacrée à mes enfants à naître. Je me demande si c'est une pensée dictée par la biologie, et si je penserai encore comme ça quand j'aurai cinquante ans.

*

Je reste à l'hôpital quand les autres s'en vont. Tout le monde est venu, Håkon, Liv, papa et moi. Nous sommes restés autour du lit de maman, qui était bouleversée et effrayée, gênée et fatiguée. Ses douleurs dans la poitrine étaient vraisemblablement dues à une crise d'angoisse, avait dit le médecin : elle était hospitalisée parce que les urgences ne pouvaient pas exclure un infarctus. Elle était à la maison, en train de lire, quand elle a brusquement eu du mal à respirer et a ressenti une douleur dans la poitrine. Au lieu d'appeler les urgences, elle a téléphoné à papa, qui a appelé le 113 et envoyé promener tout ce qu'il faisait, comme il l'a dit sans entrer dans les détails, et il est arrivé à la maison de Tåsen en même temps que l'ambulance.

Quant à papa, il y a longtemps qu'il n'a pas semblé d'aussi bonne humeur – bien qu'il se soit efforcé de le cacher tandis que nous étions à l'hôpital –, c'était certainement un mélange entre le soulagement que maman n'ait rien de grave – je peux imaginer le cours de ses pensées quand il était en route pour Ullevål –, et la joie involontaire de voir enfin un signe que la rupture l'affectait, elle aussi.

Je fais la lecture du journal à maman. Elle restera ici demain, à sa demande, et je n'ai pas le cœur de la quitter lorsque chacun rentre chez soi. Elle semble soudain âgée, petite et mince dans le lit d'hôpital, effrayée. La seule explication qu'elle nous a donnée, c'est qu'il s'était passé un peu trop de choses dernièrement ; elle a eu l'air presque impatiente de nous voir partir lorsqu'il a été clair que sa vie n'était pas en danger, elle était sur le point de pleurer de honte. Comme d'habitude, c'est Håkon qui a perçu les signaux, qui a compris que le mieux à faire était de la laisser tranquille. Nous avons dit au revoir à maman et nous sommes partis, tous ensemble – mais avant d'atteindre la porte d'entrée, j'ai fait demi-tour, j'ai dit à Liv, à Håkon et à papa que j'avais oublié mon portable dans la chambre de maman. Je suis passée au kiosque et j'ai acheté un journal, un demi-litre de Farris vert et une barre chocolatée Troïka, ses provisions classiques pour n'importe quel trajet en voiture de plus d'une heure, et je suis retournée dans sa chambre. Quand je suis arrivée, elle pleurait ou venait de pleurer, mais elle a souri en me voyant. Elle s'est essuyé le visage avec la manche de sa chemise. J'ai enlevé mes bottines, je me suis assise sur une chaise à côté de son lit et j'ai posé mes jambes sur le bord du lit. « Écoute ça », ai-je dit, et je lui ai lu à haute voix la critique d'un livre d'un auteur étranger qui, je le savais, lui plaisait.

On lui a donné des tranquillisants, et tandis que je parcours le journal en faisant de petits commentaires pour maman, elle s'endort. J'attends un moment, jusqu'à ce que je sois certaine qu'elle ne va pas se réveiller, et je borde la couette tout autour d'elle, je fais un cocon, comme Liv et moi disions quand nous étions petites. « *Maman, tu peux faire un cocon* », disions-nous, pour signifier que nous voulions qu'elle borde la couette tout autour de nous, de tous les côtés, pour que nous soyons comme dans une chrysalide. Elle ressemble à un petit enfant, je caresse légèrement son front, il est moite et chaud.

Après avoir quitté maman, je m'assieds sur un banc à l'extérieur de l'hôpital ; je n'ai pas envie de rentrer à la maison et de retrouver Simen, je me rends compte que je ne lui ai même pas téléphoné pour lui expliquer ce qui se passe, ni où je me trouve. Il y a longtemps que je n'ai pas connu une telle sensation de légèreté, dans ma tête et dans mon corps : durant plusieurs heures, j'ai été affranchie de mes pensées répétitives autour de moi-même, de Simen et d'un futur sans enfants : j'étais préoccupée, absorbée par maman ; ce qui entraîne aussi une sorte de prise de conscience, libératrice, de l'égocentrisme dont j'ai fait preuve – comme si je redécouvrais qu'il existe d'autres personnes, qui ont d'autres problèmes. Je revois l'expression de papa quand il nous a accueillis dans le hall de l'hôpital plus tôt dans la journée, son soulagement manifeste au seul fait que maman ne soit pas gravement malade, et la honte de maman pour la même chose, pour avoir montré au grand jour une peur qu'elle essayait de cacher. *Bien sûr qu'elle a peur*, me dis-je à présent, *et bien sûr qu'il se préoccupe d'elle, du fait qu'elle soit affectée et atteinte.* Ce n'est pas l'enfant en moi qui se réjouit, obtenant la confirmation qu'ils se soucient l'un de l'autre : je n'espère rien, je suis seulement pleine de compassion pour eux deux. J'essaie d'imaginer Simen et moi dans trente ans. Dans le passé, je m'étais dit que nos vies seraient trop remplies, que nous aurions trop de sujets de conversation, trop de domaines dans lesquels nous engager pour que nous soyons réduits à devenir une simple habitude l'un pour l'autre. J'imagine maintenant que nous restons silencieux autour de la table du petit déjeuner, et que nous ne faisons rien de plus que nous répéter lorsque nous nous risquons à parler. *Pour moi, ce serait une plus grande perte que s'il mourait en pleine discussion*, me dis-je à présent : perdre ce qui nous lie, nous perdre l'un pour l'autre de cette façon.

Pour la première fois, ce n'est pas en mon nom que je suis en colère, amère ou triste à propos du divorce : je suis triste pour ce qu'ont perdu maman et papa, et il est navrant de découvrir l'ambivalence de leurs sentiments, le chagrin de se quitter, et simultanément l'espoir – plus fort – de quelque chose d'autre, de quelque chose de plus.

*

Toute la période de Noël disparaît dans un flux hormonal en montagnes russes. Je suis furieuse, rieuse, désespérée, tellement tendre que je ne sais plus que faire de moi-même. Les hormones que je prends chaque jour pour manipuler mon corps dysfonctionnel ravagent chacune de mes cellules et de mes pensées, sans aucun compromis. Je le remarque mais je ne peux pas le maîtriser, j'ai perdu le contrôle. D'une certaine façon, c'est aussi libérateur, il n'y a qu'à lâcher prise.

« Vous avez droit à trois tentatives prises en charge », a dit le médecin à Simen et à moi, à l'approche de Noël. Nous étions assis dans son bureau, ensemble, et Simen n'a pas dit un mot pendant que le docteur nous expliquait le processus de la procréation assistée. Je pouvais percevoir le malaise de Simen, et c'était tout aussi absurde pour moi – se trouver là à écouter quelqu'un expliquer en termes mécaniques ce qui aurait dû être le processus naturel et privé de conception de notre propre enfant. Il n'y a plus d'espoir, notre enfant sera conçu dans un gobelet en plastique, dans un laboratoire. J'ai googlé, trouvé des photos, c'est le contraire exact d'un lit chaud où se trouvent des corps chauds, pleins d'un espoir chaleureux : des masques, des gants en plastique et des seringues. « En même temps, c'est la dernière branche à laquelle nous raccrocher, nous n'avons qu'à le faire », ai-je dit à Simen après coup, un peu interrogative. Simen a hoché la tête. « Oui, il faudrait sans doute, a-t-il répondu avant de se pencher sur la question, bien sûr, faisons-le. Mais le pire, c'est pour toi, avec tous ces effets secondaires. — Eh bien, c'est toi qui devras les supporter ! » ai-je dit.

Il ne les supporte pas. Ou plutôt, il ne me supporte pas. Il s'en va au moins quatre fois par jour, et je ne réussis pas à garder une seule pensée pour moi. Je crie dans son dos : « *Tu as perdu espoir, pourquoi tu t'imposes ça en réalité ? Personne ne t'oblige à rester avec moi, tu ne peux pas juste t'en aller et te trouver quelqu'un qui pourra te donner ce que tu veux ?* » Simen ne répond jamais. Pas même aux déclarations d'amour que je lui fais juste après, mon humeur et mes pensées étant susceptibles de changer en quelques secondes : je lui dis à quel point il est patient ; que je vois bien que c'est dur pour lui ; que je ne m'en sortirais pas sans lui. « Tu es tout pour moi, vraiment tout, il faut que tu le croies. » Je soupçonne que le problème n'est pas que Simen n'y croie pas ; au contraire, il sait qu'au cours de l'année qui vient de s'écouler, je me suis exclusivement cramponnée à lui, il n'y a plus d'alternative, et le sachant, il est stressé et désemparé. Il ne peut pas me quitter maintenant, je l'imagine en train de le dire à ses amis, « *Quel salopard ça ferait de moi.* » Et en même temps, j'essaie de le flatter pour qu'il reste, de l'impressionner, je joue aussi ma dernière carte : sa compassion et sa mauvaise conscience.

Car Simen est quelqu'un de bien, de carré, et s'il partait maintenant parce que je ne peux pas avoir d'enfant, ça ferait de lui un homme qu'il ne veut pas être, dans lequel il ne peut pas se reconnaître – sous l'aspect duquel il ne veut, en aucun cas, se présenter aux autres.

*

J'envoie un message à toute la famille pour dire que je suis malade. Je resterai à la maison pendant les fêtes de famille habituelles que maman et papa organisent ensemble, chez le frère de papa et la sœur de maman, ou à la maison de Tåsen ; ils fêteront le Nouvel An ensemble chez un couple d'amis qu'ils fréquentent régulièrement. « Beau quasi-divorce », ai-je dit à Simen le jour de Noël. La compassion instinctive que j'ai éprouvée pour maman et papa sur le banc à l'extérieur de l'hôpital d'Ullevål est mise à l'épreuve par leur comportement et mes propres fluctuations – et je suis dans une colère démesurée face à cette prétendue normalité, je voudrais porter ma révolte au-delà de mon corps, avoir une cible contre laquelle diriger ce ressenti explosif. « Peut-être qu'ils regrettent, et qu'ils ont compris à Noël qu'ils ont en réalité envie d'être ensemble, a suggéré Simen. — Non, c'est l'inverse, ils veulent être divorcés, mais s'en tenir aux traditions, ai-je dit. — Un genre de *Sexe entre amis* asexué, alors », a dit Simen.

Pour notre réveillon de Noël, il y a toujours eu un buffet froid, une sorte de compromis entre maman et papa, étant donné que depuis leur enfance, ils étaient respectivement habitués au *ribbe*[1] et à la morue. Les plats ont toujours été les mêmes, chacun d'eux a une place déterminée sur la table – l'une des premières années où Olaf était dans la famille, maman avait passé une heure à placer quelques saucisses bien intentionnées qu'il avait apportées –, et l'ensemble est disposé en fonction du goût, de l'esthétique et des traditions. Maman investit beaucoup de travail et encore plus de fierté dans ce repas ; elle commence les préparatifs longtemps avant Noël, elle prépare son propre fromage de tête et son pâté, elle fait fermenter le poisson – qui, bien que maman soit seulement liée par un chalet au comté de Telemark, doit être cuit au four à bois, à la mode du Telemark –, elle met la truite à mariner et fait bouillir la langue de bœuf. Quand j'étais petite, l'odeur du *rakfisk*[2] que papa allait chercher dans la cave et plaçait sur le plan de travail de la cuisine était synonyme de matin de Noël. Maintenant, il n'y a qu'à arriver à la maison, ouvrir la porte d'entrée pour être enveloppé, ou subjugué par cette même odeur, ce qui réveille en moi l'ambiance de Noël de mon enfance.

1. Poitrine de porc assaisonnée et cuite au four jusqu'à l'obtention d'une peau croustillante.
2. Poisson fermenté.

Cette année, j'ai senti sans aucun doute possible l'odeur du porc grillé dès les abords de la maison : j'ai espéré le plus longtemps possible que ça venait de chez un voisin, jusqu'à ce que j'ouvre la porte de la maison. « Regarde, a dit maman – et elle a montré le *ribbe* dans le four alors que j'entrais dans la cuisine –, maintenant la couenne va faire des bulles si tout se passe comme prévu. » Elle avait une nouvelle coupe de cheveux, les joues rouges et les yeux brillants. « Je me suis dit que ça pourrait être bien d'essayer quelque chose de nouveau cette année », a dit maman avec légèreté, et tandis que nous étions toutes les deux accroupies devant la porte du four et attendions l'événement de la transformation de la couenne, je n'avais pas le cœur à autre chose qu'à jouer le jeu avec enthousiasme.

Au cours de ce Noël, ces petites ou grandes entorses aux traditions établies ont été la seule forme de changement ou de rébellion de la part de maman et de papa. Des signaux ténus mais clairs de leur part pour indiquer, à notre intention comme à la leur, qu'il y a une différence, que c'est une nouvelle situation et une nouvelle époque. Je balance entre accepter leur méthode et la remettre en question à mesure que l'espoir de fonder ma propre famille grandit, et s'effondre.

*

Je ne mens pas en disant que je suis malade, j'ai mal à la tête et des nausées, j'ai si chaud, je transpire tellement que j'ouvre toutes les fenêtres de l'appartement, il ne fait jamais assez froid, et sûrement pas lorsque Simen passe après moi et les ferme sans un mot, et que je m'allonge dans la baignoire remplie d'eau froide. *Ça en valait la peine*, me dis-je, étendue dans l'eau froide qui pique comme autant d'aiguilles ma peau brûlante. J'essaie de me convaincre que la force des effets secondaires est le signe que mon corps réagit, que quelque chose fonctionne, et que pour cette raison, la probabilité que la tentative aboutisse est plus grande.

Il y a six mois environ, Simen a accepté en notre nom de fêter le Nouvel An au chalet de son frère aîné à Hallingdal. Je n'ose pas ne pas l'accompagner, je dois me montrer à sa famille, montrer que je suis toujours là et que j'ai de l'importance, me lier à eux et les laisser se lier à moi. *C'est juste pour deux jours*, me dis-je en m'asseyant dans la voiture pour nous y rendre, tout en passant la tête par la fenêtre comme un chien. Simen est de bonne humeur, il est enveloppé dans sa doudoune et me laisse prendre l'air, il se moque de moi, pose même la main droite sur ma cuisse, comme il le faisait toujours au début de notre histoire.

La mère de Simen est l'opposé de maman. Elle est grande et mince, les cheveux noirs, du maquillage noir autour de ses yeux marron, et son cou, ses poignets et ses doigts sont toujours cerclés de bijoux coûteux. Je l'aime bien, elle me rappelle Simen à bien des égards, mais elle est plus difficile d'abord. Il y a toujours une certaine distance dans tout ce qu'elle dit ou fait, mais c'est peut-être aussi parce que je n'ai jamais fait vraiment sa connaissance. Ni la leur : je ne connais pas particulièrement bien son père ni ses frères non plus, mais je comprends pour la première fois l'importance de devenir plus proche d'eux – comprendre l'intérêt tactique d'investir dans sa belle-famille est presque une révélation, c'est ce que tous mes copains se sont obstinés à faire avec ma famille.

Le frère de Simen, Magnus, a deux enfants, et ils attendent leur troisième en mars. Je salue Synne, sa femme, avec effusion. « Tu es magnifique », dis-je, et je regarde son gros ventre dans sa robe serrée, elle est debout dans l'entrée et nous accueille, tout en joignant ses mains sous son ventre, comme pour le soutenir, le bercer ou le protéger. Elle doit bien approcher de la quarantaine.

« C'est pour quand, déjà ? » fais-je alors qu'elle me suit dans l'escalier jusqu'à la chambre que Simen et moi allons occuper, même si je sais bien sûr que c'est pour le 14 mars, chaque date d'accouchement que j'entends est gravée en lettres de feu dans ma conscience.

« Mars, répond-elle en souriant. Vous pouvez utiliser cette salle de bains, dit-elle, et elle désigne une porte du doigt en me regardant ; je sens la sueur couler le long de mes tempes.

— Et c'est un garçon, n'est-ce pas ?, dis-je – je ne sais pas pourquoi je fais semblant de ne pas savoir que c'est une fille, pourquoi je me donne l'air d'être aussi peu intéressée, j'avais prévu l'inverse.

— Mais non, ce sera une petite pépette », dit-elle.

J'ai toujours été agacée par les gens qui emploient des termes comme *pépette*, *prince* ou *princesse* pour désigner leurs enfants à naître, je trouvais ça maniéré. Mais quand Synne le dit à présent, c'est doux et agréable, tendre et sécurisant. Je vais me mettre à pleurer, j'ai juste le temps de la remercier avant de refermer la porte de notre chambre derrière moi et de laisser couler mes larmes. Simen arrive à l'étage juste après moi, il ne s'aperçoit pas que je pleure – ou peut-être qu'il le remarque mais qu'il a arrêté de réagir puisque c'est aussi peu sensationnel que si je toussais –, et il pose nos valises en sifflotant.

« Quel chalet fantastique ! » dit-il.

Je ne vois pas ce qu'il a de si fantastique, à part qu'il est gigantesque ; tout ressemble à un magazine de décoration, avec des peaux de bête et du cuir marron partout, des lampadaires Home and Cottage sur les ardoises du sol chauffé de l'entrée, des murs en imitation de rondins et un éclairage tamisé. La vue qu'on a de la cuisine, en revanche, est dominée par une grande pelleteuse jaune, qui déblaye le terrain pour un chalet absolument identique, à cinquante mètres. C'est tout simplement très vulgaire. Ce n'est pas ce que je réponds, bien sûr, j'acquiesce de la tête et je sèche mes larmes.

« Formidable », dis-je, et je me risque à lui faire un câlin.

Il s'y prête quelques secondes, son corps n'a rien de familier contre le mien, son cou, son odeur… Je me remets à pleurer, et il rit un peu en sentant mes larmes à l'intérieur du col de son pull en laine. Il se libère, me jette un coup d'œil.

« Il n'est pas formidable à ce point », dit-il.

Il sourit et me donne un coup de coude amical sur le côté.

« On descend voir les autres ? »

*

Voir Simen avec le fils d'un an de Magnus était ce que je redoutais le plus. Et quand Simen le soulève en l'air à bout de bras et lui sourit, la douleur est exactement celle que j'avais imaginée. La façon naturelle dont il porte ensuite l'enfant sur un seul bras, avec un petit déhanchement, tandis qu'il parle à sa mère. Le regard de Simen lorsqu'on me met ensuite le garçon dans les bras tandis que, trop consciente de ce regard, je le repousse doucement jusqu'au bord de mes genoux : je n'ai pas la force de le tenir contre moi et de sentir son odeur. J'ai en même temps le sentiment d'avoir quelque chose à prouver, mais avant que j'aie le temps de l'approcher de moi, il se met brusquement à pleurer et à regarder désespérément vers sa mère qui se trouve à deux mètres de là, indigné d'être arraché du giron doux et naturel de son oncle Simen, et placé sur ce qui doit être perçu comme un robot froid et mécanique.

« Je crois que quelqu'un veut sa maman, dis-je à Synne sans regarder le visage de l'enfant qui se tord, j'essaie de rire.

— Oui, il est très impatient quand il a faim, il est un peu trop gâté », répond Synne en souriant, comme toutes les autres mères averties qui, à leur façon accoutumée et naturelle, veulent faire disparaître l'idée que c'est bien cette personne, sans enfant et maladroite, qui est la cause de l'enfant en pleurs.

Le petit arrête de pleurer à la seconde où il sent le corps de Synne contre le sien, et je me demande ce qu'on éprouve en ayant cet effet sur quelqu'un, en étant aussi importante, aussi cruciale, aussi naturellement connectée. La seule à pouvoir apporter de l'aide et la seule qui compte.

Ni le père de Simen, ni sa mère, ni Magnus, ni Synne ne disent le moindre mot sur le fait que nous n'avons pas d'enfant, ni ne demandent si nous allons bientôt essayer d'en avoir un, ce que nous en pensons : ça commence à être un peu urgent et ainsi de suite, ils n'y font pas même un semblant d'allusion. Ce qui en soi est plus alarmant que s'ils avaient posé des questions ou plaisanté à ce propos, parce que le silence total sur ce sujet indique qu'ils en ont parlé avant notre arrivée, fait des hypothèses et se sont mis d'accord – quelle qu'en soit la raison – pour ne pas poser de questions ; à moins qu'ils tiennent pour acquis que, dans la famille, ce n'est pas moi qui serai la mère du prochain petit-enfant ou du cousin. Je m'efforce d'écarter l'idée la plus paranoïaque et la pire qui me vient à l'esprit, à savoir que Simen les a bien sûr informés, a expliqué le problème – moi –, et leur a demandé de ne pas en parler.

L'année dernière, lors du Nouvel An, tandis que Simen et moi dînions avec un couple d'amis à New York, nous avons résumé l'année. C'était il y a un an seulement, c'est irréel ; irréel que dix années ne soient pas passées depuis. Entre Simen et moi, le changement est tellement frappant, tellement concret que je peux le décrire : un abîme rempli de distance, de déceptions sanglantes ; la représentation de ce que notre avenir, de ce que notre relation devraient être ; l'évolution de nos rapports : tout ce qui s'est arrêté net, tout ce dont nous ne parlons pas, la disparition du désir, un éloignement dans nos pensées et entre nos corps. C'est ainsi que je peux en réalité résumer cette année : tout est dans l'abîme, mais je n'ai pas la force d'aller repêcher quoi que ce soit, je garde à l'écart mes pensées concernant le passé et l'avenir, j'essaie d'être présente ici et maintenant, de manger de la dinde, de parler de ce qui intéresse la famille de Simen : la politique scolaire norvégienne, la hausse des prix de l'immobilier et ce qu'implique pour nous le Brexit. J'y parviens mieux que prévu – c'est presque agréable, si ce n'est le berceau de chêne doublé d'une peau de mouton dans un coin du salon, comme un constant rappel.

Simen et moi trinquons à minuit, nous nous embrassons consciencieusement sous les feux d'artifice qui disparaissent dans le brouillard, « Bonne année ». Bonne année, je ne sais pas si Simen ose espérer, s'il en a encore le courage, ou s'il n'a maintenant plus qu'un souhait, s'en aller ; s'il espère au plus profond de lui que les tentatives n'aboutiront pas. Mais en moi s'allume un nouveau petit espoir hormonal, à l'occasion de cette construction temporelle marquant le passage d'une année à l'autre.

*

J'ai été enceinte : c'est la dernière pensée que j'ai, la troisième fois que je suis allongée au Rikshospital, fixant le plafond, tandis que la même infirmière vêtue de vert tente pour la troisième fois de faire en sorte qu'un amalgame de Simen et de moi accepte mon utérus comme emplacement pour commencer sa vie.

Cinq mois sont passés, il y a eu un échec et une fausse couche depuis le réveillon du Nouvel An.

« Mais mon Dieu, c'est vrai ?, a demandé Simen quand je lui ai montré le test positif un mois après la deuxième implantation. Pourquoi es-tu aussi calme ? Comment peux-tu rester aussi calme ? » criait-il sans savoir que faire de sa personne. Il est sorti sur le balcon, rentré à nouveau, « Merde alors », a-t-il dit, et il m'a enlacée, m'a serrée dans ses bras, m'a embrassée. Puis il s'est assis à la table de la salle à manger, presque résigné, il s'est penché en avant et a appuyé son front sur avant-bras. « Merde alors », a-t-il répété.

Je l'ai enlacé par-derrière, je me suis penchée sur lui, mon ventre contre son dos. Plus proches que nous n'avons été pendant un an. « Je ne suis pas calme, ai-je dit derrière sa tête, c'est irréel, je n'arrive pas à y croire.
— Mais c'est indiqué ici, n'est-ce pas ? », a-t-il dit, et il a désigné les trois tests que j'avais posés sur la table. Ils avaient tous deux lignes bleues bien distinctes. « Avec trois tests, il ne peut pas y avoir d'erreur ? a-t-il demandé. — Non, ce n'est pas possible », ai-je dit, sans mentionner qu'il y en avait deux de plus avec le même résultat dans la poubelle de la salle de bains. « Il faut que j'aille faire pipi », ai-je dit à Simen ; j'avais bu

tellement d'eau au cours de la journée que je pouvais encore en sentir la pression en bas de mon ventre – mais je pouvais enfin, sans être persuadée que je me faisais des idées, croire que c'était aussi à cause d'une petite vie en train de commencer en moi. Quand je suis revenue de la salle de bains, Simen était toujours assis devant la table. « C'est juste… » a-t-il commencé, et il m'a regardée, il s'est arrêté. Il est resté silencieux, il a tendu la main vers moi. « J'avais perdu espoir, a-t-il dit, et il a dû retenir ses larmes. C'est vrai, j'avais perdu espoir, Ellen – j'ai pris sa main, et il a serré la mienne. Est-ce que c'est complètement nul de ma part ? » J'ai secoué la tête : « Bien sûr que non, ai-je dit, je comprends. »

La nuit d'après, j'ai été réveillée par des crampes ; dans un demi-sommeil, je m'imaginais en train d'accoucher et je poussais autant que je pouvais pour faire sortir un bel enfant en pleine santé, alors que dans la réalité, mon corps rejetait un embryon dont le cœur avait tout juste commencé à battre.

*

« Est-ce que quelqu'un vient vous chercher ? » demande l'infirmière quand elle a terminé.

J'ai l'impression que je me suis allongée ici une centaine de fois, que c'est devenu une routine. La seule différence cette fois, c'est que Simen n'est pas ici. « Tu peux aller à ta réunion, ai-je dit il y a quelques jours, c'est *Same procedure as last year*[1], ai-je ajouté. — Oui, mais ça fait un peu bizarre de ne pas être là pendant la conception, ce n'est pas vraiment naturel, disons, a répondu Simen. — Tout ça n'est pas naturel, et de plus, ce n'est pas la conception, ai-je dit, et je n'ai pas réussi à m'empêcher d'élever la voix. Tu le sais quand même, la conception a déjà eu lieu, ils vont simplement le mettre en place », ai-je continué. Il lève les mains en l'air devant lui comme pour se défendre. « D'accord, si ça te convient d'y aller toute seule, a-t-il dit, et il a vite ajouté, sans attendre la réponse : Tu es vraiment sûre ? — Oui », ai-je dit en le pensant, de toute façon il valait mieux y aller seule qu'avoir l'impression de traîner Simen dans quelque chose qu'il ne pouvait en réalité plus supporter, l'impression de l'impliquer dans ce qui n'était que mon problème. Mon défi.

« Mais oui, dis-je en mentant à l'infirmière. Mon mari vient me chercher. »

À l'extérieur du Rikshospital, je plisse les yeux sous le soleil de mai en attendant l'Uber que j'ai réservé ; je me rappelle vaguement la première bière en terrasse

1. Réplique culte provenant du court-métrage comique *Dinner for One*, 1963, régulièrement diffusé à l'occasion des fêtes de fin d'année en Norvège (réalisateur : Heinz Dunkhase, d'après un sketch de Lauri Wylie).

avec mes amies sur la place Schou à peu près à cette période chaque année, un océan de temps à disposition, et des priorités.

Lorsque j'arrive à la maison, je me couche à l'envers sur le lit, avec les jambes posées en hauteur sur le bord de la tête de lit. Je sais que ce sont des bêtises, mais ça ne peut pas faire de mal, rien ne peut faire de mal, à part se remettre à espérer.

*

Il a laissé toutes ses affaires derrière lui. Même le petit cactus qu'il a eu depuis la première fois qu'il a quitté la maison : il est resté à sa place sur le rebord de la fenêtre de la cuisine. J'appuie deux doigts contre les petites épines blanches, il y a peu de résistance, c'est décevant, ça ne fait pas mal. Évidemment, la douleur est relative, je l'ai bien compris ces derniers mois.

« Ce n'est pas fini, a dit Simen, ce n'est pas ce que je veux dire. J'ai juste besoin d'un peu d'air, je ne peux plus respirer. — Est-ce que c'est une métaphore ?, ai-je répondu, calme et engourdie. — En fait ce n'en est pas une, cette nuit je me suis réveillé en pleine crise d'hyperventilation », a-t-il répondu. Ce n'est pas vrai, je suis moi-même restée éveillée toute la nuit, comme toutes les nuits de ces dernières semaines. « Et la solution, c'est que tu t'en ailles ?, ai-je demandé.

— Ce n'est pas une solution!, a-il crié, ne sois pas aussi simpliste. Je fais ça pour nous deux. — Non, ce n'est pas vrai, tu ne le fais pas pour moi, tu le fais contre moi, ai-je dit, les bras le long du corps, je n'ai plus rien à perdre. — Qu'est-ce que tu veux? Tu veux qu'on continue comme ça, qu'on se ronge l'un l'autre et qu'on finisse comme tes parents? » a-t-il dit. *Plutôt ça*, ai-je pensé, *je préférerais ça à notre situation, plutôt trois enfants et une famille, on pourrait se retourner sur quelque chose, au moins.*

Je me rends compte que je ne porte pas de vêtements. Que je me tiens nue, devant la fenêtre de la cuisine, et que je presse mon index et mon majeur contre un cactus; je me mets à rire à la pensée des résidents de l'autre côté de la cour, et je ris encore plus fort du fait que je suis nue, en train de rire avec le cactus devant la fenêtre. Je regarde l'horloge au-dessus du plan de travail, il est sept heures cinq, et je dois être au bureau dans une heure. Je vais me doucher, je vois que de grosses touffes de cheveux disparaissent dans la bonde quand je rince le shampooing. Le seul résultat du traitement hormonal, c'est que je deviens chauve! Je m'imagine en train de le dire à Simen, nous sommes assis dans la cuisine et buvons du vin, il rit comme il le fait quand il a en réalité pitié de moi mais qu'il me trouve quand même drôle, *Tu n'as pas eu d'enfant mais tu as une compagne chauve, c'est déjà ça!*

Je ne sais pas combien de temps je reste sous la douche, mais mes mains et mes pieds ont la peau plissée et douce comme celle d'un enfant quand je sors. J'enroule mes cheveux dans une serviette, je répartis de petits amas de crème hydratante sur mon visage avant de la faire pénétrer en la massant, CIBLE ET RÉDUIT LES RIDULES, est-il écrit sur le pot. Des rides en éventail sont tout de même apparues autour de mes yeux cette année. Je les remplis de *Primer*, je nuance les cernes violets avec de l'anticernes ocre avant de m'appliquer une épaisse couche de fond de teint *Diamond Glow* sur tout le visage, de la poudre matifiante, de l'*Highlighter* sur les pommettes, l'arête de nez et les sourcils, je souligne mes yeux avec de l'eye-liner, j'applique du mascara sur mes cils et un gloss *Maximizer* sur mes lèvres. Je me sèche les cheveux au sèche-cheveux, je les attache en une queue-de-cheval serrée, je mets un jeans, une chemise et un blazer, je me regarde dans la glace. « N'est-ce pas bizarre d'être avec quelqu'un qui change d'apparence en passant une heure dans la salle de bains le matin ?, ai-je demandé à Simen un matin où il était assis sur l'abattant des toilettes et me regardait me maquiller. — Tu ne changes pas d'apparence, tu deviens simplement différentes versions de toi-même – j'aimerais parfois que ce soit mieux accepté que les hommes se maquillent, eux aussi, que je puisse me donner un look dramatique un jour où je le sens comme ça, a-t-il répondu, et il a ri. — Tu es bien parti pour te retrouver avec une barbe de *hipster*, toi, c'est déjà assez dramatique en soi », ai-je dit, et j'ai tiré sur sa courte barbe.

Je mets mes bottines et une veste, je descends rapidement les escaliers, et c'est seulement en arrivant à la porte d'entrée que je me rappelle que je suis en congé de maladie.

C'est vraiment malgré moi, comme je l'ai dit au médecin, et je n'en avais à vrai dire pas envie. J'ai reçu de mon chef la consigne de me rendre chez un médecin car elle prétendait que j'avais fait une sorte d'effondrement à la cantine, devant le bar à salades. « Ce n'était pas un effondrement, ai-je dit après, alors que j'étais assise dans son bureau, c'est en fait purement physique. » C'est ainsi que je l'ai ressenti, et que je le ressens, lorsque le diaphragme se contracte sans prévenir, me forçant à haleter pour inspirer assez d'oxygène, lorsque les nerfs envoient des signaux aux canaux lacrymaux, leur faisant produire une quantité excessive de liquide, lorsque le dos se courbe dans une attitude protectrice et que les genoux se dérobent. « Vous ne devez pas sous-estimer les tensions que vous avez subies, a dit le médecin, et il m'a donné des cachets de Valium. — Je peux les avoir chez moi, mais je ne les prendrai pas », ai-je dit ; j'ai toujours considéré toute médication non nécessaire comme une défaite, et cela s'est renforcé avec l'échec du processus hormonal. « Je crois plutôt que j'ai un cancer », ai-je dit, et j'espérais sincèrement que c'était le cas.

J'ai la tête qui tourne et la nausée quand je remonte à l'appartement, je ne me souviens soudain plus de la raison pour laquelle j'allais sortir, je ne me rappelle plus quel jour on est, ni depuis combien de temps Simen est parti, je crois me souvenir que j'ai fait la même chose hier et le jour d'avant. Je m'assois dans mon lit avec le Mac sur mes genoux, je surfe au hasard, j'ai supprimé toutes les options de remplissage automatique qui me dirigeaient vers des forums sur les bébés et vers d'interminables fils de discussions avec conseils, astuces, espoirs et désolation.

La solitude est la nouvelle maladie nationale, dit-on dans un journal en ligne. Un jeune sur trois se sent seul. Des jeunes, qui à dix-neuf ans ont tous les choix possibles devant eux, un immense océan de temps et d'opportunités. Je fais défiler la page d'actualités, j'ai envie de répondre à Mina, dix-sept ans, qui a copié une page de son journal, appelant ça une chronique, et l'a envoyée à *Si; D*[1] : Salut Mina, je suis une fille de trente-huit ans, non,

1. *Si; D*: page de débats pour les jeunes proposée par le journal *Aftenposten*.

pardon, une femme, mes parents de soixante-dix ans ont divorcé il y a un an, ce qui a fait éclater tous les cadres qui, dans notre famille, nous permettaient d'être proches les uns des autres, de nous faire confiance et d'être naturels dans nos relations, nous avons mis de la distance entre nous et nous sommes presque devenus étrangers les uns pour les autres. De plus mon copain vient de me quitter parce que je ne peux pas avoir d'enfant. Je ne saurai jamais ce que c'est d'avoir un enfant à moi, j'ai perdu le contact avec mes amies dans cette volonté désespérée et, oui, égocentrique de me reproduire, mais crois-moi, Mina, l'avenir t'appartient.

*

« Le monde est surpeuplé, a dit Håkon au cours d'une conversation pendant le réveillon de Noël, lorsque maman nous a annoncé que notre cousine allait avoir son sixième enfant. C'est de l'égoïsme pur d'avoir des enfants, a-t-il continué. — Bien sûr, a répondu Liv, qu'est-ce que ça pourrait être d'autre ? Mais c'est biologique, a-t-elle ajouté. — Tous ceux qui veulent un enfant aujourd'hui feraient mieux d'en adopter un. C'est gagnant-gagnant », a répondu Håkon, qui est en général le plus enclin à avancer la biologie comme argument dans les discussions, mais qui cette année est devenu plus illogique, plus incohérent dans son argumentation, moins catégorique.

La seule fois où Simen et moi avons parlé d'adoption, c'était le jour où nous avions découvert que j'étais effectivement enceinte : nous pouvions en parler sans envisager que ça deviendrait peut-être une réalité. « Impossible de m'imaginer avoir un enfant dans lequel je ne puisse pas me refléter ni qui ne puisse se refléter en moi, a dit Simen ; que je ne reconnaisse rien de moi en le ou la voyant, qu'aucun de ses traits ne soit les miens, pas plus sa personnalité que son apparence. Je crois qu'entre les parents et les enfants, beaucoup de choses tiennent à ce que nous nous voyons nous-mêmes, sans y penser, n'est-ce pas, c'est un réflexe. Ta mère et toi par exemple, a-t-il dit, vous êtes parfaitement identiques. — Oui, en apparence, ai-je répondu. Mais nous avons des personnalités très différentes. Je pense que, dans une certaine mesure, le fait de se reconnaître dans autrui peut aussi se construire, ai-je dit ; beaucoup de ce qu'on croit biologique relève en réalité de l'environnement social. — Tu ne réalises pas à quel point tu ressembles à ta mère, même dans ta façon d'être », a répondu Simen. Cela a mis une sorte de terme à la discussion, mais Simen avait quand même réussi à faire valoir son point de vue, et pour être vraiment honnête avec moi-même, l'idée d'aller chercher un enfant inconnu, qu'un autre corps avait porté, était dérangeante pour moi aussi.

C'était alors. Après l'échec de la dernière tentative de fécondation financée par l'État, j'étais ouverte à tout ce que j'avais auparavant rejeté. L'idée d'adopter est devenue moins lointaine, elle semblait de plus en plus évidente, « C'est gagnant-gagnant », ai-je dit à Simen en conclusion d'un long monologue désespéré le même jour. Simen, de son côté, était totalement fermé, anéanti. « Je n'ai pas le courage d'en parler maintenant, a-t-il dit. Ma chère Ellen, on ne pourrait pas laisser reposer tout ça ? Je suis tellement fatigué. » Je n'ai pas réussi à lâcher prise, j'étais désespérée, je proposais toutes les solutions possibles, et au milieu de toutes ces propositions se cachait la peur de ce qui allait se passer, je le savais, « *Ne perds pas espoir Simen, je t'en prie, ne me laisse pas tomber.* »

*

Je referme le Mac, je ne sais pas où me mettre, il n'y a pas de pièce assez petite, et aucune n'est assez grande, ni assez chaude, ni assez fraîche, ni assez calme, ni assez assourdissante, parce que je n'ai personne.

*

Je n'ai personne.

*

C'est la seule pensée nouvelle qui me soit venue à l'esprit au cours d'un nombre inconnu d'heures ou de journées passées au lit. *Je suis déshydratée*, me dis-je quand Simen m'envoie un message. J'ESPÈRE QUE TOUT VA BIEN POUR TOI ; JE SAIS QUE TU T'EN SORTIRAS, TU ES SI FORTE, écrit-il sur un ton marquant assurément la fin. Je ne ressens rien, je suis engourdie, mais mon corps se contracte, tous les muscles collaborent, un-deux-trois-partez, maintenant on les prend. Je casse le sceau de la boîte et je prends trois Valium.

*

La voix de Håkon dans l'interphone.

« Mais qu'est-ce qui se passe enfin, Ellen ?, dit-il avant de me voir, en tournant sur le palier. Je t'ai téléphoné au moins cinquante fois, et j'ai sonné à ta porte toute la journée. »

Je ne me souviens pas que Håkon ait téléphoné ou sonné, je me rappelle seulement le message de Simen.

Ce n'est qu'une fois dans l'entrée qu'il m'aperçoit, l'inquiétude et le soulagement le mettent en colère, je vois à son regard que je n'ai pas l'air normale. Quelque part, très loin dans ma conscience, je me souviens qu'on s'était mis d'accord : il devait passer et emprunter ma voiture aujourd'hui.

« Mon Dieu, mais qu'est-ce qui t'est arrivé ? » demande-t-il en me saisissant par les épaules.

Je constate que je porte encore mon blazer.

« Simen est parti, dis-je.

— Quand ?

— Je ne sais pas. »

J'essaie de faire un geste résigné des bras, mais je n'en ai pas la force.

« Ça fait combien de temps que tu n'as pas mangé ?

— Je ne sais pas.

— Et bu ?

— Je ne sais pas. Mais je n'ai pas soif. »

Håkon m'entraîne dans la cuisine, pose un verre de sirop rouge devant moi. Mes oreilles sifflent.

« Bois », dit Håkon.

Il s'assied juste à côté de moi avant de se lever à nouveau, il va dans la pièce vide, parle avec quelqu'un, et je n'entends que des bribes, « Je ne sais pas, non, mais il doit y avoir quelque chose de plus, oui, oui, je ne crois pas, super, je reste ici, bien sûr ».

*

La voix de maman dans l'entrée.

« Mais elle n'a rien dit d'autre ? »

Je suis restée à la table de la cuisine et j'ai bu un demi-verre de sirop pendant que Håkon a fait bouillir des œufs, décongelé des petits pains, et nous parlons de tout et de rien, du temps qu'il fait, d'un de ses copains qui va se marier, qui va sûrement bientôt avoir un enfant. J'ai pu avaler quelques morceaux d'un œuf, je sens que lentement, je commence à avoir les idées plus claires grâce au sucre et aux protéines.

« Bonjour, mon trésor », dit maman.

Elle entre dans la cuisine, j'entends au même moment la porte claquer quand Håkon sort.

Elle s'est assise sur la chaise de Simen, elle prend ma main au-dessus du coin de la table, la serre, je ne parviens pas à la regarder.

Elle m'emmène à la maison, à Tåsen, l'odeur familière dans l'entrée libère enfin les larmes qui sont restées bloquées quelque part sous mes nouvelles rides, apparues depuis que Simen est parti ; maman remplit la baignoire, fait du thé. Dans l'armoire de mon ancienne chambre, je trouve une tenue de jogging qui me va encore. Alors que j'ouvre la porte du placard, je me souviens des cris de Liv chaque fois que le bouton rond du placard tapait dans le mur de sa chambre. Un jour, le bouton a disparu, et contre toute évidence, Liv a nié l'avoir dévissé et retiré. Je me languis de Liv, de tous, de tout, de quelque chose, cela me déchire et ravive les pensées restées endormies jusqu'à cet instant.

Je m'assois sur le fauteuil de papa, avec son plaid sur les genoux, les brins de laine piquent à travers le survêtement, grattent de la même façon que quand j'étais enfant : papa me faisait un cocon de son plaid lorsque j'étais malade, que je restais à la maison et n'allais pas à l'école. Maman s'assied à côté de moi, sur son propre fauteuil. Elle se balance d'avant en arrière.

« Je comprends que la situation te semble désespérée en ce moment, Ellen », dit maman.

Je ne sais pas ce que je vais répondre, je suis partagée entre la volonté de maintenir l'embargo, de continuer à lui faire sentir les conséquences, et le besoin de me confier, d'être comprise et consolée –, je n'ai pas le temps de délibérer plus de quelques secondes avant que tout s'effondre. Je hoquette :

« Non. Tu ne sais pas... tu n'as pas...

— Mais si, ma très chère Ellen. Je comprends, bien sûr que je comprends », dit maman après une courte pause.

Je n'arrive pas répondre quoi que ce soit. Je me penche en avant, je me cache le visage dans mes mains.

Maman fait le tour de la table, s'accroupit à côté de moi, comme elle le faisait quand j'étais petite et que je m'étais fait mal : elle devait me consoler et souffler ; elle me caresse, elle me calme doucement : « *Tout va bien, ça va aller, ma petite fille à moi.* »

Håkon

« Ça y est, tu le fais encore ! »

Il faut que je réfléchisse avant de comprendre ce qu'elle veut dire : elle enlève ma main de mon oreille.

« Sérieusement, ton oreille va finir par tomber, continue Anna.

— Toi qui dis être attirée par la singularité, ce dont je manque à ton avis, tu ne devrais rien avoir contre ça. »

Je souris, mais son commentaire reste présent et me brûle, comme il l'a fait ces jours passés.

« Oh mon Dieu, tu es encore obsédé par ça, j'ai retiré ce que j'ai dit, répond-elle.

— Non, tu ne l'as pas fait », dis-je, et c'est vrai : elle ne l'a pas fait, mais je ne devrais pas insister, ce n'est pas prendre les choses à la légère, sans sérieux.

De plus, c'est l'anniversaire de papa, le premier qu'il va fêter sans maman – aujourd'hui il y a exactement deux ans qu'ils ont annoncé leur divorce –, et je ne devrais rien dire qui puisse faire regretter à Anna d'avoir accepté de m'accompagner : j'ai besoin d'elle là-bas, je veux l'avoir avec moi là-bas, partout, tout le temps. J'ajoute rapidement :

« Mais ça n'a aucune importance, je plaisante.

— En tout cas, j'ai expliqué ce que je voulais dire, dit Anna. Tu es très joli, mais tu n'as pour ainsi dire pas de traits saillants, physiquement. Ta singularité est dans ta personnalité, mais c'est un compliment bien plus valorisant ! »

Je ne la crois pas et en même temps je suis flatté : je veux juste qu'elle continue à parler de moi, il est grisant que son cerveau formule des pensées qui me concernent, soit plein de moi, que sa voix les exprime, je l'attire vers moi, j'ai envie de la tenir fermement ; tout cela est si étrange, si contradictoire, si nouveau, et sans issue.

*

« Je ne crois pas à la monogamie, c'est contre-nature », ai-je dit à Karsten un jour que nous descendions de Blindern après un cours de philosophie du cours préparatoire à l'université. Nous avions environ dix-huit ans, c'était l'époque où j'avais commencé à découvrir pour de bon les structures qui m'étonnaient de plus en plus chaque jour, qui peu à peu m'exaspéraient, et à me révolter contre elles. Tous s'accommodaient d'un système auquel ils ne réfléchissaient pas, sans peut-être même s'apercevoir qu'il existait. Ils pensaient que le monde fonctionnait ainsi de lui-même, ne remarquaient pas à quel point nous étions soumis, conditionnés par des représentations religieuses et dépassées, des systèmes qui évacuaient le biologique chez l'homme dans une tentative de nous contrôler.

Maintenant, je parviens à rire de moi-même tel que j'étais à cette époque, je vois à quel point mes pensées étaient extrêmes, la masse de choses que je ne comprenais pas – et à quel point je m'engageais pourtant. Mais cela provenait d'un authentique désespoir, dû au fait que je ne pourrais jamais être libre, au fait qu'il y aurait toujours quelque chose, même dans la part de moi-même inévitablement acquise, qui limiterait mon épanouissement dans tous les domaines de la vie. Je trouvais parfois cela si accablant, si aberrant que je ne parvenais quasiment pas à le supporter.

*

« Tu veux simplement coucher avec autant de filles que possible », m'a répondu Karsten. Je m'en souviens, il riait et ne comprenait pas que c'était sérieux. « Ça ne concerne pas seulement l'aspect sexuel, il arrive loin sur la liste, ai-je dit, et j'étais vraiment sur le point de me mettre à pleurer : ce sont les règles auxquelles nous nous soumettons toute notre vie sans nous poser de questions ; nous tenons pour acquis le fait que nous allons vivre de cette manière, et que c'est même la meilleure façon de vivre. Mais pense à toutes les alternatives, pense à tout ce que nous n'avons pas expérimenté ; pense à toutes les structures, aux lois et aux normes qui ont été formées par la religion, tu te rends compte de l'absurdité de tout ça ? Et plus important encore : pense à tous les choix que tu fais chaque jour, sans être seulement conscient qu'il s'agit d'un choix. — Là, tu as trop lu Sartre, a dit Karsten, l'individu a besoin de systèmes auxquels se rapporter. Ça aussi, c'est biologique ; en tout cas, je suis content que quelqu'un ait créé des cadres pour moi », a-t-il ajouté.

Bien qu'en vingt ans j'ai eu plusieurs prises de conscience qui m'ont fait changer d'avis par rapport à la nature et l'intelligence de l'homme – et le degré de liberté qu'on a au départ –, je m'en suis tenu à la conception selon laquelle le projet de vie à deux, utilisé comme modèle dans de grandes parties du monde, est une forme d'institutionnalisation des sentiments et de l'amour. C'est l'expression même de l'absence de liberté, du contrôle. Et jusqu'à maintenant, j'ai refusé de contracter une relation monogame. Ce qui en général – et particulièrement lors de mes études – a éveillé un grand intérêt, imprévu, chez les filles que j'ai rencontrées. Il provenait certainement d'un mélange entre une attirance typique pour ce qu'on ne peut obtenir, et la sincérité de ma conviction. De ma croyance sans faille en l'individu libre, en l'existentialisme, et dans le prolongement, je suis bien sûr aussi devenu féministe –, « On ne devient pas féministe, a dit Ellen ; auquel cas il faut devenir antiféministe. » J'ai lu beaucoup d'œuvres de Simone de Beauvoir, je la citais dans les discussions ; « Le mariage est indécent dans son principe, disais-je par exemple souvent, car il transforme ce qui devrait être produit par un abandon spontané en droits et en obligations. » J'utilisais sa relation avec Sartre comme modèle lorsque je voulais expliquer ce que je pensais : « Le propos n'est pas qu'on ne doive pas se lier avec quelqu'un, disais-je, mais bien la façon dont on se rapporte à l'autre : librement, par plaisir, intellectuellement. Et non de manière systématique, par conformisme. »

« Tu ne peux pas seulement le dire, tu dois le penser, ai-je expliqué à Karsten qui était jaloux quand les filles allaient et venaient ; tu dois tolérer qu'elle aussi soit libre, qu'elle couche avec quelqu'un d'autre, c'est valable dans les deux sens. Et l'essentiel n'est pas de devoir coucher avec quelqu'un d'autre parce qu'on le peut : l'essentiel est la liberté, l'autonomie. »

Pour ma part, je n'ai jamais eu de problème avec le fait que mes amoureuses, elles aussi, aient rencontré d'autres personnes. Maintenant, je me demande si ce n'est pas parce que j'avais moins d'attachement pour ces filles que pour ma cause : j'étais plus amoureux de l'idée que d'elles ; amoureux de l'accomplissement du projet, du sentiment d'être plus libre que les autres.

Je considérais mes sœurs avec scepticisme, heureux de ne devoir, à aucun moment, vivre ainsi. Liv et Olaf, comme une unité inébranlable, indiscutablement condamnés l'un à l'autre pour la vie. L'éternelle recherche du bon type par Ellen, celui qui offrirait tout, qui serait tout. « Vous savez que vous avez le choix, que vous pouvez choisir différemment », ai-je dit un jour où nous nous étions tous les trois rassemblés autour d'une bière, et où elles passaient leur temps à se plaindre exclusivement d'Olaf d'une part, et du manque d'Olaf d'autre part. Elles rejetaient mes propos – comme elles rejettent presque toujours ce qu'elles ne veulent pas entendre, ce qu'elles n'ont pas le courage d'envisager, tout en persistant à m'expliquer que je suis trop petit pour comprendre.

*

« Il faut être extrêmement gâté pour pouvoir penser comme tu le fais : seule une personne démesurément protégée et en parfaite sécurité peut se permettre de s'organiser, de vivre et de penser comme tu l'as fait ! »

m'a crié Ellen quand Simen et elle ont rompu il y a un an, et que j'essayais une fois de plus de tenir des propos catégoriques pour regagner mes propres convictions.

Nous étions à la maison, chez maman, où Ellen vivait depuis sa rupture, quelques semaines auparavant. Nous avions beaucoup bu et Ellen s'était d'abord montrée agressive, discutailleuse : « Et toi alors, a-t-elle dit, pourquoi ne te trouves-tu pas de copine ?
— Ce n'est pas un objectif pour moi, ai-je répondu.
— Maman croit que tu es homosexuel », a dit Ellen, et elle m'a fixé du regard. Je n'ai pas pu m'empêcher de rire, j'imaginais la discussion entre maman et Ellen, et Liv aussi, sans doute. « Je vous l'ai déjà expliqué, ai-je dit, je veux vivre aussi libre que possible et faire mes propres choix. »

Je ne sais pas pourquoi, ni maman, ni Liv, ni Ellen ne veulent l'admettre : je le leur ai pourtant expliqué plusieurs fois. On dirait que ça ne suffit pas, qu'elles ont pris mes opinions pour une sorte d'explication de surface, mais en se disant qu'il devait y avoir autre chose là-dessous que je n'expliquais pas. « Mais tu ne veux pas avoir d'enfants ? » a demandé Ellen. Elle a détourné les yeux et elle s'est mise à pleurer. « Si, peut-être, mais il n'y a pas de contradiction », ai-je dit. Elle s'est encore plus énervée : « Alors tu ne veux pas être avec la mère de ton enfant ? — Il va falloir que tu définisses "être avec", ai-je répondu. Je ne suis pas si sûr non plus que la mère, le père et l'enfant vivant dans une construction verrouillée soit le meilleur modèle de société », ai-je continué. Elle a d'abord eu l'air pleine d'espoir, mais elle est devenue aussitôt réfractaire, puis à nouveau furieuse, et nous nous sommes mis à nous quereller – je poursuivais mon argumentation sans écouter, enthousiasmé par mes propres théories et galvanisé par l'opposition d'Ellen, qui pour une fois acceptait de discuter de ces questions avec moi. Je n'ai pris conscience de l'ampleur de sa colère que lorsqu'elle a crié cette remarque sur ma situation au moment où je tenais ces propos, à savoir qu'il fallait être vraiment gâté pour se permettre de penser et de vivre de cette façon. Elle ne savait pas à quel point elle visait juste, bien sûr, je ne le savais pas moi-même –, je commençais à peine à ressentir un changement mal défini et une plus grande incertitude.

J'étais saoul et j'ai contre-attaqué avec des propos manquant incroyablement de tact sur Simen et sur la nature biologique de l'homme, qui recherche forcément à répandre sa progéniture quoi qu'il arrive, mais surtout quand il n'a pas la possibilité de se reproduire.

Mon Dieu, quand je pense que j'ai dit ça à Ellen, c'est tellement horrible que je suis encore complètement bouleversé quand j'y pense, j'ai envie de me taper la tête contre les murs. La seule explication est mon approche presque clinique du divorce de maman et de papa, la façon dont j'ai très rapidement considéré que c'était tout simplement l'expression de ce que j'avais toujours pensé : que le mariage n'est pas naturel ; que vivre avec un autre être humain, se rapporter sexuellement et émotionnellement plus de trente ans à une même personne est contre-nature. Je n'ai vu dans leur divorce qu'une confirmation de cette idée : à notre époque, alors que la plupart des gens ne sont plus emprisonnés dans des conceptions religieuses, que nous sommes en meilleure santé et vivons plus longtemps, la conséquence naturelle est que les gens sont plus nombreux à divorcer.

« Alors, comment tu expliques cette vague réactionnaire de jeunes qui, de nos jours, se marient en robe meringue et font la fête trois jours d'affilée ?, a demandé maman un jour où nous discutions de ce sujet dans la cuisine, à Tåsen, durant l'automne qui a suivi le départ de la maison de papa. — Ils ont peur, c'est tout, ai-je répondu. Ils ne supportent pas la liberté ni le fait de choisir. Ils en reviennent à ce qui leur paraît offrir une certaine sécurité et détruisent ainsi l'égalité des sexes dans sa globalité – pour tous, ce n'est pas simplement antiféministe, ça représente deux pas en arrière pour tous les individus modernes et libérés. Je pense vraiment que les femmes – et les hommes – qui veulent revenir aux schémas hommes-femmes traditionnels, qui suivent cette tendance horripilante qui

consiste à prendre pour modèle la description de la famille selon un manuel d'économie domestique des années cinquante, qui posent avec tablier et muffins sur des photos, ceux-là crachent sur tout le combat mené pour la libération. C'est ça, être gâté : renoncer à la liberté pour laquelle d'autres ont lutté, ai-je poursuivi.
— Oh, Håkon, quel individu est vraiment libre ? » a dit maman en poussant un profond soupir, et elle a rangé les tasses à thé dans le lave-vaisselle.

Je me souviens avec quelle détermination, toute l'année, j'ai argumenté pour démontrer le caractère naturel de la rupture, du divorce, de l'union libre – une facette du progrès social –, je passais mon temps à regarder les gens avec un air de je-l'avais-bien-dit, comme si le divorce de maman et de papa était un symbole universel, valable aussi pour le reste du monde.

C'était la première fois de ma vie, je crois, que je réussissais à refouler aussi activement mes propres sentiments.

*

« *Håkon est né sans filtres* », disait souvent maman quand j'étais petit, et elle souriait comme si c'était un compliment. C'est devenu une prophétie auto-réalisatrice pour nous deux – même des réactions parfaitement normales ont été mises sur le compte de ma sensibilité. « Personne n'aurait probablement réagi si j'avais été une fille », ai-je dit une fois à une amie qui était, elle aussi, fascinée par ma grande sensibilité. Et par « sensibilité », maman, mes professeurs, mes entraîneurs et elle voulaient dire que j'étais plus affecté que les autres, que tout m'atteignait plus facilement, je pleurais sur les personnes âgées, handicapées, les animaux et les insectes – TRÈS EMPATHIQUE, est-il mentionné sur mon livret d'évaluation de l'école primaire. C'est plutôt positif en apparence, et il m'a fallu longtemps pour comprendre ce qu'il y avait de condescendant dans le fait d'avoir toujours pitié de tout le monde. Il n'est plus possible maintenant d'en parler comme d'un trait de personnalité, ni comme d'une composante de ma personnalité, puisque être naturellement attentif aux atmosphères, aux sentiments et à autrui s'est transformé en une sorte de quasi-diagnostic, une spécificité dont tous veulent se parer : je suis tellement sensible.

Il y a là quelque chose de féminin et de mystérieux, et comme j'ai en plus hérité des longs cils de maman et de ses lèvres charnues, ma sensibilité a été quelque chose que j'ai essayé de maîtriser durant de longues périodes de mon enfance et de mon adolescence. Je me suis certainement montré plus dur que tous les autres garçons de ma classe réunis, sans qu'ils sachent que je luttais contre mon instinct naturel. Au fil des ans, cela a eu également plusieurs effets politiques involontaires – pendant quinze ans j'ai vécu à la façon dont choisissent de vivre à présent les blogueurs qui militent pour la défense des animaux : je ne mangeais pas de viande, j'étais presque vegan à la pensée de ces pauvres bêtes, je ne portais pas de chaussures en cuir Buffalo ni de doudoune Canada Goose. La seule différence est qu'à cette époque, c'était plutôt difficile à assumer : je faisais croire que la fourrure de ma veste était de la vraie, je faisais sortir en douce le fromage et le jambon du sandwich obligatoire de la cantine dans ma serviette, et ainsi de suite.

Je ressens beaucoup de choses, et je les ressens fortement, me suis-je dit à l'âge adulte. Ce n'est pas nécessairement négatif, si l'on pense à toutes les joies grisantes que j'éprouve, à côté desquelles passent des personnes harmonieuses et plus neutres de tempérament : l'enthousiasme, les explosions soudaines de joie pure, la perception de petites connexions dans tout ce qui est humain, une plus grande faculté de compréhension, les milliers de signaux que je capte sans y penser – « Je ne connais personne qui ressemble plus à un médium que toi », a déclaré Anna pas plus tard qu'il y a quelques jours – *Et c'est un don*, me dis-je, pour convaincre mon moi de treize ans, honteux, qui se haïssait et haïssait ses sœurs parce qu'elles lui avaient donné une personnalité à ce point féminine et faible. C'est tout de même une vraie malédiction d'être aussi sensible, aussi exposé aux changements ! Je peux ressentir, par exemple, les moindres effets indésirables de n'importe quel médicament, l'anxiété me fait trembler comme une feuille quatre jours après une soirée en ville – et pour couronner le tout, je suis affligé d'une extrême intolérance aux sons que produisent les autres personnes.

Regarde ici, ça porte un nom, m'a écrit Liv sur Facebook il y a quelques années, et elle m'a envoyé un lien vers une page consacrée à la misophonie. Plus la personne est proche, plus la réaction est forte, a-t-elle écrit, et elle a ajouté un smiley avec des yeux en forme de cœur. Liv faisait référence à mon rapport presque phobique à ce qu'Ellen appelle assez justement des bruits d'humains – « Håkon ne supporte pas les bruits d'humains », avait-elle expliqué à son chéri du collège à la table du déjeuner. Et il est vrai que les bruits corporels comme ceux de la mastication, de la respiration ou d'un sifflement dans le nez, peuvent m'agacer ou m'exaspérer à me rendre fou, au point de ne plus pouvoir me concentrer sur autre chose. Surtout s'ils viennent de quelqu'un de la famille ou d'un proche. Quand j'étais petit, je pouvais avoir des accès de rage explosifs quand l'un des convives autour de la table faisait les bruits inévitables qui se produisent lorsque la nourriture rencontre les dents, la salive ou la langue. Le bruit humide provenant du fond de la mâchoire de Liv était le pire, et je le redoutais chaque fois qu'elle devait venir déjeuner à la maison. C'était tellement insupportable que j'avais envie de la frapper, de m'arracher les cheveux, et même si ma place à table était éloignée de la sienne, les repas se terminaient souvent par mes cris contre elle. « *Tu sais, tu n'es pas seul au monde*, disait souvent maman après ces repas-là, *il faut que tu apprennes à supporter les autres. Imagine ce que ce sera quand tu auras une copine !* »

De fait, la plupart de mes copines ont dû apprendre à me supporter – soit en s'efforçant de manger plus silencieusement par égard pour moi, soit en acceptant que nous ne mangions pas ensemble. Une fois adulte, j'ai tout de même réussi à contrôler ma rage, même si ça reste profondément désagréable, et je ne révèle ma répugnance que lorsque je le dois absolument, « Puisqu'il est vraiment évident que tu ne supportes pas le corps des autres », comme l'a dit une fois une ex-copine en colère.

Malgré tout cet appareil un peu dérangé que forme mon cerveau, malgré tous les bruits, malgré les anomalies, les décès, les guerres et les catastrophes naturelles, malgré les ruptures amoureuses, les disputes avec les parents et autres crises mineures qui me percutent directement en pleine poitrine, j'ai réagi, et assez vite, de façon purement rationnelle lorsque maman et papa ont annoncé qu'ils allaient divorcer.

*

À travers la fenêtre, le soleil du matin se pose sur le bras et l'épaule droits d'Anna. « Je suis l'exemple même d'une personnalité de type B », a-t-elle déclaré la première fois qu'elle a passé la nuit chez moi : le lendemain matin, je croyais qu'elle était morte, n'ayant réussi à la faire revenir à la vie qu'après onze heures du matin. Maintenant elle s'est rendormie, avec les bras complètement tendus comme un petit enfant : elle est toujours ça quand elle dort, comme si elle avait été vaincue par le sommeil et était tombée endormie au beau milieu d'une phrase ou en route vers quelque part.

Je regarde le réveil digital posé sur la table de nuit, il est neuf heures et quart, dimanche 15 avril 2018. Cette année, papa nous a invités pour fêter son anniversaire dans le nouvel appartement qu'il a acheté à Sagene, à seulement un jet de pierre d'agent immobilier de chez Liv et Olaf, « Plus près des petits-enfants », comme il l'a précisé. Et à environ un kilomètre de l'appartement que maman a acheté à Tåsen. Je regarde à nouveau Anna, ses boucles, sa peau brune, elle est allongée sur le dos la bouche ouverte – penser qu'on peut dormir comme ça, dans un tel abandon, sans défense ! Je ne peux m'endormir qu'à plat ventre, le bras droit sous la poitrine, et je me réveille au moindre mouvement ou au moindre bruit. Anna peut s'endormir profondément n'importe où et n'importe quand.

Elle va aimer Ellen, me dis-je. *Et Liv, si elle se laisse aller; elles vont s'apprécier.* Je prends mon téléphone pour envoyer un message à Liv, afin d'être sûr qu'elles comprennent bien toute l'importance du fait qu'Anna se joint à nous : elle doit passer un moment agréable, mais je ne sais pas quoi écrire pour que ça ne se soit pas trop visible. Elle va me démasquer et comprendre ma panique. J'écris un message groupé à Ellen et à Liv : ÇA ME FAIT PLAISIR DE VOUS VOIR CE SOIR, LES SŒURS. Comme ça, en tout cas, j'ai bien préparé le terrain. Quand j'étais petit, je les appelais toujours « les sœurs », comme une unité, et c'est devenu une sorte de surnom affectueux que maman, papa et moi employons tous. « *Est-ce que tu as vu les sœurs* ? » demande souvent papa.

J'avais alors sept ans, Liv dix-sept et Ellen quinze, et leurs vies étaient mystérieuses : les disputes avec maman et papa, les portes qui claquent, les chewing-gums et les permanentes, l'odeur de parfum et de vernis à ongles provenant de leurs chambres, Madonna et les petits coups codés dans les cloisons étaient totalement inaccessibles et hermétiques pour moi. Le sentiment religieux que j'éprouvais quand j'étais autorisé à entrer dans la chambre de l'une d'elles, à m'asseoir sur le lit et à regarder Liv faire ses devoirs, ou quand Ellen avait le droit de se faire la main sur moi pour mettre du mascara ou du rouge à lèvres écarlate. « Il faut juste que je sache ce que ça sent sur quelqu'un, disait-elle, et elle me pulvérisait du parfum Date jaune de chaque côté du cou. Voilà, sors et reviens », disait-elle en me poussant dans le couloir, et elle fermait la porte.

Il y a toujours quelque chose d'inaccessible en elles, ou dans leur relation. Entre vingt et trente ans, et jusqu'à ce que maman et papa divorcent, j'ai senti que nous adoptions progressivement des relations d'égales à égal, que j'étais devenu un membre à part entière de notre communauté, que nous nous comportions entre nous comme trois personnes adultes. Depuis le divorce, il apparaît plus clairement qu'Ellen et Liv ont entre elles un lien particulier, que je ne partage avec aucune d'elles : il y a elles deux ensemble, et moi en plus.

Cela m'avait déjà frappé ce soir-là en Italie, après le repas et l'annonce faite par maman et papa, lorsque je les ai trouvées dans la cuisine. Ellen se tenait debout, le visage caché entre ses mains, et Liv la consolait : elle avait passé les bras autour de ses épaules et lui caressait les cheveux en bavardant avec elle. Je me trouvais dans l'embrasure de la porte et je les regardais, elles étaient si proches alors que je me sentais mis à l'écart, presque étranger. « Håkon, a dit Liv quand elle m'a aperçu, allez, viens là », a-t-elle dit, avec un sourire maladroit, et elle a agité le bras qui ne tenait pas Ellen.

J'ai un peu ri. « Non, ça va », ai-je dit, et je suis parti me coucher.

Alors que Liv et Ellen avaient gardé une distance démonstrative après notre retour d'Italie, comme si elles faisaient front commun, je rendais régulièrement visite à maman et à papa. Le jour où papa a dû déménager, je l'ai aidé à transporter ses cartons dans la voiture, j'avais l'impression qu'il vidait toute la maison pour en faire l'inventaire. Un peu désemparé, il tournait en rond dans les étages, il semblait incertain sur la façon dont il dirait adieu à la maison et à maman. Elle, pour sa part, était totalement immobile à son bureau, dans le salon, tournant le dos à papa et à moi qui allions et venions derrière elle. Il n'y avait que cette rougeur dans le cou, persistante et enflammée, qui la trahissait. Tout ce qui jusqu'à présent s'était passé d'une manière simple et correcte, leur façon de présenter le problème, leur organisation, leur accord parfait à propos de la rupture, a fini par se dissoudre dans un adieu confus.

ÇA NOUS FAIT PLAISIR DE TE VOIR TOI AUSSI, NOUS SOMMES IMPATIENTES DE RENCONTRER CETTE NOUVELLE « AMIE », répond Liv à mon message au nom d'elles deux. Je souris et je me recouche avec précaution contre Anna, je suis réchauffé jusqu'à la moelle des os par le soleil dans mon dos et par Anna contre mon ventre.

*

L'appartement de papa est grand et lumineux. Il a arrangé le salon exactement comme celui de la maison de Tåsen, un fauteuil dans un coin, le grand secrétaire contre le mur, la bibliothèque sur le côté opposé. Tous les objets qu'il est allé chercher quand maman a vendu la maison sont disposés de la même façon les uns par rapport aux autres.

Anna pose la main au creux de mon dos au moment où nous entrons dans le salon, ce qui m'aide à contenir ma douleur à la vue de ces meubles familiers dans un nouvel environnement. Liv est dans la cuisine et prépare le repas, elle nous rejoint dans le salon quand elle entend nos voix ; elle évalue Anna d'un coup d'œil rapide, comme seule Liv peut le faire, puis elle sourit, salue et lui fait une bise. Je suis bien trop anxieux, c'est agaçant et troublant : je me ressaisis, je me dégage de l'emprise d'Anna et je la laisse avec Liv. Je vais retrouver Olaf qui lit un journal, assis dans le fauteuil marron de papa. Son fauteuil paraît toujours nu sans celui de maman, identique, à droite de la petite table. Olaf se lève et me donne une accolade.

« Ça fait longtemps qu'on ne s'est pas vus, dit-il, mais il y a une explication, à ce que je vois, continue-t-il en désignant Anna de la tête.

— Non, non, c'est juste une amie, dis-je. Rien de sérieux.

— Bien sûr », dit Olaf en riant.

Olaf est le seul de la famille qui a discuté de mes théories avec un intérêt sincère, le seul qui les a écoutées avec une fascination mêlée de scepticisme et qui les a prises au sérieux, sans les mettre sur le compte d'excuses ou de prétextes pour mes actions. « Mais c'est un peu comme ce que Liv dit du tri sélectif, a-t-il remarqué, ça ne sert à rien qu'une personne fasse ici et là un petit effort, si l'objectif est de changer le monde.

— Mon objectif n'est pas de changer le monde, Olaf, mais de penser en toute indépendance, de ne pas laisser quelqu'un d'autre me dicter la façon dont je dois vivre. » Contrairement à Liv, à Ellen ou à la plupart des gens au cours de ce genre de discussions, il n'a pas pris ça pour une critique indirecte. Je ne pouvais pas non plus attribuer ses objections à un sentiment d'envie : une union libre est bien la dernière chose qu'Olaf souhaiterait vivre : il ne se soucie que de stabilité et de sécurité et il est d'une loyauté sans fond envers Liv.

*

Au cours de l'automne qui a suivi le divorce de maman et de papa, Olaf est souvent passé me voir en allant à son entraînement ou au travail, ou encore en rentrant, bien que je n'habite pas à proximité immédiate de son travail ni de sa salle de sport. Au départ, c'était sans raison apparente, il passait juste pour « *Dire bonjour* », déclarait-il, ou sous prétexte qu'il voulait m'emprunter un livre ou encore que je lui montre un logiciel de publication qu'il avait déjà pratiqué dans le passé. « Mais Olaf, ai-je dit la troisième fois qu'il est arrivé sans prévenir et s'est assis, inquiet, sur le bord de mon plan de travail, qu'est-ce qui se passe ? — Il ne se passe rien », a-t-il dit, et il s'est mis à pleurer, à se moquer de lui-même à travers ses larmes, mais il ne réussissait quand même pas à s'arrêter. « Non, c'est clair », ai-je dit en souriant ; comme d'habitude, je ne savais pas comment le consoler, mais j'étais tout de même écrasé de compassion.

Être empathique est une qualité inutile quand, simultanément, on ne se sent pas en position de donner de bons conseils, ou quand l'incertitude sur ce qu'il faut faire arrête un élan naturel, comme c'était le cas avec Olaf – là, mon impulsion naturelle était de le réconforter physiquement, de poser un bras sur ses épaules et de l'embrasser. J'ai grandi dans une famille qui embrasse beaucoup – nous nous embrassons quand nous sommes heureux, quand nous sommes tristes, pour féliciter quelqu'un ou le consoler, quand nous disons au revoir, souvent pour dire bonjour, et toujours pour demander pardon. À l'école primaire, j'embrassais toujours celui qui avait besoin de consolation, qui s'était fait mal en tombant, celui qu'on avait taquiné ; je le faisais aussi pour me réconcilier avec un ami après une dispute. Ce n'est que bien trop tard, au collège, dans une nouvelle classe et avec de nouveaux amis, que j'ai compris que pour les autres, il n'était pas naturel de s'embrasser ainsi à tout bout de champ. Je me souviens d'une récréation où l'un de mes nouveaux copains était assis, le visage entre les mains : il avait raté un contrôle, et je voulais passer mon bras autour de lui pour le consoler. Encore maintenant, je ressens la honte cuisante et profonde que j'ai éprouvée quand il m'a repoussé. « Mais qu'est-ce que tu fous ? » a-t-il dit en se dégageant.

« Ce n'est vraiment rien, a dit Olaf tandis qu'il s'asseyait sur mon plan de travail en pleurant, expirant, inspirant et expirant à nouveau. Ou rien que je sache, mais je crois que Liv va me quitter, a-t-il dit, et il a eu tellement l'air désespéré que j'étais sur le point de me mettre à pleurer moi aussi. — Non, Olaf, bien sûr qu'elle ne fera pas ça, vous êtes solides comme un roc », ai-je dit avec une certaine ambivalence de sentiments, sentant que j'allais devoir m'impliquer dans une conversation où ma mission, de toute évidence, serait de défendre et d'encourager une forme de vie commune monogame. « Il ne faut pas que tu sois aussi intransigeant, m'avait dit papa une fois, il y a longtemps ; on peut être soi-même convaincu, c'est tout à fait normal, mais tu ne peux pas juger les autres en raison de leurs choix et de leurs priorités. »

« Nous ne sommes pas solides, a dit Olaf dans ma cuisine, nous ne le sommes plus, nous avons changé. Je n'arrive pas à la cerner, honnêtement, je crois qu'elle est déprimée, mais en réalité, ce n'est pas ce qui me fait le plus peur, c'est plutôt le dégoût énorme qu'elle manifeste envers moi, comme si tout était de ma faute, a poursuivi Olaf. — Qu'est-ce qui est de ta faute ?, ai-je demandé. — Elle est complètement brisée par ce qui s'est passé avec tes parents, tu le sais, non ? » Je ne le savais pas, j'avais seulement deviné dans les grandes lignes la réaction de Liv quand je l'avais rencontrée par hasard sur la place Carl Berner et je n'avais pas la force de supporter le désespoir de son regard. Je les avais tenues à distance, Ellen et elle, évitant ainsi qu'on me rappelle la situation familiale et qu'on remette en question ma propre perception de la rupture entre maman et papa.

Tout au long de l'automne, Olaf a continué ses visites à intervalles réguliers pour parler. « Ça ne va pas mieux, a-t-il dit, et ça me rend totalement irrationnel. » « Je fais des choses complètement idiotes », a-t-il déclaré un soir du début décembre. Je venais alors de voir Liv et Ellen pour la première fois depuis une longue période, et j'avais pu observer dans la pratique la description de la nouvelle Liv par Olaf. Elle tremblait de colère, de peur et de désespoir. Je ne parvenais pas à dire quoi que ce soit, pris au dépourvu en la voyant dans un tel état de délabrement. « Nous sommes frère et sœurs, disait-elle. Nous devons rester soudés. — Mais, Liv, aucun de nous ne s'en va nulle part, ai-je dit. Nous sommes ici, ça n'a rien à voir avec nous. — Ça a tout à voir avec nous, puisque vous me laissez tout, et que vous me lâchez de cette façon ! » s'est-elle écriée. Je ne comprenais pas ce qu'elle voulait dire, ce que nous lui avions laissé : c'était elle qui s'était mise à l'écart, et c'était en réalité moi qui me chargeais presque quotidiennement de garder le contact avec maman et papa, moi qui parlais et écoutais.

Quand Ellen lui a dit que maman avait un nouveau copain, elle s'est levée pour partir, il n'a plus été possible de poursuivre la conversation après ça : à regarder Liv, on aurait dit que quelqu'un était mort. Elle a dit au revoir, et une fois à mi-chemin vers la sortie du café, elle a fait demi-tour et elle est revenue. Elle s'est agrippée au dossier de la chaise sur laquelle elle venait de s'asseoir. Elle m'a regardé droit dans les yeux. « Tout ça, c'est un mensonge, a dit Liv à voix haute, le regard fixe. Tu ne comprends pas ? — Non, je ne comprends pas très bien, ai-je répondu, mais en réalité je ne comprenais rien. — Non, ça n'a rien de bizarre, tu n'as jamais vécu une vraie relation, aucun de vous d'ailleurs. Vous ne vous rendez pas compte que le fait de rester soudés, de ne pas abandonner quand vous avez fait une promesse sont des valeurs, a dit Liv ; quel est l'intérêt de se marier, de s'engager, si, de toute façon, on peut rompre cette promesse ? » a-t-elle continué. J'ai dû me mordre la langue pour ne pas approuver ce qui, de toute évidence, n'était qu'un raisonnement rhétorique de sa part. Je n'ai pas répondu. « Non, voilà, dans leur hypocrisie, ils nous ont appris la valeur de la persévérance, ce n'est pas ce qu'on a toujours entendu dire ? Non ?, s'est-elle écriée en continuant son monologue, sans attendre de réponse, ni d'Ellen ni de moi. "*Nous ne nous arrêtons pas tant que nous n'avons pas achevé*" – combien de fois n'avez-vous pas entendu des variantes de cette expression dans la bouche de maman ou de papa ? Mais eux-mêmes, ils abandonnent, et juste sur la dernière ligne droite – ils abandonnent ce qu'ils ont défendu, ce qu'ils nous ont appris, ce qu'ils ont créé. Oui, c'est un mensonge, et c'est une trahison envers nous qui les avons pris au sérieux, qui les avons écoutés et qui avons tenté de vivre selon les valeurs qu'ils nous ont inculquées. » À ces derniers mots, elle avait les larmes aux yeux, sa voix s'est brisée, puis elle s'est essuyé le nez avec la manche de sa veste et elle a un peu secoué la tête en regardant Ellen et moi avant de s'en aller. Nous sommes restés silencieux : je crois qu'aucun de nous n'avait jamais vu Liv comme ça. « Nous devrions la suivre », a fini par dire Ellen, mais aucun de nous ne s'est levé.

Quelques jours après, j'ai revu Liv pour le déjeuner du dimanche, chez elle. J'avais alors préparé des excuses. Je voulais lui dire que je la comprenais – ce qui était vrai, malgré mon point de vue arrêté sur le divorce. Elle avait parfaitement raison de dire que maman et papa nous avaient toujours appris que terminer, tenir sur la longueur, ne pas changer d'avis étaient des valeurs en soi. « *Il faut défendre ce qu'on a dit* », a été l'un des mantras de papa tout au long de sa vie.

« *Mais le fait que maman et papa décident d'enfreindre leurs propres règles ne doit pas nécessairement avoir un impact sur notre point de vue et sur nos relations*, voulais-je lui dire. *De toute façon, tu nous as, nous ; nous sommes soudés, nos liens sont solides et authentiques – ils sont indépendants des circonstances.* » Malgré ma compassion presque écrasante envers Liv – j'ai eu mal au ventre plusieurs jours après notre rencontre à Tøyen –, une partie de moi n'en était pas moins heureuse de pouvoir jouer ce rôle vis-à-vis d'elle. Être celui qui console et qui rassure. C'est toujours Liv qui a pris le contrôle des situations désagréables ou chaotiques, avant même que quelqu'un ait le temps de penser ou de réagir. Durant toute sa vie, elle nous a consolés et conseillés, Ellen et moi ; je ne sais pas combien de fois elle nous a tirés d'affaire, comme par exemple quand elle s'est rendue au domicile du plus grand garçon de ma classe pour exiger qu'il me rende les Pogs qu'il m'avait escroqués, ou quand elle s'est interposée en vrai bouclier physique entre Ellen et une bande de filles avec lesquelles elle était en conflit au collège – et cela bien que Liv ait toujours été plus peureuse et plus prudente qu'Ellen. Elle a toujours agi sans peur et sans compromis pour nous protéger, nous, la famille. Une fois adulte, quand elle a eu besoin de s'appuyer sur quelqu'un, elle s'est toujours tournée vers Ellen. J'étais heureux d'avoir une occasion de lui rendre la pareille, d'être celui à qui on pouvait se fier, sur lequel se reposer, une sorte de grand frère.

Je n'ai jamais eu l'occasion de lui dire tout ce que j'avais pensé et préparé car le dimanche suivant, chez Liv, l'ambiance était très différente. Comme si la conversation, les dissensions, la panique qu'elle avait exprimées n'avaient jamais eu lieu. Elle surcompensait bien sûr, mais il n'en était pas moins parfaitement impossible d'en déceler la moindre trace : Liv avait manifestement refoulé ce qui s'était passé.

*

« Quel genre de choses idiotes ? » ai-je demandé à Olaf quand, une semaine après le déjeuner du dimanche, il m'a parlé de ce qu'il considérait comme une conduite irrationnelle. J'étais soudain sur mes gardes, je serrais les poings dans les poches de mon pantalon de jogging, instinctivement prêt à défendre Liv de la manière la plus primitive qui soit. « J'ai trop honte, je ne peux pas le dire, a-t-il déclaré. — Si, maintenant, il va falloir que tu le dises », ai-je dit en essayant de sourire. Olaf est resté muet. Comme il restait silencieux, j'ai ajouté : « Ne t'imagine pas que si tu trompes Liv, je trouverai ça normal. Et tu m'as mal compris si tu penses que je suis partisan de l'infidélité : bien au contraire, si l'on a été assez bête pour s'imposer l'obligation de se marier, on doit soit la supporter, soit s'en aller en faisant les choses proprement », ai-je continué ; je me suis levé sans y penser, prêt au combat.

« Vas-y, explique-toi maintenant, ai-je dit. — Ce n'est pas exactement ce que tu crois, a répondu Olaf, je n'ai pas été infidèle. — Ah non ?, ai-je fait. — J'étais désespéré d'être considéré comme acquis, désespéré qu'elle ne fasse plus aucun cas de ce que nous sommes ou de ce que nous avons été ; tu ne sais pas ce que c'est, d'être aussi invisible et en même temps aussi méprisé – je ne suis devenu visible que lorsqu'elle a pu m'accuser de quelque chose, a dit Olaf lentement. — Mais oui, j'ai déjà entendu ça quelque part, mais qu'est-ce que tu as fait alors ?, ai-je demandé avec impatience. — J'ai inventé que j'étais tombé amoureux d'une autre », a fini par dire Olaf, et je n'avais jamais vu quelqu'un montrer physiquement autant d'embarras qu'Olaf, assis sur mon canapé, à l'instant où il l'a dit. Il avait rétréci de plusieurs tailles, il se tordait les mains et les pieds, il était rouge et transpirait.

Je n'ai pas pu m'empêcher de rire quand j'ai compris ce qu'il voulait dire : c'était une problématique absurde, difficile à envisager sérieusement, mais en même temps compréhensible, et Olaf avait sincèrement mauvaise conscience. « Je vais le lui dire, bien sûr, lui expliquer que ce sont des bêtises, mais en même temps ça a marché, on dirait qu'elle est un peu revenue à elle. J'ai mauvaise conscience de la faire marcher, mais en réalité c'est plutôt agréable qu'elle se reprenne en main et qu'elle comprenne la gravité de la situation. — Mais, mon cher Olaf, ça va aller, ai-je dit. Peut-être qu'on n'a pas toujours besoin de tout se dire. »

Après cette conversation, Olaf n'est plus venu me voir aussi souvent. Au début, j'ai pensé que c'était parce qu'il était gêné, mais j'ai ensuite compris que c'était parce que Liv et lui avaient commencé à se rapprocher l'un de l'autre, selon la description qu'il m'a faite l'une des dernières fois où il est passé. « Ce n'est plus comme avant, a-t-il dit, mais c'est peut-être mieux comme ça : maintenant, il y a plus de sincérité, d'une certaine façon. » J'ai acquiescé, j'hésitais entre me sentir manipulé et être heureux pour eux – et réaliser que je ne pouvais pas me reconnaître dans ce dont il parlait.

*

« C'est toi, là ? » demande Anna. Elle est devant la bibliothèque de papa et regarde une grande photo d'enfants où je suis debout, nu, entre Liv et Ellen que je tiens par la main, sur une plage au Portugal. Je réponds :

« Oui, et selon papa, c'est tout à fait moi. »

Papa estime que je révèle toute ma personnalité sur cette photo, avec mon expression tortueuse, un sourire et des yeux plissés, « *Un air sceptique et franc* », dit-il.

« Quel enfant magnifique », dit Anna, tournée vers papa qui est debout derrière elle et reçoit le compliment avec un large sourire.

Elle investit en moi, elle se comporte comme une compagne, quelqu'un qui regarde vers l'avenir ; j'ai beau me raisonner, je me résigne à ce que mes pensées se soumettent encore une fois devant ce nouveau chemin, malgré moi. De la main, Anna caresse cette version photographique de moi, la poitrine nue avec sa petite cicatrice.

« Tu sais que Håkon est né avec un trou dans le cœur ?, demande papa.

— Non, mais franchement, papa ! » dis-je, gêné.

Surtout parce que j'ai déjà raconté à Anna ma malformation cardiaque, l'opération, le drame exagéré, en tâchant de l'impressionner, ou du moins d'éveiller son intérêt ou sa compassion. Et peut-être même son instinct maternel – oh mon Dieu, c'est sans espoir.

« Oui, il me l'a raconté, dit Anna. Une histoire incroyable. »

Olaf me regarde, mais avant que quelqu'un n'ait le temps d'en parler davantage, la sonnette de l'interphone retentit.

*

« Toi qui te préoccupes tellement de biologie, tu n'es pas capable de supporter ça », a dit Anna dans ma cuisine il y a quelques mois. Elle faisait pendouiller devant mon visage un demi-poivron rouge, celui que j'avais impulsivement rejeté sur le plan de travail avec un petit cri effrayé en découvrant qu'Anna appelait ça un bébé poivron qui poussait à l'intérieur. « C'est juste un bébé poivron, a-t-elle remarqué. — Ce n'est pas de la biologie, c'est une anomalie biologique », ai-je répondu. Je n'ai même pas réussi à rire, j'ai dû me détourner quand Anna a détaché de la chair le morceau rouge à moitié formé et l'a mangé. « D'accord, Adolf, laissez-moi contrôler les anomalies génétiques dans le reste de ces légumes, que je m'en débarrasse avant de continuer », a-t-elle dit.

Je l'avais invitée à la maison pour la première fois, c'était en janvier – un jour après qu'Ellen nous avait présenté Paul. Il me semblait qu'elle m'avait transmis son enthousiasme. J'étais tellement anxieux que toutes mes petites névroses se déclenchaient avec une force dédoublée. Ce n'était pas encore problématique à ce moment-là : je retrouvais les signes de l'intérêt et du désir dans le frémissement de ma peau, la moiteur des paumes de mes mains, dans mon pouls rapide lorsque je la voyais, comme au cours d'autres expériences passées. Rien n'en différait, à part Anna elle-même : j'avais déjà connu avant tous les mécanismes et les pensées que je mettais en place. « Je tombe amoureux comme tout le monde, avais-je dit à Karsten quand il s'était demandé si ça ne me manquait pas d'être vraiment amoureux de quelqu'un. — Non, je ne crois pas, avait-il répondu, l'amour est toujours accompagné du désir de possession, il n'y a pas moyen d'y échapper. — Tu te trompes, je n'ai pas besoin de posséder la personne dont je suis amoureux, je préfère qu'elle soit libre », avais-je répondu. Je le pensais, je n'avais jusque-là ressenti que de petites bouffées de jalousie au cours de relations précédentes, rien qui ne puisse être surmonté par la raison. Rien qui n'approche le chaos infernal qui m'a gagné à présent, et a pris possession de mon corps et de mon esprit.

J'ai rencontré Anna lors d'un événement. J'essaie de souligner l'impression romantique de prédestination qu'il y a à l'avoir rencontrée de la façon dont maman et papa se sont rencontrés. C'était une table ronde sur les auteures et leurs lecteurs masculins, et je m'y trouvais sans en avoir envie, avec maman – elle ne peut jamais se rendre seule à un événement, c'est un handicap irrationnel dont elle est elle-même parfaitement consciente mais qui a empiré, assez ironiquement, depuis qu'elle a divorcé et qu'elle a rompu avec Morten.

« Ça n'a pas de sens de débattre du fait que les lecteurs masculins préfèrent les livres écrits par des hommes, ai-je dit. Comment peut-on discuter des préférences individuelles des gens ? — Mais le problème est justement là. Je ne crois pas qu'il soit question de préférences, il s'agit d'hommes qui méprisent presque inconsciemment les livres écrits par des femmes, comme si c'était de la littérature pour femmes, alors que les livres écrits par des hommes sont de la littérature, point final. Les histoires écrites par des hommes, avec des hommes dans le rôle principal, jouissent de l'intérêt général, tandis que les histoires écrites par des femmes sur les femmes ne peuvent intéresser que d'autres femmes, car elles ne portent que sur des thèmes féminins comme les sentiments et les enfants, et ne peuvent être considérées comme porteuses de thématiques profondes – c'est ainsi que des auteurs masculins qui écrivent sur leur papa écrivent en réalité sur quelque chose de plus universel, a dit maman presque sans reprendre son souffle et en levant les yeux au ciel. Enfin, c'est une vieille problématique, on verra bien. Pour une raison ou une autre, le domaine de la littérature est très à la traîne sur la voie de l'égalité des sexes, a-t-elle déclaré. — C'est peut-être parce qu'il est question d'art et de libre choix : ça ne se laisse pas commander. — Non, c'est une question de vieux préjugés, a dit maman. Et surtout de vieux bonshommes », a-t-elle ajouté.

Ce sont maman et Anna qui se sont rencontrées les premières. Anna s'était impliquée durant tout le débat, je l'avais remarquée parce qu'elle se trémoussait d'agacement sur sa chaise une rangée devant moi, elle secouait la tête si fort que ses boucles avaient balayé plusieurs fois le visage de ses voisins, et elle gémissait bruyamment à chaque mauvais argument. En gros, j'étais d'accord avec ses protestations corporelles, j'étais presque content qu'elle soupire et montre son désaccord aux bons endroits : quelqu'un exprimait ainsi mes opinions. Pourtant, je pensais qu'elle faisait partie de ces gens qui perturbent les réunions, et s'il y a bien quelque chose que je ne supporte pas, ce sont les perturbateurs de réunion. Ceux qui ne parlent que pour entendre leur propre voix, ceux qui refusent de se retirer de la liste des intervenants, même quand ils savent que leurs arguments ont déjà été avancés dans une prise de parole précédente, ou qui ne peuvent pas s'empêcher, à la fin d'une réunion ou d'une conférence, quand chacun a rangé ses affaires et s'est assis sur le bord de sa chaise pour s'en aller, de lever la main pour poser une question insignifiante, et cela bien que l'heure de clôture soit déjà dépassée de cinq minutes. Mais Anna n'avait pas la moindre question insignifiante à poser ; vers la fin elle a fait un commentaire pointu, dans les limites du temps imparti, sur les éditeurs, le rôle des médias et des critiques, sur ceux qui avaient toute latitude pour penser et pour ressentir, sur ceux qui étaient pris au sérieux – et elle a terminé par une pique si précise à l'endroit des prétendus hommes de culture, qu'au premier rang, au moins cinq têtes aux cheveux courts se sont figées.

Maman avait les yeux qui brillaient d'enthousiasme après la rencontre ; elle s'est frayé un chemin à travers la foule compacte pour rattraper Anna avant qu'elle ne disparaisse. Lorsque j'ai retrouvé maman, elle était dans l'escalier avec Anna, dehors. Voilà qu'elle fumait. Ça sonnait faux, mais ça sonne toujours faux quand je vois mes parents faire quelque chose qui m'invite, pour ainsi dire, dans l'entre-soi d'un monde d'adultes, quand ils abolissent la différence entre parents et enfants en dévoilant d'autres faces d'eux-mêmes, auparavant cachées. Peut-être aussi que ça sonnait faux parce que maman, autant que je sache, déteste la cigarette. « Je te présente Anna, a dit maman. Voici

Håkon, mon fils. » Anna a souri, elle a fait passer sa cigarette dans sa main gauche et m'a salué, serrant ses doigts vigoureux et froids autour des miens.

Nous sommes restés au Lorry après le départ de maman. « J'aime bien ta mère, a dit Anna. — Oui, elle est très intense, ai-je répondu. — Je ne sais pas si c'est le mot que j'aurais employé, a dit Anna, elle est engagée, c'est agréable de rencontrer des gens qui ont un avis, qui sont clairs. — Toi aussi, tu es claire, ai-je dit en souriant. — Et toi alors ? » a demandé Anna, qui avait ainsi répondu tout en posant sa question. Ça m'a fait rire, mais depuis, je me suis attaché à montrer à Anna que j'étais clair, que j'avais des traits saillants, ce dont elle se soucie tellement.

*

Deux semaines et trois rendez-vous après, je l'ai invitée à déjeuner chez moi. Contrairement à ce qui s'était passé avec les autres femmes que j'avais rencontrées, à qui, pour éviter les malentendus, j'avais présenté dès que possible cette question de liberté et de relations de couple, je n'en avais pas encore parlé avec Anna. En réalité, nous n'avions pas du tout parlé de nous-mêmes de cette manière : elle n'avait même pas demandé si j'étais célibataire. C'était une nouvelle expérience. Le processus de mes rencontres précédentes avec des femmes très différentes les unes des autres avait suivi le même modèle préliminaire : cartographier l'autre par rapport à soi-même, raconter dans le bon ordre et au bon rythme, dévoiler et étonner dans un *timing* équilibré. Je n'avais pas réalisé que cette structure était aussi schématique avant de rencontrer Anna, qui ne s'intéressait nullement à parler d'elle-même ou de moi – à moins que ça ne fasse partie d'un contexte plus large, pour servir d'exemples dans une argumentation, ou pour lancer une plaisanterie pleine d'auto-ironie. Après l'avoir rencontrée deux fois, je sentais pourtant que je la connaissais mieux, qu'elle m'avait montré plus d'elle-même – et peut-être des aspects plus importants – que si elle m'avait raconté une histoire chronologique sur sa vie, ses ruptures et son enfance.

« Elle te ressemble, a dit Karsten quand je lui ai montré une photo d'elle. Non, attends, elle ressemble à ta sœur. — Laquelle ?, ai-je demandé. — Les deux, a-t-il répondu. Penses-y un peu », a-t-il ajouté dit en riant. Je ne trouve pas de ressemblance avec Ellen ou avec Liv, ni physiquement ni par sa personnalité, mais j'ai été frappé par l'impression de quelque chose de connu chez elle, de rassurant et d'agréable, de presque familier, alors qu'elle est en même temps entièrement différente et captivante. « Presque inaccessible, ai-je dit à Karsten, je ne peux pas mettre le doigt dessus.

— On ne peut pas mettre le doigt sur ce qu'est l'amour, c'est un peu le problème », a-t-il répondu.

Grisé par la fébrilité et l'attente, j'ai passé plusieurs jours à envisager une présentation du thème au cours du déjeuner, car j'avais pour règle impérative de ne pas coucher avec de potentielles amoureuses ou même des flirts d'un jour avant d'avoir énoncé clairement mon point de vue. « C'est idiot de ta part, a dit une fois Karsten, jamais personne n'ira se vanter du contraire – toutes celles qui sont dépendantes de caractère, ou maladivement possessives – ne vont pas dire qu'elles n'arrêteront plus jamais de te téléphoner si tu commences par coucher avec elles. — C'est quand même plus carré comme ça », ai-je répondu.

Mais Anna n'était pas disposée à une conversation intime au-dessus du curry sans poivron, malgré les bougies et les flammes dans la cheminée, la musique douce des enceintes, elle ne s'est pas laissé troubler, elle avait l'air de rester d'humeur égale quelles que soient les circonstances. Après trois verres de vin, je suis devenu plus impatient : moins mes sentiments et moi-même paraissaient l'intéresser, plus il était inapproprié de lui dire que je ne contractais pas de relations monogames.

« Et toi alors ?, l'ai-je interrompue, de façon très mal placée, au beau milieu d'une phrase. — Qu'est-ce que tu veux dire par "et toi alors" ?, a demandé Anna.

—Non, quelle est ta situation personnelle… ou comment je pourrais appeler ça ? » ai-je dit en buvant une gorgée de vin pour cacher mon rougissement. Anna s'est mise à rire. « Ma situation personnelle ?, a-t-elle dit. — Oui, à vrai dire je ne sais pas grand-chose de ça ; je connais ton point de vue sur la plupart des sujets, de la littérature à la politique, en passant par les réfugiés et la décoration, mais, disons, je ne sais pas exactement comment tu vis, ai-je dit. — Bon, tu sais quand même que j'habite à Majorstuen, que je travaille en free-lance pour divers journaux et que ma sœur me téléphone souvent, a répondu Anna. — C'est vrai, ton téléphone est silencieux aujourd'hui, c'est suspect, mais je pensais davantage aux aspects relationnels de ta vie, en dehors de cette prétendue sœur », ai-je dit en souriant.

Je sentais la sueur perler de mes pores, à la racine des cheveux, j'espérais que ça n'allait pas se mettre à couler.

« Ah-ah, a dit Anna en se penchant en arrière, c'est cette conversation-là. » Elle n'avait pas l'air résignée, mais j'ai quand même regretté immédiatement, j'avais l'impression d'être ordinaire et banal en soulevant cette question, de ne pas avoir de traits saillants. « Non, non, ai-je protesté, ce n'est pas une conversation ni rien de ce genre, c'est juste de la curiosité. Oublie ça. — Non, je n'ai pas l'intention d'oublier, ça me va parfaitement, on en est justement au célèbre quatrième rendez-vous, a-t-elle dit, et j'ai fondu en voyant qu'elle appelait nos rencontres des rendez-vous. — Je croyais que c'était le troisième, le fameux rendez-vous, ai-je répliqué. — Ah oui, a dit Anna en riant, je n'y connais rien, j'en sais en réalité assez peu sur tout ce qui relève des relations traditionnelles, a-t-elle dit. — Qu'est-ce que tu veux dire ?, ai-je demandé. — Donc, j'ai essayé les relations de couple et tout ça, plusieurs fois, et ce n'est pas pour moi, a-t-elle dit. Alors je n'ai plus qu'à être honnête et à te dire que je ne recherche rien de sérieux, tant pis si ça ressemble à un cliché. » J'ai tenu mes mains en l'air devant moi, pour lui assurer que ça n'avait rien d'un cliché. J'avais en réalité envie de lui demander ce qu'elle entendait par sérieux, et j'étais plus sérieux que jamais, mais j'ai laissé tomber. « Et toi, a dit Anna, quel est ton rapport aux relations de couple ? — Je crois en l'amour libre, ai-je dit. Ou en l'amour. Ou en l'amitié – selon moi, toute relation doit être libre. — Qu'est-ce que tu entends par libre ?, a demandé Anna. — Libre, c'est-à-dire dégagé des camisoles de force dans lesquelles la société enferme n'importe quel lien affectif, je ne crois pas à des structures imposées de l'extérieur et communes à tous pour les relations émotionnelles. Je pense que chaque individu doit définir lui-même quel lien il veut entretenir avec la personne qu'il aime ou avec son conjoint. En ce qui me concerne, c'est aussi parce que je ne veux pas promettre quelque chose sans y croire, et je ne crois pas qu'il soit sain ou constructif, par exemple, de promettre à quelqu'un qu'on va l'aimer tout le reste de sa vie – pourquoi le ferait-on ? Pourquoi n'envisage-t-on pas chaque relation en disant : "Cela a de la valeur en soi, peu importe combien de temps ça dure." Si ça devait prendre fin demain, ce qui s'est passé garde quand même une grande valeur pour moi, ai-je répondu, en prenant conscience que pour parler, je me mettais en partie sur pilote automatique ; j'avais peur qu'avec Anna, tout se termine avant même d'avoir commencé. — C'est très intéressant, a répondu Anna, mais comment cela fonctionne-t-il dans la pratique ? Au risque d'être réductrice envers tes théories – nous parlons bien de ce que la plupart des gens appellent une union libre ?, a-t-elle demandé avec un petit sourire. — Tu peux appeler ça comme ça, ai-je répondu. Je ne crois pas à la monogamie, je ne crois pas que l'être humain soit fait pour être monogame, et je crois que, trop souvent, nous tenons pour acquis le fait que nous devons vivre comme d'autres l'ont décidé pour nous, ai-je poursuivi. — Mais ça pourrait marcher pourtant, même si nous ne sommes pas faits pour ça ? » a demandé Anna. Elle s'est penchée vers la table, curieuse et électrisée. « Oui, bien sûr, ça peut marcher, mais si autre chose marchait encore mieux… » ai-je répondu, et j'ai été un peu soufflé en voyant Anna tellement d'accord avec mon raisonnement : je n'avais pas l'habitude de rencontrer un sourire enthousiaste et approbateur en face de moi. « Quoi qu'il en soit, ce qui compte, c'est le principe, ai-je ajouté en m'apercevant à quel point il était important pour moi de formuler ce dernier point : ce n'est pas un objectif en soi de passer son temps à coucher avec d'autres. Bien au contraire, ai-je dit, et contre mon gré, la même envie inconnue de quelque chose que je ne voulais pas explorer, que je ne voulais pas ressentir, mais qui s'était immiscé en moi ces dernières années a fait irruption. D'ailleurs, je t'ai déjà dit que je suis né avec un trou dans le cœur ? » ai-je demandé.

*

Papa va rapidement dans l'entrée, soulève le combiné de l'interphone et appuie sur le bouton pour ouvrir la porte du rez-de-chaussée. J'entends les pas d'Ellen dans le couloir, le claquement rapide de ses talons hauts sur le sol.

« Bon anniversaire, mon vieux papa », dit-elle, et elle prend papa dans ses bras quand il ouvre la porte de l'appartement.

Papa rit, un peu à contrecœur, et prend le manteau d'Ellen.

Liv ressort de la cuisine en entendant la voix d'Ellen.

« Tu peux goûter ça ? » demande-t-elle, et elle souffle légèrement sur une cuillère de sauce avant de la mettre dans la bouche d'Ellen.

« Très bon, dit Ellen. Un peu plus de citron peut-être ? »

Ellen n'est pas particulièrement douée pour la cuisine. En général, elle met trop de sel et trop de citron dans tout, mais Liv ne demande de goûter ni à Olaf, ni à papa, ni à Anna ou à moi : son choix se porte de préférence sur Ellen. Je me console en me disant que c'est un geste de la part de Liv, je le sais : c'est pour normaliser la situation. Ça me fait quand même un peu mal de voir que mes deux sœurs entretiennent des relations apparemment aussi naturelles l'une avec l'autre, comme avant, alors que je reste à l'extérieur, à regarder.

En gros, j'ai seulement un rôle de remplaçant si l'une d'elles ne peut ou ne veut pas être présente pour l'autre, comme juste après le divorce ; j'avais alors plus d'importance pour elles deux – mais à ce moment-là, Liv croyait qu'Olaf était infidèle, et Ellen venait d'être quittée par Simen ; elles ont retrouvé leur ancienne manière d'être ensemble dans toute sa familiarité. Je crois qu'aucune d'elles n'a pensé qu'on pouvait se tourner dans d'autres directions que l'une vers l'autre. En même temps, il n'existe aucune direction dans laquelle je puisse me tourner, si ce n'est la leur. Je sais qu'elles m'aiment, j'ai probablement une meilleure relation avec mes sœurs que beaucoup d'autres – et je sais que nous nous ressemblons plus qu'aucun de nous ne voudra jamais l'admettre. Je peux facilement voir mon reflet en Liv ou en Ellen, je me retrouve dans leurs expressions et dans leurs gestes, dans leur manière de penser, de parler, de rire – et dans ce qui les fait rire –, mais en grandissant, assez souvent, j'aurais voulu avoir un frère, non pas à la place de Liv et d'Ellen, mais en plus d'elles.

Ellen entre dans le salon, embrasse tout le monde, y compris Anna.

« Je suis vraiment contente de faire enfin ta connaissance. J'ai tellement entendu parler de toi », dit Ellen.

J'ai l'impression de me retrouver piégé dans une mauvaise comédie où chacun, inconsciemment, dit à coup sûr quelque chose qui va me ridiculiser. Où est passé le tact de notre famille ? Nous étions assez forts, d'habitude, pour percevoir ce qui pouvait se dire, quand, à qui et de quelle façon, sans qu'on ait besoin de donner des instructions à l'avance. Mais je n'ai jamais non plus été aussi vigilant envers ce qu'on pouvait penser ou croire de ma famille et de moi que depuis que je suis avec Anna.

« Moi aussi, j'ai beaucoup entendu parler de toi », répond Anna, et c'est vrai.

Je me sens un peu coupable à cause de tout ce que je lui ai déjà dit à propos d'Ellen, d'avoir utilisé celle-ci, de façon plus ou moins consciente, pour faire peur à Anna de quelque chose qui n'est pas tout à fait clair pour moi-même. Je sais seulement que je veux qu'elle soit au courant du fait qu'Ellen a longtemps essayé d'avoir des enfants. « Mais c'était trop tard », ai-je dit ; personne n'a pourtant établi avec certitude que c'était trop tard, que c'était l'âge d'Ellen qui posait problème.

En réalité, personne n'a rien certifié, à part Ellen elle-même.

*

Ellen a vécu deux mois chez maman après sa rupture avec Simen. Elle était trop instable pour travailler, et tellement déprimée que maman et papa, Liv et moi l'avons gardée à tour de rôle. Je ne suis toujours pas certain qu'il était nécessaire de la surveiller de cette façon ; au cours de mes conversations avec elle, elle était objective et maîtresse d'elle-même, son argumentation était logique : si l'on ne croit qu'en soi et en l'être humain en tant qu'organisme, le seul sens de la vie est de se reproduire. Si l'on ne peut pas se reproduire, le sens disparaît – et on devient une anomalie. « Je suis quelque chose d'anormal, tout ce que tu n'aimes pas, a dit Ellen en riant un peu. — Mais non, ça n'entre pas dans cette catégorie, loin de là », ai-je dit sans que ce soit entièrement vrai.

« Mais, Ellen, il y a beaucoup d'autres choses dans lesquelles tu crois, ai-je dit. Tu crois en la société, tu crois dans les relations, dans tout ce qui se passe entre les êtres humains, ce sont des valeurs qui ont un sens, ai-je dit en essayant de me souvenir de certains des anciens arguments d'Ellen. — Non, c'est juste du remplissage, a dit Ellen, du remplissage et des excuses. Tu ne réussiras pas à me convaincre avec mes anciens arguments, personne ne croit moins que moi à cette vieille version de moi-même. De plus, c'est théorique, mais les conséquences pratiques sont presque pires : savoir que je resterai seule toute ma vie, a-t-elle continué. — Tu n'es pas obligée de rester seule toute ta vie, même si tu ne peux pas avoir d'enfant, ai-je dit. — Non, je comprends bien que je pourrai certainement trouver un homme qui se contentera de moi, mais c'est une mauvaise consolation. Je parle d'une autre forme de solitude, a-t-elle dit, et ceux qui sont devenus parents ne la comprendront jamais – la solitude qu'on éprouve en sachant qu'il existe une forme d'attachement et de sens plus profonds, mais qu'on ne la connaîtra jamais. Ceux qui ont eu des enfants n'ont jamais à s'interroger de la même façon sur ce qu'est le sens de la vie, a-t-elle continué. — Alors là, je crois que maman et papa, comme beaucoup d'autres parents, pourraient attester que ce n'est pas vrai, ai-je dit. — C'est parce qu'ils sont trop gâtés ou que ce sont des parents lamentables », a répliqué Ellen.

Même si, de mon point de vue, Ellen n'avait pas besoin d'être surveillée au sens strict, c'est devenu une sorte de projet collectif auquel toute la famille a contribué. Je crois que les autres aussi ont compris ce qu'il y avait d'exagéré dans la situation mais tout le monde, y compris Ellen, avait l'air heureux d'avoir un projet commun qui rassemble et réconcilie la famille. Nous n'avions pas besoin de parler d'autre chose que d'Ellen ou de nous demander ce qu'il y avait derrière les mots ou les actes ; les soupçons ou les accusations égocentriques devaient céder, chacun ne se souciait que du bien d'Ellen, et tous rivalisaient de bonne volonté. Malgré le léger stress de cette période, cela a permis que Liv et Olaf, maman, papa et moi nous rapprochions les uns des autres, retrouvant quelque chose qui ressemblait à ce qui avait été.

Ellen a fini par en avoir assez d'être surveillée ; elle a plus souvent choisi de s'écarter de l'emploi du temps de maman précisant qui devait la garder et quand – elle planifiait de préférence directement avec Liv, qui était heureuse de ce rapprochement, de ce retour à la normale. Elle a aidé Ellen à déménager de l'appartement de St. Hanshaugen quand il a été vendu. Simen a d'abord proposé à Ellen de racheter sa part. Il est venu à Tåsen un soir où maman, Ellen et moi regardions un film dans le salon. Il avait téléphoné pour parler de l'appartement, et Ellen, à sa manière passée, avait préféré l'inviter pour une véritable conversation – ce que tout le monde a considéré comme un bon signe –, mais quand il a proposé de racheter sa part, elle est entrée en fureur. « Ce n'est pas possible que tu vives là-bas avec quelqu'un d'autre, a-t-elle crié, qu'est-ce que tu vas faire de la pièce, qu'est-ce que tu vas faire de la pièce ?, et Simen s'est aussitôt rétracté. — Nous pouvons le vendre, bien sûr, a-t-il dit, faisons comme ça, Ellen, vendons-le. C'était une proposition idiote de ma part », a-t-il ajouté, et j'ai réalisé à quel point j'aimais Simen, en dépit du fait que je le connaissais mal. L'appartement a été vendu et Ellen est partie vivre dans un appartement en location que Liv lui avait trouvé tout près de chez Olaf et elle. Cet incident a réellement tiré Ellen de sa torpeur, comme si elle avait pris son élan et s'était décidée à aller de l'avant. Le planning de visites établi par maman est devenu superflu, et un soir où j'étais venu pour m'occuper d'Ellen et où elle était sortie avec une amie sans prévenir, nous avons compris, animés de sentiments contraires, que notre projet était terminé.

*

Je n'avais pas compris que tout au long du printemps dernier, inconsciemment, je m'étais imaginé que papa retournerait vivre à Tåsen : c'était une idée allant de soi, au point que, quand je l'ai découverte, j'en ai été le premier étonné. J'aurais presque eu envie de rire de moi, si cela n'avait pas été aussi révélateur, douloureux et sensible. Comme je ne m'étais pas aperçu que mes bons sentiments autour de ce qu'on a appelé l'effondrement d'Ellen étaient dus à mes espoirs, je n'étais pas non plus préparé à la douleur qui a suivi quand ces derniers ont volé en éclats.

L'été où maman et papa sont partis vivre chacun de leur côté, leur grande préoccupation était de bien mettre en évidence tout ce qui allait être différent, et en même temps de montrer de la considération l'un pour l'autre. Par exemple, ils sont tous les deux restés à l'écart du chalet pour les premières vacances d'été. « En réalité, ce sera bien de faire quelque chose d'autre, m'a dit maman. De sortir des sentiers battus : je n'ai même pas le souvenir de la dernière fois où Sverre et moi n'avons pas passé la moitié des vacances à Lillesand, c'est incroyable, l'animal docile qu'on devient sans même s'en rendre compte. » Papa est parti pêcher dans le Finnmark. « C'était absolument fantastique, a-t-il déclaré en rentrant, il n'y a rien de comparable. » Pourtant, l'an dernier, ils avaient vraiment envie de passer quelques semaines au chalet, tous les deux. « Il faudra que vous vous mettiez d'accord entre vous, a dit Liv, et que vous régliez ça. » Finalement, maman devait descendre avec Liv et y rester la première semaine, papa devait y aller la deuxième semaine ; après avoir passé quelques jours ensemble, maman devait ramener sa voiture – tandis qu'Ellen reconduirait papa chez lui la semaine d'après. Je devais y rester une demi-semaine avec maman et une demi-semaine avec papa. Cela évoquait la planification annuelle qu'on faisait dans le passé, au cours de l'un de nos déjeuners dominicaux, au printemps : papa prenait un stylo et une feuille de papier pour noter les souhaits de chacun et les défis logistiques nécessaires au bon déroulement de l'été. Il a toujours eu un talent particulier pour faire en sorte que personne n'obtienne ce qu'il voulait, mais que tout le monde soit quand même satisfait.

« J'espère que l'ambiance ne sera pas trop forcée », a dit Ellen avant de descendre. Elle ne l'a pas été : les jours où toute la famille était rassemblée, c'était agréable, authentique et chaleureux, peut-être comme avant, jusqu'au dernier soir avant que maman ne doive rentrer chez elle. Nous étions assis dehors et nous mangions le traditionnel repas de crabes, il faisait doux, l'atmosphère était lumineuse, je me sentais plus détendu et calme que depuis longtemps, je réussissais même à ignorer le bruit de succion que faisait papa en essayant d'extraire la chair juteuse des pinces.

« Tu te souviens de l'été où tu as renversé la marmite de crabes, Liv ?, a demandé papa. — En fait, ce n'était pas moi, c'était Ellen, a répondu Liv en riant. — Oui,

Ellen a failli tuer Håkon, a dit maman. — Håkon ?, se sont écriées en chœur Liv et Ellen, mais tu étais où ? — J'étais assis juste à côté de papa », ai-je répondu, mais avant que j'aie le temps de souligner ce qu'il y avait de frappant dans le fait que personne d'autre que maman ne se souvienne de moi, papa m'a interrompu parce qu'il avait reçu un message d'un agent immobilier. « Regarde, Torill, c'est au-delà de toute espérance ! — Vous avez reçu une estimation ?, a demandé Liv. — De combien ? » a demandé Ellen.

Je crois que tout le monde s'était dit que l'un des autres avait dû m'informer de la mise en vente de la maison. Je ne crois pas qu'ils l'aient fait exprès, ils ne pouvaient pas non plus savoir quels espoirs étaient toujours les miens, je n'en étais pas conscient moi-même, avant qu'ils ne soient brisés comme la pince de crabe dans laquelle Liv avait bruyamment planté les dents : je me suis recroquevillé sous l'effet du bruit et de la nouvelle que j'apprenais.

*

Maman et papa ont acheté la maison de Tåsen juste avant la naissance de Liv. Elle a d'abord été blanche, mais dans les années qui ont suivi la naissance d'Ellen, maman l'a régulièrement repeinte en lui donnant chaque fois une couleur différente. « Il fallait bien que j'aie quelque chose à faire en t'attendant », a dit maman un jour où nous regardions des photos, et derrière Liv et Ellen qui posaient ensemble en diverses occasions – sur la pelouse, sous l'épandeur d'eau, sur le chemin de l'école ou avec une luge sous les bras –, la maison avait changé de couleur au moins trois fois en cinq ans. À l'intérieur en revanche, peu de choses se sont passées : ils ont changé à regret les appareils électroménagers quand papa a dû renoncer à les réparer, ils ont retapissé le canapé et les fauteuils deux ou trois fois – de la même couleur –, et ils ont remplacé les rideaux jaunes par des rideaux de lin au crochet qu'ils ont hérités de grand-mère ; en dehors de ça, tout le reste est venu en surplus et n'a pas été changé, « Et maintenant c'est plein », ai-je dit à maman lorsqu'elle essayait, il y a quelques années, de trouver une place pour une lampe que papa avait reçue de Liv et d'Olaf pour son anniversaire.

*

J'ai vécu chez maman et papa jusqu'à ce que j'aie complètement terminé mes études à l'université, à Blindern. J'étais beaucoup trop vieux pour vivre à la maison, mais seulement en théorie ou dans des traits d'autodérision devant mes copains car en pratique, ça marchait parfaitement bien. Je n'ai aucun souvenir d'avoir désiré une vie indépendante : pourquoi l'aurais-je fait, j'avais tous les avantages et une liberté totale. « C'est presque comme si je vivais en colocation », ai-je dit à Liv. Elle s'est contentée de rire et a dit qu'elle aimerait beaucoup vivre en colocation avec des colocataires qui paieraient l'intégralité du loyer, prépareraient tous les repas et laveraient ses vêtements. « Ça ressemble plutôt à un hôtel, je peux te le dire », a-t-elle continué, en me faisant une caresse un peu condescendante sur la joue.

Liv et Ellen sont peut-être plus proches l'une de l'autre que de moi mais, en contrepartie, je suis beaucoup plus proche de maman et de papa qu'elles. « Tu es quasiment un enfant unique, a dit une fois Karsten qui avait grandi avec trois frères et sœurs rapprochés. Tu as eu tes parents pour toi tout seul, et en même temps tu as eu des sœurs, tu as gagné sur tous les tableaux. » Maintenant, j'arrive à voir les choses comme ça, mais quand Ellen et Liv ont quitté la maison, ce n'était pas très drôle d'avoir maman et papa pour moi tout seul : j'aurais bien aimé les partager avec quelqu'un. Quand Ellen est partie aux États-Unis après le lycée et que je n'entendais plus les bruits de sa chambre en dessous de la mienne, je pleurais tous les soirs. Au bout d'un moment, ça s'est arrangé, et maman, papa et moi sommes entrés dans une sorte de routine quotidienne à trois au cours de laquelle, après tout, j'ai reçu l'attention et la sollicitude qui étaient auparavant divisées en trois.

Déménager de la maison a été horrible. Tellement horrible que je ne pouvais pas en parler à qui que ce soit: j'avais vingt-trois ans, et maman et papa me manquaient terriblement, à m'en rendre presque malade – cela alors qu'ils vivaient dans la même ville que moi. J'ai vraiment quitté la maison à reculons, uniquement parce que la pression de l'extérieur était trop forte et qu'il était devenu trop stigmatisant de dire à mes copains et à mes amoureuses que je vivais encore chez mes parents, sans avoir pour cela de raison valable. Ce n'était pas compatible avec le statut d'adulte indépendant, ayant son mot à dire – il devait y avoir un problème quelque part chez ce type qui vivait encore à la maison à l'âge adulte, dans sa chambre d'enfant. « Je ne sais pas, ça choque beaucoup par rapport à tout ce que tu défends, a dit une amie, tu prônes la liberté et les choix personnels alors que ta mère lave encore tes vêtements. » J'ai déménagé trois semaines après.

Maman et papa devaient s'être préparés à ce que je déménage – nous en parlions, nous en plaisantions, papa me montrait même une annonce immobilière de temps en temps, mais ils ont eu l'air complètement pris au dépourvu quand j'ai quitté la maison. Ils travaillaient encore à temps plein, ils avaient un vaste réseau d'amis et de connaissances, ainsi que de nombreuses activités, mais papa trouvait quand même que c'était devenu « *Terriblement vide* », comme il disait.

« J'ai soudain tellement de temps, a-t-il dit une fois où j'étais passé à la maison –, ce que je faisais plusieurs fois par semaine les premiers temps. — Non, ce sont des bêtises, papa, ai-je dit, je ne prenais pas autant de ton temps quand je vivais à la maison. C'est seulement une impression que tu as, ai-je poursuivi, dans un mélange de soulagement égoïste et de mauvaise conscience. — Alors, je crois que tu sous-estimes le temps que papa et moi t'avons consacré et que nous avons passé à nous organiser par rapport à toi – pour savoir où tu es, si tu rentres pour déjeuner, les conversations, les questions, les repas, les vêtements, les clés, les bruits et ainsi de suite. Tu dois te rappeler que tu prends plus de place dans nos vies que nous n'en prenons dans la tienne en ce moment », a dit maman en souriant. Concernant ce dernier point, je pensais qu'elle se trompait probablement.

En même temps, la mauvaise conscience m'a gagné. En enfant privilégié et égocentrique, je n'avais pas réfléchi à la façon dont cela les impacterait. Je ne pensais qu'à moi et à la douleur de devoir me détacher malgré moi. Soudain, j'ai été frappé par le fait que je laissais quelque chose derrière moi, que cela entraînerait bien sûr aussi un changement pour maman et papa. Une époque de ma vie était révolue, mais une époque encore plus cruciale de la leur s'achevait également : ils y avaient consacré pratiquement tous leurs efforts, toute leur volonté et leur amour, depuis le jour de la naissance de Liv, il y a plus de quarante ans. Le vide dont papa parlait était devenu soudain beaucoup plus compréhensible, il ne s'agissait pas exclusivement de moi.

« Ainsi va la vie, malheureusement, le changement est douloureux », a dit Ellen avec légèreté quand j'ai essayé de lui en parler, et j'ai été indigné de cette injustice : Liv et Ellen avaient échappé à ça, elles avaient pu s'en aller en leur temps tout en sachant que je serais là pour maman et papa, petit et dépendant, et elles me laissaient le soin de leur donner le coup de grâce.

Je n'aurais quand même pas pu imaginer que maman et papa ne réussiraient pas à retrouver ce qu'ils étaient sans Liv, Ellen et moi, ni ne parviendraient à découvrir quelque chose de nouveau l'un dans l'autre. Je crois que je n'y ai jamais pensé.

*

Il ne m'était jamais non plus venu à l'esprit qu'ils vendraient la maison. Qu'ils pourraient la vendre. Même quand papa a déménagé, la pensée m'en est restée totalement étrangère. C'était mon enfance, c'était ma maison. Il n'y avait pas d'autre lieu où je me sente à la maison, même après avoir acheté mon propre appartement et l'avoir aménagé avec mes propres meubles et mes affaires personnelles. Pour la maison de Tåsen, je disais toujours « *à la maison* ». « *Je viens faire un tour à la maison* », disais-je, JE PASSE À LA MAISON, écrivais-je dans un message à maman. Je ne sais toujours pas ce qui est pire, la prise de conscience de la rupture effective ou le fait que la maison ait disparu.

« Mais, mon pauvre ami, tu ne le savais pas ? » a demandé maman au-dessus des crabes l'été dernier, quand je suis devenu complètement silencieux et que j'ai senti le sang disparaître de mon visage. Les joues et les lèvres me picotaient. Sa réaction n'était pas à la hauteur, aucun des visages autour de la table ne révélait la moindre trace de l'abîme que je sentais s'ouvrir en moi. « Je comprends que tu sois triste, Håkon, a dit papa, je trouve que c'est assez douloureux moi aussi, tu sais à quel point j'aime cette maison. Mais nous sommes tous des adultes, avec nos vies d'adultes : ni maman ni moi ne pouvons garder la maison au nom des souvenirs du passé, a-t-il continué. — Et de toute façon, ces souvenirs, nous les avons », a ajouté maman. Je n'ai pas réussi à répondre.

« Tu ne trouves pas qu'ils auraient dû au moins nous demander d'abord ?, ai-je dit à Liv après coup, et elle a un peu haussé les épaules. — C'est leur vie, Håkon, a-t-elle répondu, et papa a raison, aucun d'eux ne peut garder seul cette grande maison. » Je ne comprenais pas comment Liv, qui, l'an dernier à la même époque, était complètement désemparée à l'idée de ce divorce, pouvait le prendre à présent avec autant de légèreté – ce qui rendait la situation encore pire pour moi. Il y avait quelque chose d'agréable dans le fait que Liv et Ellen réagissent et se révoltent, cela m'avait permis de prendre mes distances plus facilement tout en devenant celui qui appréhendait la situation en toute objectivité, en adulte, avec des arguments bien fondés. Sans l'opposition de Liv et d'Ellen, mes arguments restaient suspendus dans l'air, soudain dépourvus de cible.

*

« C'est de la part de Paul et de moi », dit Ellen après avoir salué et embrassé toute la compagnie. Elle regarde autour d'elle comme si elle avait oublié de faire une bise avant de poser un cadeau sur la table devant papa.

« Merci mille fois, dit papa. Comment ça se passe pour lui, à… ?

— Dubaï, dit Ellen. Tout va bien, plus que six jours.

— Et pour… ?

— Thea ? Ça va mieux », répond Ellen.

Aux alentours du Nouvel An, Ellen est devenue la compagne de Paul, quinze jours après l'avoir rencontré par l'intermédiaire d'une application de rencontres. Liv l'avait téléchargée sur le téléphone d'Ellen, contre la volonté de cette dernière, six mois après sa rupture avec Simen. « Il est temps que tu te remettes à sortir avec quelqu'un, a dit Liv, personne ne prétend que le premier rencontré sera le bon, et que tu devras te marier avec lui pour ça. — C'est la chose la plus superficielle que je puisse imaginer, a dit alors Ellen, balayant l'écran et évaluant ainsi l'apparence des gens sans leur parler. Comment peut-on se faire une idée sans avoir entendu leurs voix ? Sans parler de tout ce qui dépend du langage corporel », a-t-elle dit. Deux mois après, en prenant une bière, elle nous a dit qu'elle avait rencontré Paul. « Il y avait quelque chose dans son regard », a dit Ellen, et il s'est avéré qu'en plus du regard, Paul avait une femme décédée et trois enfants relativement jeunes.

Les premiers temps, Thea, la fille aînée de Paul, repoussait systématiquement Ellen. Liv s'est inquiétée, elle m'a téléphoné, elle avait peur qu'Ellen ne rechute – que l'hostilité de Thea ne déclenche de nouvelles pensées irrationnelles chez Ellen concernant son inaptitude à être mère. Mais Ellen a tout fait correctement, elle a laissé Thea réguler la distance entre elles, elle n'a pas insisté, elle est restée en retrait et l'a assurée qu'elle n'essayait en aucune façon d'être sa mère. « Je lui ai dit : "Je n'essaie pas d'être ta mère, Thea" », nous a raconté Ellen, avec une chaleur nouvelle dans la voix, sur les joues et dans le regard.

« As-tu parlé à maman ? » me demande Ellen à présent, tandis que papa déballe minutieusement le cadeau d'anniversaire offert par Paul et elle.

Papa se redresse, dirigeant comme par hasard sa bonne oreille vers nous. Je ne sais pas quoi dire, ni ce qu'il faut répondre. J'ai parlé avec elle ; elle fait un voyage en célibataire sur le plateau du Hardanger avec l'Association norvégienne de randonnée, « Mais tu n'as pas besoin de le dire aux autres, a-t-elle déclaré avant de partir. Surtout pas à ton père, a-t-elle ajouté. — Vous êtes divorcés, vous avez le droit de faire des rencontres, ai-je dit. — Oui, mais papa, tu sais, a-t-elle répondu. Il va sûrement en faire une affaire personnelle, a-t-elle poursuivi. — Je ne crois pas, tu ne peux pas savoir, il pourrait avoir rencontré quelqu'un, lui aussi, ai-je répondu. — Que veux-tu dire, qui a-t-il rencontré ?, a demandé maman. — Je ne sais pas s'il a rencontré quelqu'un, je dis juste qu'il pourrait », ai-je répondu en souriant. Je continuais à être heureux comme un enfant en la voyant se préoccuper de papa de cette manière. « Bien sûr qu'il le peut, a répondu maman. Ça ne me regarde pas, a-t-elle ajouté. Mais c'est encore récent, n'est-ce pas ? — Non, ça fait deux ans, on ne peut plus dire que ce soit récent, ai-je dit, mais les années sont peut-être plus courtes pour les gens de ton âge. — Attention à toi, a dit maman, ça n'a absolument rien à voir avec l'âge, espèce d'âgiste. »

« Elle est dans le Hardanger, elle marche de refuge en refuge, fais-je.

— Avec qui ?, demande Ellen, qui ne comprendra jamais à quel moment il faut arrêter d'insister.

— Tante Anne, dis-je.

— Anne ? Non, je n'en crois pas un mot, dit papa en riant. La dernière fois que je l'ai vue, elle était à deux doigts de devoir utiliser un déambulateur. »

Ces dernières années, maman et papa sont passés maîtres dans l'art de faire des commentaires sur toutes leurs connaissances qui présentent des signes de vieillissement : leur triomphe est assez mal caché, comme si c'était une compétition. Peut-être qu'elle existe bel et bien, mais il y a quelque chose de bizarre dans le fait de souligner aussi fortement que des amis et des gens du même âge que soi vieillissent, et de refouler dans le même temps son âge avec une telle vigueur.

« Peut-être que c'était quelqu'un d'autre, alors, je ne sais pas, je n'ai pas un aperçu complet de ce que fait maman à chaque instant », dis-je, sauvé par Liv qui sort de la cuisine avec le tablier de maman dans les mains. Je ne sais pas pourquoi ce tablier s'est retrouvé chez papa. Elle annonce que le repas est servi.

*

« Tu ne devrais pas te retrouver au milieu de tout ça », a dit maman à l'automne dernier, tandis que nous vidions la maison, comme si j'étais n'importe quel enfant de divorcés. Papa et elle n'étaient pas d'accord sur le partage des objets et papa, énervé, avait quitté les lieux en filant sur son vélo. Alors que j'arrivais dans l'entrée, j'avais entendu papa dire : « Tu ne peux pas continuer à tout prendre pour toi, Torill. Qu'est-ce que tu t'imaginais, au juste ? Que tu continuerais à vivre exactement comme avant, avec les mêmes objets, les mêmes habitudes, des finances identiques, avec pour seul changement que tu serais débarrassée de moi ?, a-t-il poursuivi d'une voix forte. — Débarrassée de toi ,? a demandé maman, je n'ai pas le courage de te rappeler qui s'est retrouvé en pleine crise ridicule, et qui voulait se débarrasser de qui au tout début. — Non, j'en ai vraiment assez, maintenant tu es injuste et tu le sais, tu es égoïste et tu rapportes tout à toi, comme d'habitude – ce qui en dit long puisque tout ça est en fait de ta faute, a répondu papa. — Mais, bon Dieu, Sverre, prends cette collection si elle a plus de valeur pour toi que le fait d'être décent », a dit maman. Il y a eu quelques secondes de silence, puis j'ai entendu papa se diriger vers l'entrée ; il a découvert que j'étais là et il a fait un geste résigné des bras, il est passé devant moi dans l'entrée et il est monté sur son vélo.

D'une certaine façon, ça faisait du bien d'entendre enfin des paroles qui révélaient un différend entre eux. Car même si plusieurs situations au cours des six derniers mois avaient indiqué que tout était loin d'être aussi simple qu'ils l'auraient souhaité, comme la crise d'angoisse de maman et la manie toujours croissante de l'entraînement chez papa, il y avait eu étonnamment peu de frictions entre eux. En présence d'Ellen, de Liv ou de moi, ils étaient polis et calmes, ils se mentionnaient mutuellement et s'adressaient l'un à l'autre d'une manière neutre et bienveillante. J'ai compris plus tard que c'était surtout une question de fierté : je sentais qu'ils avaient quelque chose à nous prouver, et peut-être à prouver à tout le monde – il fallait que ça se passe sans heurts, il n'y avait rien d'étrange dans le fait de divorcer à l'âge de soixante-dix ans, c'était le bon choix, sur lequel ils étaient tous les deux d'accord, voyez comme c'est simple, comme ça se passe bien et en toute correction –, mais c'était tout de même un vrai soulagement d'entendre un petit extrait de ce qui se passait entre eux quand personne ne les entendait, quand ils ne se conduisaient pas comme si quelqu'un les observait en permanence et évaluait leur façon de gérer la situation.

Notre plan était de vider et de nettoyer la maison ensemble, comme une famille encore fonctionnelle, mais Ellen, qui venait à ce moment-là de rencontrer

Paul, s'est décommandée : elle a dit qu'elle passerait plus tard prendre ce qui restait dans sa chambre. Liv et Olaf ont fait un saut, ils ont emporté quelques cartons de la chambre de Liv et ils ont à nouveau disparu. Il n'est resté que maman et moi pour le nettoyage. Nous avons empilé les affaires de papa dans un coin et celles de maman dans un autre : on aurait dit que maman avait mauvaise conscience, elle a mis la collection de disques dans le coin de papa.

« Pff, il aurait fallu que tu échappes à ça, a dit plusieurs fois maman. — Oui, ai-je dit, mais voilà, je le fais quand même. — Il y a peut-être une forme de thérapie là-dedans, a suggéré maman pleine d'espoir ; tu t'en souviens, tu as vraiment regretté de ne pas avoir vu ton grand-père à sa mort. — Non, j'ai regretté de ne pas être passé le voir le jour où je l'avais prévu, pas de ne pas l'avoir vu dans son cercueil, il faut que tu arrêtes de tout réécrire sans arrêt. Et ça n'a rien de comparable. — C'est aussi une perte », a dit maman, et elle a dû s'asseoir.

Papa est enfin revenu, il a posé le bras autour de mes épaules, il m'a remercié pour mon aide, « Ce n'est pas toujours facile », m'a-t-il dit, s'adressant en réalité à maman qui tournait le dos avec tact.

« Il n'y a pas que des meubles à trier, mais toute une vie commune, tu vois, ça génère beaucoup d'émotions, a-t-il ajouté, et il a dû avaler sa salive. — Tout va bien », ai-je dit. Il a mis la collection de disques dans le coin de maman, et ils ont repris leur collaboration polie.

Je me suis allongé sur le lit de mon ancienne chambre, attentif au bruit de la maison, à son odeur, au sentiment d'elle, je me suis demandé combien maman et papa avaient connu de conflits de ce genre et de couleuvres avalées sans que je sois au courant.

*

« Ellen estime que maman et papa divorcent parce qu'ils n'ont jamais été réellement proches l'un de l'autre », a dit Liv quelques jours après notre nettoyage de la maison. Elle s'était mise à me contacter davantage et m'utilisait de nouveau comme une sorte d'Ellen de remplacement, puisqu'à cette période, Ellen était tellement accaparée par Paul.

« Je n'ai pas le souvenir qu'ils aient été distants, pas envers nous, mais peut-être qu'ils l'étaient entre eux ?, a-t-elle dit. — Tu sais ce que je pense, ai-je répondu. — Non », a dit Liv. Elle semblait sincèrement curieuse, j'étais agacé de devoir me répéter : « Ils divorcent parce que c'est la seule chose naturelle qu'on puisse faire, ai-je répondu – j'avais l'impression d'être un robot –, parce qu'il est complètement délirant de vivre autant d'années avec la même personne, et maintenant qu'ils n'ont plus d'enfants à prendre en considération, ils en ont compris toute l'absurdité. — Tu as peut-être raison, a dit Liv de manière assez surprenante. Il a dû y avoir un vide terrible dans la maison quand tu es parti, je ne peux même pas imaginer ce que ce sera de ne pas avoir Agnar et Hedda qui courent dans mes jambes à longueur de journée. Et si en plus je devais renoncer à mon travail, si c'était à nous, à Olaf et à moi, de donner un contenu à chaque journée... Je comprends que ça puisse paraître vide, à vrai dire, a ajouté Liv. — Je crois qu'en premier lieu, il y a un vide, ai-je répondu. Et toutes les relations amoureuses sont des tentatives ratées pour combler ce vide, pour être compris, mais ça ne fonctionne pas dans la pratique – parce que, simultanément, on a besoin du vide et de ne pas être compris pour entretenir le manque indispensable de l'autre. On aspire en permanence à ce que quelqu'un comble quelque chose en soi, à être pleinement compris, à atteindre une sorte de symbiose supérieure avec une autre personne, mais en même temps, si l'on réalise ce désir, cela entraîne immanquablement la mort de la relation. Lorsqu'on cesse de languir, on arrête d'aimer », ai-je dit, alors que je n'avais pas encore rencontré Anna. J'étais sûr que maman et papa n'avaient jamais éprouvé ça l'un pour l'autre, qu'ils se languissaient l'un de l'autre, qu'ils aspiraient à être compris l'un par l'autre. Le vide dont parlait Liv était d'un autre type, concret et presque physique.

Liv m'a regardé. « Je ne pensais pas que tu croyais en l'amour, a-t-elle dit. — Ça prouve que vous écoutez bien peu quand je parle, ai-je dit en me mettant en colère. Je l'ai dit cent fois, je crois certainement plus en ce que tu appelles l'amour qu'Ellen et toi, que maman et papa et que tout le monde en général, mais je ne crois pas qu'on puisse le réguler ; je pense qu'il doit exister sans règles et sans être contraint dans des formes que d'autres ont déterminées pour nous. Il faut de toute façon qu'il y ait de la place pour le manque », ai-je continué, mais Liv avait alors déjà arrêté d'écouter, repoussant systématiquement ce qui pouvait remettre en question ses propres choix. « Dis bonjour à Olaf », ai-je fait, perturbé par le fait que mes propres arguments sur les règles et les normes relatives à l'amour ne trouvent plus le même écho en moi.

*

« C'était absolument délicieux, Liv », dit Anna de l'autre côté de la table en regardant Liv dans les yeux.

Elle emploie toujours le prénom des gens, même pour des personnes qu'elle vient juste de rencontrer, d'une manière complice, ce qui produit un effet de familiarité désarmant dans la plupart des contextes. Dans le passé, je trouvais que les gens qui utilisaient mon prénom sans me connaître étaient envahissants, presque insolents, que cela avait quelque chose de maniéré et de condescendant, mais Anna a l'air sincère quand elle le fait – je parie qu'Ellen remarquera ce détail de sa personnalité et qu'il lui plaira.

Mon besoin d'impressionner Liv et Ellen ne cède jamais, même à l'âge adulte, et si je ne peux pas les impressionner, je dois du moins avoir leur approbation. Pour tout, des études et du travail aux vêtements, aux activités, à la musique et aux amis. Le problème est, ou a été, qu'elles sont si différentes et qu'elles ont des préférences différentes : elles ne se laissent pas impressionner par la même chose ; Liv ne s'attache pas, par exemple, à la façon dont Anna s'adresse à elle, elle ne la remarque sans doute même pas, si ce n'est que cette manière de faire atteint son subconscient comme une note positive. Ellen, de son côté, n'enregistre pas la personnalité ni le charisme d'Anna, ce rayonnement grisant que Liv capte et apprécie d'un bref coup d'œil.

« Merci. C'est la recette de la mère de maman, dit Liv. Tout ce que je sais cuisiner, c'est en réalité d'après ses recettes, dit-elle en riant un peu pour s'excuser auprès de nous.

— Tu as aussi la recette du ragoût d'agneau de *farmor*[1] », dit papa en souriant.

---

1. *Farmor* est l'appellation de la grand-mère paternelle (mère : *mor*) du père (*far*).

Personne d'entre nous n'a jamais employé « *farmor* » pour désigner grand-mère, mais papa veut apparemment souligner de qui est la mère dont il parle.

« Bien sûr, dit Liv. Mes grands-mères étaient toutes les deux très fortes pour la cuisine. Je ne réussis jamais à obtenir le goût de leurs plats. Comme si elles avaient utilisé un ingrédient secret.

— L'ingrédient secret, c'est certainement que tu étais une enfant », dit Anna.

Elle est si naturelle parmi nous, elle s'intègre.

« Je me souviens aussi des plats de ma grand-mère comme absolument fantastiques, mais en grandissant, je me rends compte qu'ils n'étaient peut-être pas aussi fantastiques que dans mon souvenir, que c'était plutôt lié à l'atmosphère. Le fait d'être dans la cuisine, chez sa grand-mère, quand on est enfant, c'est tellement génial, sécurisant et agréable – et le simple fait que les plats ne ressemblent pas à ceux de maman », poursuit Anna.

Enthousiaste, papa hoche la tête.

« Mais je ne veux pas dire que ta cuisine n'est pas fantastique, surtout, ajoute-t-elle en riant à l'attention de Liv, dont le regard et les gestes s'adoucissent quand on la félicite.

— Alors, depuis combien de temps êtes-vous amis ? » demande Ellen à Anna en prenant l'accent du Hardanger pour imiter notre grand-mère.

Anna me regarde, elle fronce les sourcils, est-ce qu'elle a besoin de réfléchir ? Ne réagit-elle pas au fait d'avoir été mentionnée comme une simple amie ?

« Nous nous connaissons depuis, quoi..., ça fait trois mois, maintenant ?, me demande-t-elle.

— Trois mois, quatre jours et... dis-je en regardant ma montre, je fais semblant de plaisanter sur ce que je ne sais que trop précisément... dix-neuf heures.

— En fait, je vis chez Håkon maintenant », dit Anna.

Le silence se fait. Tout le monde me regarde. Liv a hérité du talent de maman pour paraître simultanément pleine d'espoir et sceptique.

« Juste pour une semaine, le temps que je rénove la salle de bains », ajoute Anna en riant, satisfaite de la réaction.

La proposition venait de moi, il paraissait tout à fait naturel de le lui proposer puisqu'elle devait trouver un endroit où vivre temporairement pendant que les ouvriers étaient dans son appartement, mais la réaction d'Anna montrait que c'était loin d'être aussi naturel et évident pour elle. « Ce n'est pas un peu bizarre ?, a-t-elle demandé, presque méfiante. — Pourquoi ce serait bizarre ? Tu ne vas pas t'installer ici, ai-je dit. C'est une offre amicale », ai-je poursuivi, m'apercevant que j'avais franchi une limite dont Anna ne s'était pas même approchée. Bien que je connaisse son point de vue, j'avais inconsciemment interprété tout le temps passé ensemble, toutes les conversations, les discussions, notre complicité, le bras d'Anna sur le mien, la présentation à mes amis et à mes sœurs, comme un progrès. Sans me le dire explicitement, je pensais que nous étions en route pour quelque part.

« Alors, j'accepte, merci, a dit Anna. Du moment que nous sommes d'accord sur ce que ça représente.

— Détends-toi, ma position est inébranlable, même toi, tu ne réussiras pas à la faire changer », ai-je répondu, dépité de ressentir le besoin de rivaliser avec sa prise de distance – elle n'était pas censée me prévenir qu'il ne fallait pas que je m'attache – et de ne pas être sûr que ce que j'avais dit était vrai.

« Tu n'as jamais vécu avec quelqu'un ? » a-t-elle demandé le premier soir. J'étais entièrement comblé par la présence d'Anna, par sa valise dans la chambre, son ordinateur sur mon bureau, son shampooing dans la douche, je me réjouissais de voir sa brosse à dents dans le verre sur le lavabo, j'attendais ça avec impatience depuis plusieurs jours. « J'ai à moitié vécu avec une ex-copine pendant un an, mais elle avait gardé son appartement et elle y passait pas mal de temps, alors ça ne compte peut-être pas, ai-je dit. — Qu'est-ce qui vous est arrivé ? » a demandé Anna, et j'ai pris comme un bon signe le fait qu'elle finisse par poser quelques questions personnelles sur mes relations passées, sur moi. — Elle voulait avoir des enfants, mais pas dans le cadre d'une union libre, et elle a posé une sorte d'ultimatum auquel je ne voulais pas me plier », ai-je répondu honnêtement et avec une forme d'encouragement, peut-être de défi. Mais comme d'habitude, Anna n'a pas été curieuse, elle n'a pas mordu. « C'est bizarre de se mettre en couple pour essayer ensuite de faire changer l'autre, a-t-elle dit, c'est quelque chose que je n'ai jamais pu comprendre. »

« Mais vous êtes ensemble, ou quoi ? » demande Agnar à table chez papa.

Je n'avais pratiquement pas remarqué sa présence, bien qu'il prenne une place disproportionnée avec son corps mesurant presque deux mètres et des membres qu'il n'a pas encore parfaitement appris à manœuvrer.

« Non, nous ne sommes pas en couple, Agnar, dis-je, devançant Anna. Nous sommes de bons amis.

— Je vois, dit Agnar en riant. Juste des amis. »

J'oublie qu'il a seize ans car, bien qu'il soit grand, large d'épaules et qu'il ait l'ombre d'une barbe naissante autour de la mâchoire, Agnar reste pour moi un enfant – peut-être parce que Hedda et lui, pour le moment, peut-être pour toujours, sont les seuls représentants de la nouvelle génération. Lui, en revanche, me considère comme un copain, comme un allié au sein de la famille, et il me téléphone souvent pour me demander des conseils – au sujet des filles, des amis, de Liv ou d'Olaf. « Maman se demande pourquoi tu n'as jamais de copine, a-t-il dit il y a quelque temps alors qu'il était chez moi, en train de jouer à la Xbox. — Elle connaît la réponse, ai-je dit, et en plus ce n'est pas vrai, j'ai eu plus de partenaires que ta mère. — Papa dit que ça ne compte pas parce que tu as toujours plusieurs copines en même temps », a dit Agnar. Il n'osait pas me regarder, il fixait l'écran, visiblement curieux et un peu gêné. « C'est à moitié vrai, mais j'estime que ça compte exactement autant. » Agnar s'est tourné vers moi, incapable de continuer à faire comme si de rien n'était. « Comment c'est possible ? On a le droit ?, a-t-il demandé. — Mais il n'y a que la personne avec qui tu es et toi qui décidez si l'on a le droit d'avoir plusieurs partenaires en même temps, non ?, ai-je répliqué. — Mais elles ne sont pas furieuses contre toi ?, a-t-il demandé. — On doit soi-même prendre position sur ce genre de problèmes, Agnar. Mais regarde le nombre de personnes qui divorcent, regarde *mormor* et *morfar*, quelle est la cause de tout ça, à ton avis ? »

Le jour d'après, Olaf m'a téléphoné et m'a prié, clairement à la demande de Liv, de ne pas diffuser ma propagande auprès d'Agnar, car il s'était maintenant mis en tête de plaquer sa petite amie et de vivre en homme libre.

« Oui, je suis d'ailleurs assez d'accord avec les théories de Håkon et son point de vue sur les relations de couple, dit Anna à présent. C'est vraiment libérateur de rencontrer quelqu'un d'aussi… oui, libre.

— Que veux-tu dire ? » demande Liv.

Je vois que la réponse d'Anna éveille quelque chose en elle, soit le souvenir de ma propagande auprès d'Agnar – soit, peut-être, le besoin de prendre sa propre défense.

« Je croyais que tu leur en avais parlé ?, me demande prudemment Anna à mi-voix.

— Mais oui, détends-toi, tout le monde le sait, ce sont juste mes chères sœurs qui n'écoutent jamais et ne prennent jamais au sérieux ce que je dis, fais-je en souriant à Ellen et à Liv, sachant qu'elles ne sont pas d'accord et qu'elles vont rétorquer que c'est moi qui bénéficie de la meilleure écoute de toute la famille.

— Mais tu ne veux pas dire que tu ne crois pas aux relations de couple ?, demande Olaf.

— Non, bien sûr que non », dis-je.

Voilà que je ne sais pas comment continuer, car je ne veux pas apporter d'eau au moulin d'Anna, lui donner certains de mes arguments avec lesquels elle se dira d'accord, maintenant que je commence moi-même à avoir des doutes sur la façon dont je me positionne par rapport à eux. En même temps, je ne peux pas revenir sur ce que j'ai passé tant d'années à défendre face à Ellen, à Liv, à moi-même, et surtout face à papa.

Au cours des heures chaotiques qui ont suivi l'annonce de leur divorce par maman et papa – avant que je me reprenne et que je relie tout ça à la froide acceptation que cet acte allait entièrement de soi –, je me suis senti infiniment trahi par eux. Ils avaient rompu le contrat que je faisais durer en y mettant du mien. Je me conduisais comme un fils responsable, dépendant en même temps de leurs soins, ils devaient pour leur part se comporter en parents ouverts d'esprit et protecteurs. J'ai beau être quelqu'un de posé et de mûr parmi mes amis, mes copines et mes collègues, cette indépendance disparaît face à la famille, où je suis automatiquement enfermé dans le rôle du petit frère, du petit dernier, et si je tente de m'en libérer, ça sonne faux et on s'en moque gentiment, c'est considéré dans le meilleur des cas comme « mignon ». Le fait que maman et papa puissent aussi facilement sortir de leurs propres rôles a été impossible à admettre.

Assez longtemps, j'ai essayé de toutes mes forces de rationaliser tout ça, de rejeter l'impression que le sol se dérobait sous mes pieds. « *C'est tout à fait naturel* », disais-je à papa, et je me sentais mieux en le disant à voix haute aussi souvent que possible. « *Il est absurde de penser que tu aurais dû vivre avec maman toute ta vie* », disais-je encore et encore. Dans le passé, maman et lui étaient sceptiques, ils se demandaient si ma philosophie de la vie n'était pas une forme de rébellion pour une génération centrée sur l'individu. Mais dans la période qui a suivi leur séparation, ils se sont montrés tous les deux plus intéressés qu'avant par mes théories, et j'ai certainement exagéré, pour souligner à leurs yeux et aux miens que tout ça était naturel, anodin et sans danger, pour montrer que leur décision n'ébranlait pas toutes les fondations de ma présence au monde.

Il est impossible de revenir là-dessus, je dois défendre ce que j'ai dit – ah, que tout ce système aille se faire voir ! Je poursuis :

« Mais si, bien sûr, je crois aux relations de couple. À des relations saines, pour lesquelles nous élaborons nous-mêmes les règles de fonctionnement, basées sur ce qui nous rend heureux.

— Et donc, une union libre ? » dit Liv.

Elle a l'air sincèrement curieuse, elle ne cherche pas à me défier ni à me provoquer, elle jette de petits coups d'œil à Anna comme si elle posait ces questions pour m'aider à clarifier quelque chose vis-à-vis d'elle, mais je reste convaincu que ça n'a pas le moindre rapport avec Anna.

« Oui, tu peux ça appeler comme ça, dis-je.

— Et toi, tu appelles ça comment ? » demande Liv.

Papa, Olaf, Ellen et Anna suivent avec intérêt ; papa s'est adossé à sa chaise, on dirait qu'il regarde le football à la télé.

« J'appelle ça une relation de couple, dis-je. C'est une relation, mais ce que le concept recouvre ne correspond pas à tes attentes ni à celles de la société : pour moi, le contenu en est complètement différent.

— Oui, tu peux être dans une relation qui engage, récolter tous les bénéfices qui en découlent, et en même temps coucher avec d'autres ?, dit Liv d'une voix légère, le visage neutre.

— Ce n'est pas la question, dis-je – je commence à en avoir vraiment assez que tout le monde en revienne toujours à la même chose. Ce n'est pas la liberté sexuelle que je vise avant tout.

— Ah bon, alors il ne s'agit pas d'avoir le beurre et l'argent du beurre ?, dit Liv, et maintenant je peux sans doute percevoir quelque chose de différent et de plus dur dans sa voix.

— Non, il s'agit de la liberté de vivre comme on veut et comme on l'a décidé, en accord avec son partenaire bien sûr, dis-je. Pour moi, en fait, ça signifie que je peux me lier avec une personne sur un plan plus intellectuel, que je n'ai pas besoin de faire des efforts pour vivre à la hauteur des attentes d'autrui concernant ma vie privée, attentes qui font que la plupart des gens passent leur temps à réprimer leurs instincts naturels. »

Anna nous regarde, elle hoche la tête avec empressement dans ma direction, elle est beaucoup trop d'accord avec moi, et je regrette ces mots, la conversation, surtout alors que tous mes instincts réclament maintenant Anna à grands cris, veulent la fixer solidement – ce qu'il y a de merveilleux en elle, en moi et en nous, cette douceur, cette excitation, ce danger et cette sécurité. Mais lorsque j'en prends conscience, mon esprit de contradiction ressurgit, car à l'instant qui suit, dans le silence qui s'est fait autour de la table, je continue :

« J'estime que tout le monde devrait penser davantage à sa façon de s'organiser et à sa vie, aux règles selon lesquelles on vit.

— Est-ce que tout le monde ne doit vivre que selon ses propres règles, alors ?, demande Liv.

— Plus ou moins, fais-je.

— D'accord, et tu as pensé à tous les systèmes et aux règles qui sont en réalité nécessaires au bon fonctionnement de la société ? Qu'est-ce qui se passerait si tout le monde ne faisait que ce qu'il voulait, roulait au feu rouge, arrêtait de payer les impôts, et arrêtait même carrément de travailler ?

— Oui, mais je ne veux pas dire qu'il ne doit pas y avoir de lois du tout, et je suis bien sûr d'accord avec le fait que de nombreuses structures de base fonctionnent parfaitement bien. Je crois seulement que le mariage n'en fait pas partie, que l'amour qui repose sur le devoir et non sur le désir est un phénomène dont, en tant que personnes modernes, libérées, nous devrions… oui, nous libérer.

— Il ne t'est pas venu à l'esprit que le devoir et le désir peuvent être les deux faces d'un même élément ? Ou que l'un entraîne l'autre, dans une relation saine ?, demande Liv, dont les joues ont rougi.

— Je crois que ce n'est pas sain, dis-je en ayant envie de me mordre la langue, mais bien déterminé à l'emporter. Le devoir tue toute spontanéité, toute joie et toute liberté, ce dont dépend n'importe quelle relation pour survivre. »

Liv me fixe. Elle fait une courte pause.

« Tu sais que la relation de Sartre et de Simone de Beauvoir était lamentable, s'écrie-t-elle avec dédain au bout de quelques secondes. Tu fondes tout ça sur des bêtises : Beauvoir était tellement jalouse qu'elle ne savait plus que faire de sa personne. Sartre, de son côté, était un salaud égoïste. Ne viens pas ici avec ta philosophie de première année de fac en pensant que tu peux la transposer dans la vraie vie, enchaîne Liv, se levant à moitié de sa chaise.

— Le genre de relation qu'ils avaient entre eux ne joue aucun rôle », fais-je, même si ce n'est pas tout à fait vrai – ça révèle un décalage un peu désagréable entre la théorie et la pratique, mais je poursuis : « Le plus important, ce sont leurs pensées, leurs théories.

— Oui, la théorie selon laquelle on peut coucher avec qui on veut est vraiment révolutionnaire », dit Liv en se rasseyant, résignée.

Le silence s'installe. Papa a l'air de s'amuser, Ellen bâille. Anna est penchée en avant au-dessus de la table.

« Match nul zéro partout ? » fais-je, comme nous le faisons d'habitude lorsque nous voulons mettre fin à une discussion sans être d'accord, et maintenant j'ai vraiment envie de mettre fin à celle-ci.

Liv sourit.

« Non, non, dit-elle. Un demi-point pour moi. »

Cependant Anna a l'air fière, comme si j'avais remporté une victoire importante : j'ai envie de l'enlacer et de la gifler en même temps, parce qu'elle me fait douter de toutes les valeurs dans lesquelles j'ai cru et que j'ai défendues auparavant.

Il y a quelques jours, le soir qui a suivi la prise de possession de l'appartement par Anna, avec ses bruits, ses odeurs, ses habitudes et tout ce à quoi je me suis habitué et dont je suis devenu dépendant en quelques heures seulement, elle s'est installée sur le canapé et a chatté avec quelqu'un sur Facebook pendant plusieurs heures. À chaque petit *pling* insistant sur son téléphone ou son ordinateur, je sentais mon corps se contracter dans un désir désagréable et mesquin de garder Anna pour moi tout seul ; je commençais à avoir des enchaînements de pensées paranoïaques sans comprendre qu'elles étaient exagérées et – précisément – paranoïaques, j'imaginais son corps nu contre celui d'un autre, je me figurais que c'était cette scène qui était rejouée ou planifiée par les mots cachés derrière les *pling*, et finalement, je me suis convaincu qu'en plus, ils parlaient de moi. Qu'elle m'avait peut-être piégé pour pouvoir vivre dans mon appartement tandis que dans ma naïveté aveugle, je croyais qu'elle était amoureuse de moi.

J'étais étonné par moi-même, et par ce que mon corps et mes pensées avaient réussi à activer en si peu de temps, lorsque Anna a soudain tourné son ordinateur vers moi et m'a montré une conversation entre sa sœur et elle. « Tu trouves que nous nous ressemblons ? » a demandé Anna en montrant la photo. J'ai hoché la tête et j'ai ri de soulagement, « Oui, comme deux gouttes d'eau », ai-je dit, j'allais lui raconter ce qui venait de se passer dans mes pensées au cours de la dernière heure, mais heureusement, j'ai été interrompu par un coup de téléphone de maman qui s'inquiétait pour son voyage sur le plateau du Hardanger avec des inconnus. « Qui participe, en réalité, à ce genre d'excursions ? Et n'est-ce pas vraiment ostentatoire d'y aller juste au moment de l'anniversaire de Sverre ?, a-t-elle demandé. — Non, ai-je répondu à la dernière question, même si je n'en étais pas certain. C'est de la thérapie d'exposition, tu dis toujours qu'il faut aller au-devant de ce qui nous fait peur. »

*

Je suis assis sur le balcon de papa après le déjeuner ; c'est le crépuscule, l'air est doux. Anna avait un autre rendez-vous, et brusquement je n'ai plus eu envie de rentrer à l'appartement sans elle, je l'ai tenue embrassée un peu trop longtemps dans l'entrée avant qu'elle parte. « Mais on se retrouve dans la soirée », a-t-elle dit en riant un peu quand elle a dû se dégager de mon étreinte.

« Elle a l'air très sympa », dit Liv, qui se trouve soudain dans l'encadrement de la porte. Je ne sais pas depuis combien de temps elle est là.

« Tu trouves ?, fais-je, heureux.

— Oui, pleine de bon sens et sincère, on dirait. Différente », dit-elle.

Karsten et de nombreuses autres personnes ont souvent réagi au fait que mes sœurs et moi pouvions discuter, souvent avec une apparente véhémence, comme si nous nous disputions, pour ensuite parler à nouveau ensemble comme si rien ne s'était passé. Pour moi, cette attitude a toujours été parfaitement naturelle, et j'ai compris que c'était parce que nous avions toujours beaucoup discuté ensemble, mais aussi parce que nous étions certains d'être là les uns pour les autres, quoi qu'il arrive.

« Oui, elle est totalement différente », dis-je.

Liv sort et s'assoit de l'autre côté de la table. Dans la lueur des bougies, elle a l'air plus jeune, elle ressemble à celle qu'elle était dans mon enfance. Ayant le sentiment qu'elle était restée la même tout au long de ma vie, je n'avais jamais encore réfléchi au fait qu'elle avait changé.

« Tu es amoureux?, demande-t-elle en souriant.

— Oui, dis-je en avalant ma salive.

— Ça saute aux yeux, dit Liv. Je ne t'ai jamais vu aussi stressé qu'à ce déjeuner. »

Je ne réponds pas.

« C'est peut-être un peu contradictoire ? » demande Liv.

J'acquiesce lentement.

« Ça n'a rien d'étrange que tu aies envie de te raccrocher à quelque chose de stable, Håkon, alors que ce qui a toujours été sécurisant pour toi s'est effondré », dit Liv.

*

Karsten ne me quitte pas des yeux. Je lui avais dit à l'avance que s'il se sentait trop nerveux, il n'avait qu'à me regarder, afin de retrouver son calme dans mon regard. À présent, il me fixe avec tellement d'intensité – au lieu de regarder Cecilie, debout devant lui dans sa robe blanche –, que je dois lui faire un petit signe de tête afin qu'il reprenne ses esprits, et que le marié ne donne pas trop l'impression qu'il préférerait épouser son témoin.

Karsten se marie avec Cecilie six semaines après l'anniversaire des soixante-douze ans de papa. Il a fait sa demande il y a deux ans – ce qui me semble encore plus absurde que le mariage lui-même, tourner ainsi en rond, deux ans ou plus, et promettre qu'on va se marier avec quelqu'un –, et le lendemain de sa demande en mariage, il m'a demandé si je voulais être son témoin. Je venais alors juste de rentrer de ce voyage fatidique avec ma famille en Italie.

« Tu es mon meilleur ami, après tout, a dit Karsten. Et pour être parfaitement sincère, je crois que tu aurais été très vexé si je ne te l'avais pas demandé, derrière tous les principes qui sont là, quelque part », a-t-il dit. J'ai ri. « Évidemment, je ne suis pas par principe contre le fait que vous vous mariiez, ai-je dit à Cecilie et à lui, j'espère juste que c'est votre choix. — Bien sûr que c'est notre choix, a dit Cecilie, je ne peux rien imaginer de plus romantique que de montrer aux amis et à la famille que j'ai choisi Karsten, que nous nous engageons. » Je me suis cabré : « Tout le monde dit ça, que c'est tellement romantique de s'engager, mais pourquoi – si ce n'est parce que quelqu'un t'a appris que le sacrifice, le renoncement sont romantiques en soi ? » ai-je dit. Cecilie s'est vexée. « Et toi, qu'est-ce que tu trouves romantique, alors, Håkon ? Coucher avec autant de filles que possible ? — Non, ce que je peux imaginer de plus romantique, c'est de vivre avec quelqu'un en toute liberté, et que cette personne choisisse de passer son temps avec moi parce qu'elle le veut, corps et âme, pas parce qu'elle s'y est engagée il y a vingt ans, devant quelqu'un ou quelque chose en quoi elle ne croit même pas. J'ai presque envie d'en rire ! Je n'arrive pas à comprendre qu'un individu moderne puisse choisir de son plein gré quelque chose d'aussi passéiste, qui par-dessus le marché – qu'il soit civil ou religieux – repose sur une tradition fondée sur l'oppression des femmes, ai-je poursuivi, incapable de m'arrêter. — Alors là, tu t'es trouvé un super témoin, Karsten ! » a dit Cecilie en s'en allant.

J'ai dû promettre à Karsten de limiter ces débordements jusqu'au mariage si je voulais conserver mon rôle de témoin. « En fait, c'est elle qui a posé la question », ai-je dit à moitié vexé, mais avec en même temps un goût un peu amer dans la bouche face au besoin manifeste que j'avais de m'affirmer.

*

Maman et papa, qui ont fait office de parents remplaçants pour Karsten depuis son arrivée à vélo dans notre jardin et dans ma vie quand nous avions quatre ans, sont assis ensemble au troisième rang à l'église. Maman n'a rencontré aucun candidat potentiel dans le Hardanger, et elle a surtout l'air soulagée d'y avoir échappé. « Après tout, il y a trop de soucis avec ces hommes, a-t-elle déclaré quelques jours après être rentrée. Quand on a atteint un certain âge, on a pris de nombreuses habitudes, n'est-ce pas ?, a-t-elle poursuivi, un peu sur la défensive, tandis qu'elle réaménageait sa bibliothèque pour la nouvelle saison. — Et la capacité de changer est limitée elle aussi, ai-je dit en riant. — Eh bien, oui, c'est agréable de ne pas avoir à changer, oui, a-t-elle répondu. C'est en fait une très bonne chose que je puisse enfin être moi-même, et pas seulement une épouse ou une mère, tout malentendu mis à part », a-t-elle ajouté. Il n'y avait pas de malentendus, je comprenais ce qu'elle voulait dire. « Aucune famille ne réussit à voir chacun de ses membres de façon tout à fait lucide, autrement qu'à travers le prisme créé par la relation, ai-je dit. — Et il n'y a rien de mal là-dedans, a dit maman, ça doit se passer comme ça, bien sûr, mais il n'est pas dit pour autant qu'on ne puisse pas trouver libérateur de sortir un peu des sentiers battus, d'avoir une notion de la personne qu'on est quand on n'existe que pour soi », a-t-elle poursuivi.

Anna est assise à côté de maman et elle rayonne dans une robe de soie jaune avec de fines bretelles qui se croisent sur son dos bronzé, impossible de ne pas y toucher. « Veux-tu être celle qui m'accompagne, sans rien y voir de sérieux, au mariage de Karsten ? » lui ai-je demandé il y a quelques jours. C'était environ quinze jours après la discussion avec Liv, lors de l'anniversaire de papa, et nous n'avions plus reparlé de cette conversation, ni de nous-mêmes. Comme sa salle de bains était terminée, elle était rentrée chez elle, dans son propre appartement, et le mien paraissait soudain vide : il ressemblait moins que jamais à un chez-soi, sans la présence d'Anna. Nous avons continué à passer beaucoup de temps ensemble, mais le plus souvent chez elle, et j'interprétais le silence autour du thème de notre couple comme quelque chose de positif : tout allait bien, rien ne pressait, et je pouvais blaguer autour de ce qui devait ne pas être sérieux, comme à l'occasion du mariage de Karsten. Elle a mis plus de temps à répondre que ce que j'avais prévu, j'avais pensé qu'elle rirait un peu plus, qu'elle dirait peut-être : « *Oui, tant que ça reste un accompagnement sans rien de sérieux* » – mais Anna a juste esquissé un petit sourire et a demandé la date. « Samedi, dans quinze jours, ai-je dit. — Oui, je crois que je pourrai », a-t-elle répondu.

Je me suis toujours senti bien dans les églises, même si je déteste presque tout ce qui se rapporte à la religion : il y a quelque chose d'apaisant dans l'espace et l'acoustique. Karsten a fini par se calmer, lui aussi ;

il pose son regard sur Cecilie tandis que le pasteur lui demande si lui, Karsten, devant Dieu et nous autres témoins, veut épouser Cecilie, l'aimer et l'honorer, et lui être fidèle jusqu'à la mort. Karsten répond par un « Oui » sonore et clair. Ils se sourient mutuellement, si largement, si joyeusement, avec un tel soulagement et tant d'amour quand le pasteur les déclare époux légitimes, que, malgré la réticence accumulée, malgré ce que les paroles du pasteur ont de provocant, je dois cligner des yeux pour chasser les larmes qui s'y pressent, touché sans le moindre filtre par cet instant.

J'entends les petits reniflements sifflants de maman, reconnaissables en tous, venant du troisième rang, et en les regardant du coin de l'œil, je vois que papa et elle ont tous les deux les joues rouges et les yeux brillants. Seule Anna ne semble pas touchée, *Mais elle ne connaît pas non plus Karsten*, me dis-je, et je laisse mes pensées s'attarder quelques secondes sur l'image d'Anna en robe blanche en train de m'embrasser avec autant de ferveur et de joie que Cecilie embrasse à présent Karsten : elle ne veut pas le lâcher, elle y met un point d'honneur, elle le tient fermement, et Karsten lève les mains en l'air, apparemment sans défense – ils rient bouche contre bouche tandis que tous les invités éclatent en applaudissements.

*

J'ai longtemps réfléchi au discours pour Karsten. Je me suis même abaissé à demander de l'aide à Ellen – elle a lu et écarté le brouillon que j'avais passé plusieurs mois à écrire. « Tu ne formules que tes propres réserves, on voit clairement que tu es jaloux, a dit Ellen quand elle m'a téléphoné pour me donner son avis. — Jaloux !, ai-je crié. — Soit tu es jaloux, soit tu ne sais pas quoi dire, a dit Ellen de façon un peu désarmante. Liv et toi, vous vous ressemblez vraiment pour ça : quand vous ne savez pas quoi dire, vous vous mettez à bavarder à votre sujet. Ce discours porte sur Karsten, n'est-ce pas – et sur celle qui sera sa femme. Tu dois être sincère. Si tu ne peux rien dire de sincère sur le mariage, alors parle de ce dont tu peux vraiment dire quelque chose, d'un sujet sur lequel tu as une opinion, et tu relies tout à Karsten. Pas à toi. »

Tous les mots que je suis en train de dire à Karsten, sur l'amour, sur l'attachement et le sentiment de sécurité sont reliés à moi-même – et à Anna. Pendant toute la genèse de ce discours, je l'imaginais en train de l'écouter, de le ressentir, j'imaginais les petits regards que je lui lancerais, entendus et pleins de signification. Mais Anna ne semble toujours pas touchée, elle me sourit avec enthousiasme, elle rit aux bons endroits, mais il saute aux yeux qu'elle ne comprend pas qu'il s'agit d'elle, de moi, de nous.

*

Ma main droite sur le dos d'Anna, les muscles et les os sous sa peau, son souffle dans mon oreille, ses longs doigts froids dans ma main gauche, le tissu lisse de sa robe sur son ventre et sur ses hanches. Je suis à nouveau submergé, je la serre contre moi, je ne remarque pas les autres autour de nous sur la piste de danse. « *Nous ne faisons qu'un, nous sommes une unité* », ai-je envie de lui murmurer à l'oreille, ma main se met à trembler à cette pensée, devant l'ampleur de ce qui se révèle à moi, je la veux avec une telle ferveur, de façon si sincère, je ne veux pas languir, je ne veux pas qu'elle me manque, je ne veux pas avoir peur – je veux juste l'avoir.

*

« Nous étions d'accord pour être honnêtes l'un envers l'autre, dit Anna qui semble sincèrement étonnée de ma réaction. Et pour ne pas prendre les choses au sérieux. »

Je ne réussis pas à répondre. Je me vois en train d'attraper son cou entre mes mains et de presser, je sens que les tendons de sa gorge se resserrent, je m'aperçois que son regard, qui avait avidement erré sur le corps nu d'Anna, se voile à présent. J'imagine son corps qui se tend par manque d'oxygène puis cesse de résister : il meurt entre mes mains.

« Håkon ?

— Ça va, dis-je enfin en avalant ma salive.

— Mais je ne vais pas arrêter de te voir, dit Anna. Je trouve qu'on est très bien ensemble.

— Mais pas assez bien ? » dis-je sans pouvoir m'en empêcher.

Je croise mes bras sur ma poitrine, le droit au-dessus du gauche, au-dessus de mon cœur.

« Plus qu'assez bien », dit Anna en passant amicalement un bras autour de mes épaules : j'ai envie de lui scier le bras, mais sa proximité est en même temps tellement bienfaisante que je m'adoucis, sous l'effet de cette fausse impression de sécurité. « Il ne s'agit pas de savoir si on est bien ou pas, tu le sais, puisque c'est ton modèle de fonctionnement. »

Peut-être qu'elle veut montrer ce que donnent mes propres théories dans la pratique, me dis-je, gardant une lueur d'espoir. *Pour que je comprenne que je ne veux qu'elle, et que c'est la même chose pour elle. Vis avec moi, rien qu'avec moi, toute la vie.*

« Tu ne voudrais pas finir comme tes parents », dit-elle, tuant tout espoir.

*

Je sors de son appartement à Majorstuen, je reste quasiment une heure derrière un arbre, à regarder sa porte d'entrée. Paranoïaque et prêt à me briser. « On pourrait peut-être déjeuner ensemble demain ?, a-t-elle dit en m'embrassant sur les lèvres avec une légèreté insupportable avant mon départ. — Peut-être », dis-je en souriant. J'ai noué les lacets de mes chaussures en tirant tellement fort qu'ils se sont cassés. Je frappe quatre fois le tronc de l'arbre de mon poing droit, mais il n'y a que moi qui me brise, et oui, ça fait mal.

*

Je téléphone à Liv.

Chez le même éditeur
(extrait)

Ghada Abdel Aal, *Cherche mari désespérément*
Renata Ada-Ruata, *Battista revenait au printemps*
Elisabeth Alexandrova-Zorina, *Un homme de peu*
Elisabeth Alexandrova-Zorina, *La poupée cassée*
Karim Amellal, *Bleu Blanc Noir*
Karim Amellal, *Dernières heures avant l'aurore*
Omar Benlaala, *L'Effraction*
Maïssa Bey, *Au commencement était la mer*
Maïssa Bey, *Nouvelles d'Algérie*
Maïssa Bey, *Cette fille-là*
Maïssa Bey, *Entendez-vous dans les montagnes…*
Maïssa Bey, *Sous le jasmin la nuit*
Maïssa Bey, *Surtout ne te retourne pas*
Maïssa Bey, *Bleu blanc vert*
Maïssa Bey, *Pierre Sang Papier ou Cendre*
Maïssa Bey, *Puisque mon cœur est mort*
Maïssa Bey, *Hizya*
Maïssa Bey, *Nulle autre voix*

Bui Ngoc Tan, *La mer et le martin-pêcheur*
Bui Ngoc Tan, *Conte pour les siècles à venir*
Philippe Carrese, *Virtuoso ostinato*
Philippe Carrese, *Retour à San Catello*
Philippe Carrese, *La légende Belonore*
Philippe Carrese, *Tango à la romaine*
Philippe Carrese, *Une histoire de l'humanité (tome 1 et fin)*
Philippe Carrese, *La famille Belonore. Une saga italienne*
Bernard Dan, *Le livre de Joseph*
Nicole Dennis-Benn, *Rends-moi fière*
Samira El Ayachi, *Quarante jours après ma mort*
Samira El Ayachi, *Les femmes sont occupées*
Samira El Ayachi, *Le ventre des hommes*
Ilo de Franceschi, *Écrivez-moi Madeleine*
Andréa del Fuego, *Les Malaquias*
Andréa del Fuego, *Les miniatures*
Dong Xi, *Une vie de silence*
Dong Xi, *Sauver une vie*
Suzanne El Kenz, *La maison du Néguev*
Ali Erfan, *Sans ombre*
René Frégni, *Le chat qui tombe et autres histoires noires*
Marion Guénard, *Au printemps on coupe les ailes des oiseaux*
Malu Halasa, *La mère de tous les cochons*
Karen Jennings, *Les oubliés du Cap*
Nìkos Kokàntzis, *Gioconda*
Denis Langlois, *Le déplacé*
Anne Larivière, *L'expérience du vide*
Juliana Leite, *Entre les mains*
Nikolaï Leskov, *Le Paon*
Vadim Levental, *Le destin de Macha Regina*

Jacques Lindecker, *On a aimé des poisons*
David Machado, *Laissez parler les pierres*
David Machado, *Indice de bonheur moyen*
David Machado, *Des abeilles sous la peau*
Grégory Matthys, *Lettres muettes pour fille non-affranchie*
Ali-Reza Mahmoudi Iranmehr, *Nuage rose*
Anna Moï, *Nostalgie de la rizière*
Anna Moï, *Le pays sans nom*
Naïri Nahapétian, *L'amour selon Marina M.*
Enzo Gianmaria Napolillo, *Les tortues reviennent toujours*
Mohamed Nedali, *Le bonheur des moineaux*
Mohamed Nedali, *La maison de Cicine*
Mohamed Nedali, *Triste jeunesse*
Mohamed Nedali, *Le Jardin des pleurs*
Mohamed Nedali, *Évelyne ou le djihad*
Mohamed Nedali, *La bouteille au cafard*
Mohamed Nedali, *Le poète de Safi*
Nguyên Ngoc Tu, *Immense comme la mer*
Diekoye Oyeyinka, *La douleur du géant*
Victor Paskov, *Ballade pour Georg Henig*
Aurore Py, *La nuit, quand elle vient*
Daniel Quirós, *La disparue de Mazunte*
Anna Roman, *Le val d'absinthe*
Igor Saveliev, *Les Russes à la conquête de Mars*
Alexandre Seline, *Je ne te mens jamais*
Pierre Sérisier, *L'intraitable chagrin de la bourgeoisie*
Alexandre Sneguiriev, *Je ris parce que je t'aime*
Alexandre Sneguiriev, *Véra parmi les hommes*
Mathanghi Subramanian, *Les toits du paradis*
Natalia Sylvester, *C'était le jour des morts*

Sun Huifen, *Cousine Perle*
Olivier Szulzynger, *La maison Bataille*
Ahmed Tiab, *Vingt stations*
Victoria Tchikarnieeva, *Bye-bye Vichniovka!*
Gérald Tenenbaum, *Les Harmoniques*
Nguyên Huy Thiêp, *Mon oncle Hoat*
Nguyên Huy Thiêp, *Mademoiselle Sinh*
Nguyên Huy Thiêp, *Conte d'amour un soir de pluie*
Nguyên Huy Thiêp, *Crimes, amour et châtiment*
Chabname Zariâb, *Le pianiste afghan*
Spôjmaï Zariâb, *Les demeures sans nom*

Pour limiter l'empreinte environnementale de leurs livres,
les éditions de l'Aube font le choix de papiers
issus de forêts durablement gérées et de sources contrôlées.

Achevé d'imprimer en février 2022
sur les presses de l'imprimerie Firmin Didot
pour le compte des éditions de l'Aube
331, rue Amédée-Giniès, F-84240 La Tour d'Aigues

Numéro d'édition : 4435
Dépôt légal : mars 2022
Numéro d'impression : 168877

Imprimé en France